강철로 된 무지개

강철로 된 무지개

이
중
세

장
편
소
설

팩토리나인

차례

1

2078년 12월 12일 오후 4시 36분, 평양

납빛 구름이 가득한 하늘은 나지막해 보였다. 강 건너편은 높은 건물로 빼곡했는데, 그로 인해 저기 먼 지평선은 토막 난 듯 보였다. 그걸 바라보며 이영훈은 30분이 넘도록 거기 그렇게 앉아 있었다.

지금 이영훈 경위가 바라보는 대동강의 단단히 얼어붙은 표면은 엷은 녹빛을 띤 잿빛이었고, 그건 평양을 대표하는 어떤 상징인 것만 같았다. 날 선 바람이 벤치에 앉은 영훈의 코트를 펄럭이다 저리로 멀어져 갔다. 녹빛이 드리운, 얼어붙은 재의 빛깔 위를 스케이트 신은 아이들이 사선으로 다리를 뻗으며 나아갔다.

지난여름 서른여섯 번째 생일을 맞은 이영훈 경위는 연방수사국에서 늑대라 불렸다. 몇몇은 영훈을 보고 정말 그 짐승의 생김새를 떠올렸다. 한국인 치고 깊이 자리한 눈두덩이와 그 안에 냉랭하게 자리한 암갈색 눈동자도 그렇거니와, 여윈 체형 때문에 더욱 그랬다. 어떤 늑대들은 무리 밖에서 살았고, 영훈 또한 그러했다. 그는 홀로 다녔고, 여럿 사이에 머물기를 버거워했다. 그렇기에 또 몇몇은 영훈을 외로운 늑대라 부르기도 했다. 무리 짓지 않고 제 영역을 홀로 떠도는 고요한 짐승.

　강변에 늘어선 나무들은 헐벗어서인지 앙상해보였다. 강에서부터 천천히 솟아오른 강변 둔덕에는 누런 풀들이 납작하게 붙어 있었고 오가는 사람은 거의 없었다. 소리를 지르며 얼음을 지치던 아이들이 저만치로 차츰 멀어져갔다. 영훈은 고개를 돌려 저 멀리 뻗은 대동강 하류를 바라보았다. 강변 저 아래로 긴 의자들이 드문드문 설치되어 있었고, 가을까지 쓰인 급수대는 허연 스펀지와 퍼런 테이프로 꽁꽁 싸였으며, 폐쇄된 매점은 봄에야 다시 열릴 터였다.

　발령이 나고서야 영훈은 이곳 평양에 대해 알아보기 시작했다. 젊은 김정은은 2011년부터 53년간 정권을 잡았다. 철권을 휘두르던 그 정권이 무너진 건 2064년이었다. 북한의 젊은 장교들이 쿠데타를 일으킨 것이었다. 치열한 내전 끝에 김정은 정권은 무너졌다. 그다음 수순은 너무나 빨라 어지러울 정도였다.

쿠데타 세력은 개혁개방을 진행했고, 중국과 러시아, 미국과 남한 사이에서 북한은 놀랍도록 차근차근 성장과 발전을 이뤄 냈다. 쿠데타부터 남한과 북조선의 연방정부수립 합의에 이르기까지, 4년밖에 걸리지 않았다. 2068년 연방정부수립 이후 남한과 북조선은 등을 맞댄 이웃이자 이익을 함께 거두는 협력자로, 다른 체제와 정부를 지닌 한 지붕 두 가족으로 10년을 지내 왔다.

남한 태생인 이영훈은 평양으로 발령된 지 반년가량 된 터라 북조선이 익숙하지 않았다. 딱딱하고 뭔가 서늘하며 아직도 거친 북조선의 이질감이, 영훈은 여전히 낯설었다.

누군가는 이렇게 말했다.

'거긴 아직 전체주의국가야. 1948년부터 한반도 연방을 이룬 2068년까지 100년 넘게 그리 살았어. 북조선 사람들한테선 서늘한 기운이 흘러.'

다른 의견을 말하는 이도 적진 않았다.

'김정은이 쿠데타로 쫓겨나고 젊은 장교들이 개혁개방을 시작한 게 2064년이에요. 14년이 지난 지금, 몰라보게 달라졌지요. 전 세계에서 가장 빠르게 발전한 곳이 북조선이라고요.'

의견이 갈리는 사이 누구도 말하지 않은 진실 하나가 바로 이곳 평양의 바람이었다. 서울에서 차로 2시간, KRX로 45분 거리였으나 서울과는 사뭇 달랐다. 북방의 칼바람은 뼈를 얼리고 살을 찢었다. 씨발, 이러면 만주는 얼마나 추운 거야. 옛날에 교과서에서 읽었던 시 하나가 떠올랐다.

이러매 눈 감아 생각해 볼밖에. 겨울은 강철로 된 무지갠가 보다.

머릿속에 별 걸 다 쟁여 두고 있었구나. 곱아드는 몸을 천천히 편 영훈이 코트 깃을 올리고는 언 발을 시멘트 바닥에 쿵쿵 굴렀다.

하지만 시린 바람은 머리를 정리하는 데 확실히 도움이 되었다. 강변을 떠나기 전에 한 번 더 봐 둬야겠어. 코트 안에서 D-패드를 꺼내 든 영훈이 현장 사진을 화면에 띄웠다. 원산 출장은 최악이었다. 새로 개통된 도로가 내비게이션에 등록되지 않아 경로가 엉켰고, 평양지부에서 숙소를 엉망으로 잡은 통에 하마터면 히터 켠 렌터카에서 새우잠을 잘 뻔했다. 다급히 수배한 모텔은 그런대로 멀끔했지만, 어쩐 일인지 침대 한쪽이 푹 꺼진 탓에 자고 나니 등이 결렸다. 침대가 왜 이 모양이냐고 프런트에 항의 전화를 거니, 웃기는 대답이 돌아왔다.

— 뭘 바라세요, 여긴 북조선이라고요!

해를 서쪽으로 떠밀려는 작정인지, 칼바람은 몹시 매서웠다. 지문과 홍채로 사용자 인증을 하자 로딩을 마친 D-패드가 연방수사국 정보 열람 프로그램 창을 열었다. D-패드 가득 떠오른 현장 사진을 영훈은 골똘히 바라보았다.

사망자의 이름은 이기철이었다. 부동산 개발업자인 그는 구설수가 많았다. 헐값으로 사들인 싸구려 건물을 겉만 번지르르하게 보수한 뒤 비싸게 팔았는데, 물 새고 벽 무너진 평양 건물 중에 이기철 손을 안 거친 게 없다 할 정도로 안전 규정 준수에 관심이 없었다. 사고가 잦아 고발과 소송이 빗발쳐도, 가진 돈이 워낙 많았기에 사업이 망하거나 체면이 깎일 걱정이 없었다지.

시신이 발견된 곳은 원산에 자리한 이기철의 별장이었다. 창고 문을 잠그러 뒤뜰에 나왔던 별장 관리인이 시신을 발견했고 곧장 신고했다. 별장은 마을에서 뚝 떨어져 있기에 용의자를 봤다는 사람은 아무도 없었다. 죽은 자의 팔과 다리는 전기 철조망에 케이블타이로 단단히 묶여 있었다.

평양에 있는 사무실과 자택의 보안은 탄탄했지만, 근래 구입한 별장에는 틈이 많았다. 들짐승이 많아 전기 철조망을 둘렀지요. 별장 관리인은 땀을 뻘뻘 흘리며 대답했었다. 한 바퀴 둘러보니 CCTV가 하나도 설치되어 있지 않았다. 케이블타이로 팔다리가 묶였으니 자살은 아니고…… 용의자는…… 악덕 건설업자인 이기철은 진행 중인 소송만 수십 개였다.

영훈이 도착했을 무렵엔 북조선 공안이 현장 감식을 막 끝낸 참이었다. 원산 공안은 그리 깐깐하지 않았고, 불필요한 신경전을 걱정했던 영훈은 현장 감식에 편히 참여할 수 있었다. 드문 일이었다. 평양 공안은 드세기로 유명했고, 자기 관할에 남의 발자국이 나는 걸 못 견뎌 했다.

북조선 공안은 이기철이 감전사한 걸로 결론지었고, 영훈이 보기에도 그러했다. 그런데 별장 관리인이 펄쩍 뛰었다. 철조망 스위치를 올린 관리인이 제 손끝을 철조망에 대자 탁탁 소리가 났다. 영훈도 그를 따라 손을 대자 철조망 전기가 손가락을 따끔따끔 찔렀다. 감전사를 일으킬 정도는 아니었던 것이다.

별장에서 이기철이 묶인 전기 철조망까지는 100미터는 되어 보였다. 관리인이 정성 들여 가꾼 잔디는 양탄자처럼 푹신했다. 철조망 전기가 아니라면 이기철은 어떻게 죽은 걸까. 설마 자동차 배터리에 연결한 케이블이었을까.

코트 주머니에 D-패드를 넣은 영훈이 담뱃갑을 꺼냈다. 그는 아직도 종종 담배를 산다. 힘겹게 끊은 담배를 다시 피우려는 건 아니었다. 영훈은 빈 담배를 물고 앞니로 필터를 잘근잘근 씹곤 했다. 우연히 알아낸 방법이었는데, 그렇게 하면 생각 정돈에 꽤 도움이 되었다. 영훈의 발 근처에는 필터가 문드러진 긴 담배 세 개비가 떨어져 있었다. 저 멀리 차들이 지나가는 소리가 가느다랗게 들렸다.

까다로운 상황은 이뿐만이 아니었다. 이기철에 대한 정보를 얻으려 연방수사국 네트워크에 들어갔는데, 접근이 막혀 있었다. 네트워크 문제는 아니었다. 사망자 이기철의 신상 정보만 열리지 않았다. 연방수사국 원산 지부에 찾아가 직접 장문(掌紋) 날인을 하고 접근 요청을 해도 열람 승인은 떨어지지 않았다. 더욱 영훈을 난감하게 한 건 뒤이어 걸려 온 한 통의 전화였다.

"이영훈 경위님, 네트워크 접근 불가합니다. 이기철에 대한 정보는 따로 보내드릴 겁니다."

서울에 있는 연방수사국 본청 명령이었다.

담배 필터를 자근거리며, 영훈은 얼굴을 찌푸렸다.

남한과 북조선이 두 개의 국가를 유지한 채 하나의 연방체를 이루기로 결행한 게 2068년이었고, 연방수사국은 연방 설립 3년 뒤 창설되었다. 세워진 지 올해로 7년이군.

남한과 북조선을 넘나드는 수사 조직이라는 이름은 거창했지만, 북조선은 연방수사국을 협력 기관 정도로, 남한은 수사권을 넘보는 서자로 여겼다. 연방수사국은 남한 경찰과 북조선 공안 모두의 경계 대상이었다. 수사는 경찰과 공안이 하며, 기소 또한 각국 검사가 했다. 대신 연방수사국은 관할 제한 없이 수사에 참여할 수 있었으므로, 공조가 결정된 수사에서 경찰과 공안 사이의 쿠션 노릇을 했다.

연방수사국의 유일한 장점은 넓은 정보 접근권이었다. 그들은 남한과 북조선 양측의 경찰과 공안이 수집한 정보 모두에 접근할 수 있었다.

그런데 이기철의 신상 정보에는 접근조차 할 수 없다 이 말이지. 게다가 서울 본청에서 정보를 따로 보낸다는 게 무슨 말이야. 이영훈으로서는 난생처음 겪는 상황이었다.

그건 이기철이 사업가 이상의 존재란 뜻일까.

수사는 막혔고, 원산에 갔던 이영훈은 꼼짝없이 빈손으로 평양에 돌아와야만 했다. 가만, 그러고 보니 보고를 잊었군. 귀찮지만 해야 할 과정이었다.

연방수사국 평양지부 강력3팀장 정준희의 목소리는 쌀쌀맞았다. 하긴 언제 살가웠던 적이 있긴 했나. 영훈이 원산에서의 일을 입에 올리기도 전에 정준희 팀장이 말했다.

"집에 가서 쉬지 그래."

귀찮게 굴지 말라 이건가.

"보고를 올려야 하지 않습니까?"

"어제 전화로 보고한 것과 다른 내용이 있나?"

없었다. 하지만 묻고 싶은 게 있었다.

"네트워크 말입니다."

"서울에서 파일이 왔어. 아직 확인 안 했는데."

그럴 리가. 어머니 임종을 지키는 중이어도 서울에서 파일이 왔다면 그것부터 꺼내 읽을 위인께서. 대답을 기다렸는지 한참 아무 말 않던 정준희가 입을 열었다.

"확인하고 자네 책상에 올려 두지."

내가 지금 들어가도 할 수 있는 게 없다는 얘기군. 팀장의 신경을 충분히 건드려 놓았다는 생각이 들 때까지 뜸을 들이던 영훈이 D-패드의 종료 버튼을 눌렀다.

해 저무는 대동강가라.

불 붙이지 않은 담배를 씹다 내버린 영훈이 강변을 따라 걸어 내려갔다. 몸통이 가느다란 그는 차디찬 북방의 바람에 휘청대는 것처럼 보였다. 여긴 통일공원 근방이로군. 옛날 이 공원을 굽어보던 주체사상탑은 보수를 거쳐 통일염원탑으로 바뀌었지만, 꼭대기 횃불은 그대로였다. D-패드로 비파동 아파트에 가는 버스를 검색한 영훈이 인근 버스 정류장을 향해 걸었다.

서울에서 보냈다는 정보, 괜찮을까. 정보를 다듬을 필요가 없었다면 애초에 네트워크를 막아 두지도 않았을 테지. 다듬었다면 거기엔 의도가 있을 테고. 아마도 정보는 오염되었을 것이다.

제길, 무슨 일이 벌어지고 있는 거지.

네트워크에는 정보를 입력할 수만 있었지, 수정을 할 순 없었다. 잘못 기입된 정보를 바꿀 순 없었고, 쓰인 정보 아래로 새로운 사항을 덧붙이는 정도만 가능했다. 확실하진 않지만, 영훈은 서울 본청에서 보냈다는 정보가 가공 변조 되었을 거라고 생각했다.

개는 냄새를 따라 진원지를 추적하는 법이었고, 형사는 정보를 따라 진실에 접근하기 마련이었다. 그러니 다른 방법이 없었다. 의심을 품은 채, 서울 본청에서 던져 준 의심스러운 냄새에 우선 코를 대는 수밖에.

탁 트인 강변을 바라보고 있었지만, 영훈의 가슴은 꽉 막힌 듯 답답했다. 대동강을 단단히 얼린 바람은 몹시 거셌고, 몸을 흔드는 웅웅 소리에 멀어져 가는 아이들의 소란은 속삭이는 것처럼 작게 들렸다. 해는 서쪽하늘에서 나지막하니 빨갰다.

저쪽 교차로 한가운데에는 북조선 공안 하나가 서 있었다. 절도 넘치는 수신호로 차량을 진입시키는 교통공안은, 평양 관광객이 사진 찍기 좋아하는 대상이었다. 코트 주머니에 양손을 찔러 넣은 영훈과 공안의 시선이 잠시 얽혔다. 계급이 높든 낮든 북조선 공안은 깐깐했고, 좀처럼 대화가 통하질 않았다. 그러나 남한과 북조선을 아울러야 하는 연방수사관 영훈에게 공안은 파트너이자 협조를 구해야 할 대상이었다.

해를 등지고 걷던 영훈이 둘둘 감았던 목도리를 코 위까지 치켜올렸다. 채찍 같은 바람은 섬뜩하기까지 했다. 옥류교를 건너 평양 도심으로 들어가는 버스는 좀처럼 오지 않았다. 마침내 온 버스를 향해 늘어선 줄을 따라 종종걸음을 걷던 영훈이 정거장 쓰레기통을 보았다. 영훈은 코트 안쪽 주머니에서 담뱃갑을 꺼내려다 도로 집어넣었다. 한동안 필터를 씹을 일이 적지 않겠어. 버스 난간을 걸어 올라가며, 영훈은 저도 모르게 한숨을 푹 쉬었다.

"할 일이 적진 않을 거야."

정준희 팀장의 말에, 박세욱이 고개를 끄덕였다. 연방수사국 평양지부 강력3팀에 오늘자로 발령 난 그는 현장 경험이 거의 없는 3년 차 경사였다.

강력3팀은 연방수사국 평양지부 4층에 자리했다. 북조선 평양공안서는 지난 여름 새로운 청사를 지어 옮겨갔는데, 평양공안서가 쓰던 김정은 시대의 낡은 건물은 빌어먹게도 연방수사국 평양지부가 이어 쓰게 되었다. 강력3팀은 횅한 4층 공간을 다른 강력팀과 함께 썼는데, 남한에서 공수한 책상과 컴퓨터를 비롯한 전자기기는 블랙과 실버톤의 멋들어진 최신식인 데 반해 팀 사이 공간을 나누는 가림막은 못이 빠져 휘청댔고, 우중충한 벽에선 북방의 바람이 숭숭 들었다. 그렇기에 양쪽 벽에 세워진 대형 온풍기는 한낮에도 웅웅 돌아갔고, 근무하다 보면 건조한 공기에 입술이 뻣뻣해졌다. 그 공간에 처음 들어선 박세욱은 모든 것이 낯설었다.

"평양은 처음이야?"

"대학 때 칠보산에 엠티 가다가 하루 묵었습니다. 몇 번 신청했는데 여행 허가증이 나오지 않아 허탕쳤습니다."

북조선 당국은 여행 허가를 내주는 데 깐깐하기로 악명 높았다.

"졸업하고 곧장 부산에 간 거야?"

연방수사관은 경찰이나 공안에 3년 이상 재직한 경력자를 뽑거나, 경찰대학이나 공안대학 졸업생 중 지원을 받아 채용했다. 세욱은 경찰대학 출신이었다.

"졸업하고 곧장 연수원 한 달 거쳤습니다. 연수원 수료하고서 부산으로 발령받았고요."

"나 때는 연수원 생활이 두 달이었는데. 뭘 배웠나?"

뭘 배웠더라. 이것저것 보고 듣긴 했는데, 그다지 써먹을 건 없었다. 하지만 그렇게 대답할 순 없지.

"현장이 가장 좋은 배움터라고 배웠습니다."

정준희 팀장이 짧게 웃었다. 그가 박세욱의 신상 정보를 한 장 한 장 넘겼다.

"부산에서는 요 근래 페이퍼 작업만 했나 보군. 정보과?"

"발령받자마자는 형사 했었습니다. 여청계에서 몇 달 비비다 조직범죄팀에서 1년 반 돌았죠."

"안 좋은 기록이 있네?"

왔구나. 박세욱이 마른침을 삼켰다.

"내사팀에 충분히 소명했고…… 저도 좀 억울한 부분이 있었습니다."

"부산이면 따뜻하니 눈 구경 하기도 어려운 곳 아냐?"

"제설차가 없을 정도죠."

정준희가 몸을 앞으로 기울였고, 두 사람 사이의 거리가 얼마간 좁아졌다.

"어때, 이 먼 북쪽까지 오니, 추위가 좀 올라오나? 불알이 좀 오그라들어?"

모든 걸 대답할 필요는 없어. 지원의 충고를 떠올리며 박세욱은 대꾸하지 않았다. 정준희가 의자에 도로 몸을 묻었다.

신상 정보 파일을 탁 소리 나게 덮은 정준희는 뭔가 골똘히 생각하는 듯했다.

"우선 감을 도로 잡아. 수사는 자전거 타기 하곤 달라서 몇 년만에 타면 금세 넘어져."

한참 지나서야 그가 말을 이어갔다.

"가장 중요한 게 뭔지 알아?"

"알려주시면 맘에 잘 새기겠습니다."

"신뢰야."

정준희 팀장이 검지로 제 가슴께를 툭툭 친 뒤, 박세욱을 향해 손가락을 뻗었다.

"널 믿도록 해줘야 해. 내가 너를 믿도록. 그 믿음은 네가 키우는 거야."

알겠다는 대답이 곧장 튀어나오지 않았기에, 정준희는 박세욱이 생각보다 쓸 만한 놈일지도 모르겠다고 생각했다.

"작년 연방수사국 내에 뇌물 수수 스캔들이 있었어. 알고 있나?"

되도록 답하지 마. 비를 피할 수 없으면 묵묵히 맞는 게 나아. 지원이 한 말을 떠올리며, 세욱은 잠자코 팀장의 말을 기다렸다. 박세욱을 쳐다보던 정준희가 작게 한숨을 쉬었다.

"북조선 내 관광특구 개발과 관련해서 지역 토호들과 연계된 조직폭력배들이 연방수사국에 뇌물을 뿌렸는데, 그게 들통났어. 그 시작이."

정준희가 손을 다시 들어 박세욱 뒤쪽을 가리켰다. 파일과 잡동사니가 수북이 쌓인 책상이었다.

"저 책상 주인이야. 거물급 깡패랑 쑥덕거리는 현장을 연방수사국 내사팀이 덮쳤지."

그런데 어떻게 지금까지 자리를 지키고 있는 거지.

"내사팀이 그 사건을 당겼더니, 덩어리가 나오기 시작한 거야. 서울과 평양지부장을 비롯해 치안정감 네 명 모가지가 잘렸고, 각 지부 간부가 20퍼센트 가까이 구속되거나 불명예 퇴직했어. 근데 웃기는 게 뭔지 알아? 정작 저놈은 무혐의로 풀려난 거야."

박세욱이 난잡한 책상을 다시 돌아보았다.

"마술을 부린 겁니까?"

"몰라. 정보원과의 접촉이었다고 변명한 모양인데, 계좌나 여러 정황이 깨끗했나 봐. 그놈 상관들에 대한 광범위한 압수 수색 영장을 타내면서 본격적인 수사가 이뤄졌는데, 거기에서 뇌물 수수 건이 덩어리째 뽑혔어. 근데 정작 저놈은 저리 남아 있네."

거기까지 듣고서야 박세욱은 말귀를 알아들었다.

"팀장님은 무혐의를 믿지 않으시는군요."

정준희는 대답하지 않고 물끄러미 박세욱을 쳐다보기만 했다. 세욱의 머릿속은 복잡해져갔다. 신뢰……. 믿음은 어떻게 키워야 하는 거지.

"이름은 이영훈. 수사관 노릇한 건 7, 8년쯤 되었고, 오늘부로 니 파트너다."

그제야 세욱은 답을 찾아냈다.

"특이점이 보이면 보고하면 됩니까."

"발령 나자마자 파트너 뒷구멍 털라니, 싫지?"

정준희가 몸을 다시금 앞으로 기울이며 다독였다.

"네가 어떤 놈인지는 너 스스로 증명해야 하는 거야."

신뢰는 한 겹씩 쌓는 모양이로군. 박세욱은 그런 생각을 했다. 특이점에 대한 촘촘한 보고에, 팀장의 신뢰가 탄탄해져 가는 식인가.

어쩌면 이영훈의 무혐의를 입증할 만한 무언가를 가져옴으로써, 이루 말할 수 없이 난감한 신뢰를 이뤄넣을지도 몰랐다.

"내색 말고, 따라가는 시늉을 해. 그 쓰레기통 속에서 그놈 하나만 안 썩은 사과일 리가 없어."

알겠습니다. 박세욱이 고개를 끄덕였다.

"1시간 뒤에 정례 회의니까 다른 팀원들꾀는 그때 인사하면 되고."

중요한 게 이제야 떠올랐다는 듯 정준희가 아차 싶은 표정을 지었다.

"중요한 걸 빼먹었네."

"뭐 말입니까?"

"구내식당 위치랑 이 근처 쓸 만한 술집이 뭔지는 알려줘야 제대로 된 상사 아니겠어?"

2078년 12월 12일 오후 6시 2분, 평양

모든 남자는 우두머리가 되고 싶어 한다.

무리 맨 꼭대기에 앉으려는 갈망을, 이영훈 경위 또한 품었었다. 지금보다 젊었고, 그렇기에 더 무모하며, 좀 더 살집이 있고

활기찼던 그때엔, 그도 그랬다. 하지만 폭풍이 연방수사국을 뒤흔들었고, 거대한 스캔들의 시작점이 되어 동료들과 상사들이 숙청당하는 꼴을 지켜봐야만 했던 그는, 그렇게 무리에서 버려진 늑대가 되고 말았다.

버스는 강변로인 통일염원거리를 내달렸다. 능라다리를 건너 금릉동굴 방면으로 가는 직행버스였다. 우리민족거리를 지나 통일문을 넘어가면 비파동이 금방이었다. 정류장을 확인한 영훈이 버스에서 내리며 추운 거리로 들어섰다. 영훈을 앞지른 버스가 우회전하며 멀어졌다. 짙은 파란색으로 단장한 북조선 버스는 투박하고 촌스러워 보였다. 하지만 저 고루함을 21세기 후반에 만나는 묘한 신선함으로 여겨 반가워하는 사람도 꽤 있었다. 영훈도 그런 편이었다. 100년도 더 된 옛 흔적과 21세기 후반의 모던함 그리고 평양 특유의 딱딱함이 공존하는 이 낡은 도시가 흥미로웠다.

영훈이 걷는 방향은 집 반대쪽이었다. 뒤를 흘깃거리지 않으려 애쓰며 영훈은 휘청휘청 걸었다. 술집 이름은 피쉬 앤 훅(Fish & Hook)이었다. 거리를 향해 삐죽 내건 나무 간판은 19세기 아일랜드 스타일로, 물고기와 갈고리 그림이 그려져 있었다. 갈고리가 달랑거리고 있고 물고기가 샐쭉한 시선으로 그걸 바라보는 간판이, 차갑기 그지없는 바람에 삐걱거리며 흔들렸다. 영훈이 무거운 나무 문을 어깨로 밀치자, 취한 자들의 혀 밑

에 도사린 소주 냄새와 싸구려 안주를 튀겨대느라 마구 쓴 식용
유 냄새가 훅 밀려들었다. 영훈이 바에 앉자 주인이 눈짓을 보
냈다.

"같은 걸로."

독하고 맛없기로 유명한 평양 보드카를 들이부으며 이영훈
은 주인 뒤 벽에 달린 55인치 텔레비전을 보았다. 평양 천리마
축구단의 경기가 열릴 때만 볼륨이 올라가는 텔레비전에는 누
가 하는지도 모를 농구 경기가 한창이었다. 2쿼터가 끝나기도
전에 영훈은 보드카 병 절반을 비워냈다.

지폐 몇 장을 바에 올리고 남은 술을 보관시킨 영훈은 차가
운 밤거리로 나갔다. 비틀거리며 그가 당도한 곳은 작고 구차한
가게들이 덕지덕지 붙은 비파동 뒷골목이었다. 어디에서 어떤
삶을 살아왔는지 짐작도 안 가는 추레한 여성들이 두텁게 화장
하고 독한 담배를 피워대는 촌스러운 한 술집에 들어섰다. 술집
구석에서 영훈은 또다시 싸구려 위스키를 홀짝이며 벽에 걸린
거울을 통해 출입구를 힐끗거렸다.

자정이 다 되어서야 이영훈 경위는 비틀거리며 비파동 빌라
촌에 들어섰다. 김정은 시대에 북조선은 체제 홍보를 위해 예술
가들을 편히 동원하려고 이 거리에 모아뒀다. 김정은이 실각
한 지 14년이 지난 지금, 이곳 거리는 급속히 슬럼화되었고 지
금은 평양시장의 골칫거리였다. 차가운 거리는 오가는 차량 없

이 한산했다. 보도블럭이 깨져나간 길바닥엔 깨진 유리가 박혀 있었고, 쓰레기봉투에서 흐른 더러운 물이 저 밑으로 스민 자국이 보였다.

비틀거리다 벽을 짚은 영훈이 흐릿한 눈으로 하늘을 보았다. 우중충한 회색 구름이 두텁게 밀려와 있었다. 심상치 않다 싶더니 5분도 못 가 투둑, 비가 떨어졌다. 담벼락 밑에 영훈이 구역질을 해댔고, 그가 온밤 내내 삼켰던 술이 꽁꽁 언 거리로 쏟아졌다. 팔뚝으로 입술을 문지른 영훈이 코트 깃을 세우고는 거뭇하게 젖어드는 길을 조심스레 걸었다. 비를 맞는 건 상관없었다. 구토에도 사라지지 않는, 감당 못할 술기운이 걱정이었다.

지은 지 30년이 훌쩍 넘은 낡은 빌라에는 주택관리AI는커녕 관리인조차 없었다. 연방수사국은 파견 보낸 요원에게 관사를 제공하는 대신 주택비용을 대출해줬는데, 금액이 꽤 넉넉히 책정돼 이를 활용하는 사람이 많았다. 북조선으로 파견된 남한 출신 연방수사관들은 보통 4년 정도 근무하는데, 새 파견처로 가며 다들 집을 줄여 갔다. 몇 년 동안 불편하게 살되, 그간 모은 적지 않은 여윳돈으로 좋은 투자처가 많은 북조선에 투자해 자산을 불리려는 것이었다. 연방수사관 대부분은 목돈을 북조선 가스공사나 토지개발공사에 투자했다. 2064년 이후 북조선과 러시아는 연해주 자원 공동 개발에 몰두해왔는데, 십여 년이 지난 지금 사업 효과가 눈부시게 드러난 터였다. 연 8퍼센트

이윤이 보장되는 투자처는 연해주 개발사업뿐이었고, 가스공사와 토지개발공사는 이 사업을 굴리는 두 개의 바퀴였다. 영훈이 일하는 평양지부 4층 로비에서는 내년 봄 이뤄질 투자금 배분에 대한 이야기가 끊이지 않았다. 하지만 영훈이 이렇게나 낡은 건물에 사는 이유는 투자 따위의 거창한 이유 때문이 아니었다. 그는 결혼하지 않았고, 돈을 남겨두는 스타일도 아니었으며, 계산이나 정리에 관심이 없었다. 밤에 몸 둘 곳이면 그만이지 하는 생각으로, 영훈은 이곳 빌라에 계약했었다.

영훈이 젖은 어깨를 툭툭 쳐 물기를 털어냈다. 어쩌면 이 건물도 이기철의 손을 탔는지 모르지. 하지만 그렇다기엔 너무도 낡았다. 모서리가 깨져나간 계단을 밟던 이영훈이 휘청거리다 너덜거리는 벽을 짚었다. 올겨울 내로 이 염병할 계단에서 노인네 하나가 굴러떨어져 죽을 거야. 그 시신은 내가 발견할 테고.

풍치 앓는 어금니처럼 덜렁거리는 난간에서 손을 뗀 영훈은 문득 그 시신이 자기일 수도 있겠다는 생각을 했다. 비틀거리며 낄낄대던 영훈이 열쇠를 꺼내 열쇠 구멍 근처를 비볐다. 그의 뒤에 자리한 난방용 라디에이터가 흐린 증기를 피식거렸고 뜨거운 물방울이 뚝뚝 떨어졌다.

"늦었군."

어두운 집 안에서 별안간 들리는 목소리에 놀란 이영훈이 열쇠를 바닥에 떨어뜨렸다. 열쇠를 줍던 영훈이 손가락으로 바닥을 몇 번 긁다가 술기운을 못 이겨 풀썩 엎어졌다. 욕설을 내뱉던 그가 발로 문짝을 눌러 닫았다.

"누가 보면 과장님이 이 집구석 주인인 줄 알겠네요."

"거저 준다 해도 거절할 꼬라지야. 니 집구석은."

어떻게 들어온 거냐고 물으려던 영훈은 질문을 그대로 삼켰다. 잠긴 문과 서랍을 따는 수법이나 주택관리AI를 먹통으로 만드는 수법을 영훈에게 가르친 사람이 최만호였다.

7년 전, 서울지부 강력팀 과장이었던 최만호 경정은 초짜였던 영훈을 바닥부터 가르쳤다. 어떤 범죄자를 정보원 삼아야 하는지부터 정보원 불알을 꽉 쥐는 방법까지. 영훈에게 최만호는 여러모로 좋은 선생이었다.

"반면교사로 과장님만 한 사람이 없거든요."

"여긴 잿빛 도시야."

"예전에 그런 얘기를 몇 번 하셨죠. 서울에서요."

비 오는 바깥 풍경을 보노라니 그 말이 맞는 것도 같았다.

"얼마를 그러고 산 거야?"

"숙청 벌어진 다음부터 이 꼴이었으니, 여덟 달째네요."

어두운 소파에 앉아있던 최만호가 몸을 일으켜 문가로 다가왔다. 옛 부하를 잡아일으킨 그가 영훈을 자기가 앉아있던 자리로 옮겼다. 술을 게워낸 영훈의 입가엔 토사물이 묻어 있었다. 영훈의 숨결에서 쓰디쓴 냄새를 맡은 최만호가 얼굴을 찡그렸다.

"미행은?"

"있던데요."

커튼이 드리운 창문으로 최만호가 비스듬히 다가갔다. 골목 사이 어둑한 공간에 누군가가 서성이는 게 보였다. 최만호가 의자를 가져다 이영훈 맞은편에 놓았다.

"지독한 놈들. 아직도 미행을 해? 반년도 더 된 일을."

"미행도 있고 감시도 받아요. 그놈들 아직 우리한테서 눈을 안 떼고 있어요."

"우리? 나는 아니야. 내게선 손을 뗐어."

그야 당신이 더 이상 연방수사관 따위도 아니고 좆같은 경정도 아니니까요.

"전 아직 여기 붙어 있어요. 그 덕에 매독 보균자인 것마냥 다들 나를 피해요. 아무 사건도 배정되지 않아서 남이 꺼려하는 사건을 주워다 기워붙이며 살아요, 내가."

최만호는 대꾸하지 않았고, 이영훈은 그제야 멍한 시선을 옛 상관에게로 돌렸다.

"뭘 배운 거야? 우린 패했고, 전리품은 승자가 다 갖는 법이야."

"죄 저지른 놈 잡는 법이나 수사하는 방식 따위를 배웠죠. 줄 제대로 잡아 뒷구멍으로 정치질하다가 편 갈라 상대 죽이는 건 상상도 못 했고요."

"일이 이렇게까지 번질 줄은 나도 몰랐어."

이영훈을 잠자코 바라보던 최만호가 대답했다.

"우리에 대한 저쪽의 증오가 그 정도였을 줄 몰랐다는 거야."

거기에 대해선 이영훈도 할 말이 없었다.

2071년에 설립된 뒤로 연방수사국에는 적잖은 수의 정보요원들이 투입되었다. 연방제 수립이라는 놀라운 관문에 함께 들어서긴 했지만, 남과 북은 100년 넘게 대립했었고, 당연히 서로를 신뢰하지 않았다. 양쪽 정부는 남한 국정원과 북조선 정보부 인사들을 연방수사국에 밀어넣었다. 알력 다툼 또한 치열했는데, 노골적이라기보다는 물밑에서 서로 맹렬했다. 조직 내에서 남과 북은 뒤섞이지 않으려 버티는 동시에, 서로의 라인을 자르려 미행을 붙이고 도청을 해댔다. 그런 물밑싸움 속에서 조선정보국과 국정원은 서로의 라인에 칼질을 하고 제 줄 밖의 사람들을 내쫓았다.

8개월 전 이영훈이 연루된 사건이 놀라웠던 건, 이전에 벌어지던 물밑싸움과는 사뭇 달랐기 때문이었다. 이영훈으로 시작된 내사 사건은 일종의 권력형 게이트가 되었다.

썩 괜찮은 소스를 물어오던 정보원과의 접선인 줄 알고 나갔던 이영훈은 뇌물 수수 혐의로 긴급 체포되었다. 오랜 조사 끝에 이영훈은 혐의를 벗었지만, 이영훈을 내사한다는 빌미로 이뤄진 대규모 감찰에 엄청나게 많은 연방수사국 고위직들이 걸려들었다. 알력 다툼은 누군가를 죽이지 않으면 내가 죽는 싸움이 되어버렸고, 결과적으로 잘린 목이 성문에 내걸린 사람들은 이영훈과 가까운 사람들이었다.

"왜 나였죠? 내가 왜 숙청의 시작이 되었냐고요."

"딱히 너의 무엇 때문이었겠냐. 그냥 네가 약한 고리겠다 싶었나 보지."

중요한 건 압수수색 영장이 발부된 근거였다. 대규모 감찰을 일으키고 조직을 깨끗하게 씻어낼 구실을 만들기 위해 저쪽은 이영훈을 찍었다.

그 덕에 나는 외로운 늑대가 되었지. 조직 안에 있으면서 조직 모두의 경계대상이 되는, 암덩어리가 되었어.

"연해주로 가게 됐어."

최만호는 아들이 북조선 가스개발공사 하청을 따냈고, 그 일을 도우러 간다고 설명했다.

"작별 인사 하러 오신 거네요."

최만호는 한동안 말이 없었다.

"네가 갈 자리를 알아볼 수 있어."

"하아."

대답 대신 영훈은 얼굴을 감쌌다.

"니가 왜 여기에서 버티고 섰냐. 그럴 필요 없어. 나랑 연해주에 가자."

"가서 구멍 파서 가스 뽑자구요?"

"뭐든."

씨발, 집어치워요. 거기에서 지폐 더미에 묻히더라도 당신은 지루함으로 누렇게 말라죽을 거고, 나는 술독에 빠졌다가 담낭암에라도 걸릴 거라고요. 알잖아요. 우리가 뭘 하고 살아야 눈빛이 생생해지는 족속인지, 과장님도 알잖아요.

"형사질 못 하면 죽을 거예요."

최만호는 가만히 생각에 잠긴 듯했다. 바람이 거세지자 창문이 덜거럭거리며 흔들렸고, 저 아래 도로에서 차 지나가는 소리가 들렸다. 무릎을 짚고 일어선 최만호가 다시 창가에 섰다. 이영훈과 눈을 맞춘 그가 고개를 가로저었다.

"그놈들은 계속 네 주위를 맴돌 거야."

"나는 안 갑니다."

"너로 인해 숙청이 시작되었어. 너를 내보내지 않고는 끝났다고 여기지 않을 거야."

이영훈은 옛 상관을 멍하니 올려다보았고, 대답은 그걸로 끝이었다.

최만호가 마실 만한 걸 찾으러 냉장고와 찬장을 열었다. 먼지 덮인 보드카 병을 찾아낸 그는 무더기로 그릇이 쌓인 싱크대 안을 뒤적이다가 깨끗한 잔 찾기를 포기하고는 의자에 돌아와 앉았다. 최만호 다리 사이에 놓인 먼지 덮인 보드카 병을 본 이영훈이 취한 눈을 가늘게 떴다.

"요즘 어떤 사건 해?"

"그런 게 왜 궁금해요? 그냥 골치 아픈 거 붙들고 있는 중이에요."

아, 맞다. 네트워크.

자초지종을 들은 최만호가 고개를 저었다.

"네트워크는 수정과 삭제가 안 돼. 누군가 닫았다면, 닫을 권한이 있는 자가 명령했다는 뜻이야."

"누가 가능하죠?"

"맨 위. 그리고 그 아래 그룹 정도."

"그들끼리는요?"

"그들 중 하나가 명령을 내렸다면, 그들끼리는 그 명령이 공유될 거야. 그들은 높은 성 위에 걸터앉아 있지."

이영훈의 혀는 피로와 취기로 잔뜩 꼬부라져 있었다.

"성 안에는 어떻게 들어가는데요?"

"봤잖아. 내 위에서 우리 그룹을 이끌던 자들이 목 잘려 성 밖에 내걸린 걸. 나를 비롯한 떨거지들은 회유되거나 내쫓겼고."

남은 건 굶주리고 오그라든 늑대 한 마리뿐이지.

이영훈의 눈꺼풀이 파르륵 떨렸고, 잠이 그를 붙들었다. 최만호는 보드카 병을 잠긴 그대로 두었다. 그가 이불을 가져와 어느 새 잠에 빠져든 이영훈에게 덮어주었다. 속임수에 빠진 늑대 펜리르는 오딘의 아들 티르의 팔을 잘릴 때까지 물어당겼지. 죽을 때까지 항복하지 않는 인간이, 부러지지 않는 뜻이, 과연 존재할까. 그런데 그게 왜 너여야 할까.

불을 끌 필요는 없었다. 문을 열자 복도의 누런 불빛에 문가에 떨어진 고동색 열쇠가 보였다. 그걸 집어 최만호는 협탁에 놓아두었다. 문은 안에서 버튼을 눌러두고 닫으면 그냥 잠기는 방식이었다. 버튼을 누른 최만호가 밖으로 나가 문을 철컥, 닫았다.

2078년 12월 12일 오후 7시 49분, 평양

문이 조용히 열렸고, 인식을 마친 주택관리AI가 부드러운 목소리로 인사를 건넸다.

"705호 거주자님, 안녕하십니까? 몸의 일부가 젖어있어 체온이 떨어지기 쉬운 상태입니다. 유의하십시오."

몸 상태를 스캐닝한 주택관리AI가 세욱에게 당부사항을 알렸다.

세욱이 구입한 아파트는 지은 지 3년 된 신축 건물이었다. 주택관리AI가 가정마다 설치되어 있었고 대부분의 생활가전이

빌트인된 곳이라, 부산 금정구에 살던 세욱과 지원은 가전제품과 가구 대부분을 중고로 넘기고 이사 왔다. 엘리베이터 문이 열렸고, 7층 버튼이 자동으로 눌렸다. 몇 걸음 내딛은 세욱은 묵묵히 물기를 털어낼 뿐이었다.

집 안에는 훈기가 돌았고, 찬 비를 맞은 탓에 들었던 으스스한 기분은 금세 사라졌다. 주택관리AI는 집 안의 온도와 습도와 공기의 질까지 관리했고, 입력해놓은 시간에 맞춰 주기적으로 청소로봇을 작동시켰다. 인터넷으로 주문한 물품을 받거나, 배달 상황을 점검하는 일도 주택관리AI의 몫이었다. 대부분의 영역과 마찬가지로, 아니 그 이상으로 인간은 가사노동에서 해방되었다. 물론 주거환경이 못 받쳐주거나, 주택관리AI 운용비를 못 댈 정도로 가난하면 이 같은 혜택을 누릴 수 없었다. 당연하게도 편의는 부(富)의 정도에 따라 차이를 지녔다.

싱크대 앞에서 칼질을 하던 지원이 고개를 돌렸다. 지원이 음식을 준비하는 건, 결혼 전 맺은 둘 사이의 약속이었다. 음식을 만드는 일은 지원이, 먹은 걸 치우고 그릇을 닦는 일은 세욱이 맡기로 했다. 부부가 정해놓은 규칙은 그것뿐이었다. 연방수사관으로 복귀한 세욱은 세욱대로, 평양종합병원 소아과 의사인 지원은 지원대로, 자기 삶에 바빴다. 젖은 재킷을 둘둘 말아 세탁 바구니에 넣은 세욱이 싱크대 앞에 선 지원의 뒤통수에 입을 맞추었다. 침실로 고개를 돌리니 갈아입을 옷이 침대 위에 가지

런히 포개어져 있었다.

"평양에서 가장 맘에 드는 게 뭔지 알아?"

돌아보는 지원을 향해 세욱이 늦은 대답을 냈다.

"도로 넓은 거."

베이징과 모스크바를 근거로 도시 설계 전반을 꼼꼼히 참고해서인지, 평양의 도로는 드넓었고 차량 정체는 좀처럼 일어나지 않았다.

"다른 건?"

"말해 뭐해. 평양 여자지."

냄비를 휘젓던 지원이 피식 웃었고, 득점한 세욱은 방으로 들어가며 키득거렸다.

지원과 세욱이 식탁에 마주 앉았다. 맵고 달콤하게 볶은 두부 요리가 가운데 놓였고, 된장을 풀고 달래를 넣어 끓인 찌개가 따끈하게 퍼 올린 흰 쌀밥 옆에 자리했다. 지원은 평양지부에서의 첫날을 무척 궁금해했다.

"가자마자 팀장한테 보고를 올렸는데……."

"아, 맞다. 그 팀장님, 남자였어, 여자였어?"

"정준희 팀장님, 새카만 아저씨."

아하. 눈짓을 교환한 부부가 서로 고개를 끄덕였다. 숟가락이 식기에 부딪치며 짤그락 소리를 냈다.

"부산에서 있었던 일 이야기를 꺼내더라고."

지원이 손을 뻗어 남편의 손등을 덮었고, 세욱이 아내를 보며 마주 미소 지었다. 분위기를 바꾸려 세욱이 너스레를 떨었다.

"마지막에 다른 팀원들이랑 인사하고 왔거든. 내가 그 사람들한테 물었어. 평양엔 뭐가 유명해요?"

"그랬더니 뭐라고 대답해?"

"평양? 유명한 거? 글쎄…… 추운 거?"

지원의 한쪽 입술이 삐죽 올라갔다. 대부분의 북쪽 사람들처럼, 지원 또한 자긍심이 강했다. 자기 자신에 대해, 자기가 속한 사회 그리고 국가에 대해.

"대답한 사람, 남쪽 사내로구나?"

지원과 세욱은 부산대학병원에서 처음 만났다. 지원은 북조선 중앙의료원에서 부산대학병원으로 파견 나온 의사였고, 세욱은 연방수사국 부산지부 조직범죄팀에서 활동하던 수사관이었다. 두 사람 모두 그즈음 연애 생각이 별로 없었다. 그녀는 의무 파견근무를 마치면 황해도 서부 어디 즈음에 개원할 계획이었고, 세욱은 쉬는 날이면 밀린 잠을 자기 바빴다. 언제부터 연애 감정이 싹텄는지 지원은 딱 부러지게 말하지 못했다. 세욱이 정기검진을 위해 부산대학병원을 찾았을 때 둘은 처음 만났고, 이후 간혹 마주치면 눈인사를 나누곤 했다. 근무하는 3층 소아병동에서 몇 번을 마주쳐 커피 한잔 함께 하기를 서너 번, 지원은 자연스러운 이끌림이 두 사람 사이에 존재했다고 믿었다. 포

니테일로 머리를 질끈 동여맨 여의사와 우연을 가장해 맞닥뜨리려 쉬는 날마다 소아병동을 뱅뱅 돌아다녔다는 사실을 세욱이 고백하기 전까지.

"파트너는 만나봤고?"

"원산 출장 갔다던데? 아직 못 만났어."

"원산?"

"부동산업자가 자기 별장에서 죽었다나봐."

지원은 자기 남편도 그 먼 곳까지 출장을 다녀야 하나 생각을 했지만, 입 밖에 내진 않았다. 아까 본 현장 사진을 떠올린 세욱이 얼굴을 찌푸렸다. 그런 이야기를 하기에 우리 집은 너무도 고결하지. 지원에게 미소 지으며 세욱은 그리 생각했다. 앞으로도 이 식탁에서 그런 것에 대해 이야기하지 않으리라. 그는 사람이 죽거나 다친 모습을 계속 볼 것이었다. 그건 의사인 지원 또한 마찬가지지만……. 그러나 세욱은 다르다 여겼다. 범죄 현장에는 특유의 악한 기운이 존재하니까. 그는 자신이 봤던 악의 형상을 떠벌리고 싶지 않았다.

"말 좀 해봐. 궁금하니까."

"사람이 죽었고, 우린 그 이유를 알아내야 해. 그게 다야."

수사 과정은 예전과 달랐다. 인공지능은 범죄학에도 놀라울 정도의 지식을 구축했고, AI는 범행 관련 정보를 통해 용의자를 압축하고 전과자를 추려냈다. AI의 수사는 구체적이고 정확

해서, 수사관들은 추려낸 용의자의 알리바이를 파악하는 정도만 하면 될 정도였다. 범죄와 싸우는 건 수사관이 아닌 AI인 셈이었지만, AI가 제대로 된 답을 찾게 만들려면 수사관은 올바른 질문을 떠올려야 한다는 걸, 세욱은 연방수사국 연수원 과정에서 배웠다. 그러고 보니 배운 게 없진 않았군. 트릭이나 스릴, 살인자와의 심리게임 따위는 없었다. 실행이 재빠르지 못한 데스크탑도, 꽁초가 빼곡한 재떨이와 차갑고 쓰디쓴 커피도, 빽빽하고 매캐한 사무실 공기와 등짝을 뻣뻣하게 만드는 잦은 출장 또한 없었다. 다만 그들은 AI가 판단할 수 있도록 정보를 제대로 모아야 했고, 그걸 순차적으로 정확히 입력해 AI가 잘 판단하도록 도와야 했다.

"재료를 대주기만 하는 거잖아."

"요리는 인공지능이 하고."

안 그런 영역이 어디 있겠어. 어디든 마찬가지였다. 인공지능이 주도하고, 인간이 의존하는 2078년이었다.

세욱의 아파트에서는 반듯반듯하게 지어진 주택가가 한눈에 보였다. 종종, 지원은 다닥다닥 붙은 똑같은 모양의 집들을 보며 눈살을 찌푸렸다. 그녀가 싫어하는 건 획일성, 일체의 억압, 규율이라는 이름의 횡포였다. 김정은 시대에 태어났으면 반체제인사가 되었을 거야. 눈썹을 찌푸리는 아내를 보며 세욱은 그런 농담을 하곤 했다. 지원은 의사를 명확히 표현할 수 있기 때문에 의사라는 직업을 택했다. 병은 존재하거나 존재하지 않았고, 진행되거나 둔화되었다. 그건 명확한 사실이었다. 그리고 경우에 따라 방법 또한 명료했다. 의사가 제시하면 환자는 선택하고 치료는 의료AI가 맡는 이 명확한 세계를, 지원은 사랑했다. 더 많은 공부가 더 많은 가능성을 확보해주는 확실한 세계가 바로 이 시대의 의학이었기에, 지원은 의사가 되었다.

설거짓거리를 개수대에 쌓아놓고 물을 부어둔 세욱이 부모에게 전화를 걸었다. 세종시 남한정부종합청사에서 근무했던 세욱의 부모는 퇴직 후 고향인 옥천에 내려가 소일거리로 농사를 하고 있었다. 식탁에서 아까 일어난 지원은 해주에 사는 자기 부모와 통화 중이었다. 저녁마다 그들은 각자의 부모에게 혹은 서로의 부모에게 전화를 걸어 대화를 시도했다. 2078년이건만, 배우자의 부모와 가까워지는 과정은 여전히 쉽지 않았다. 통화를 마친 세욱이 거실로 나오자 지원이 시부모 안부를 물었다.

"뭐, 농사 짓는다지만 손에 흙을 묻히는 건 아니니까."

AI혁명은 농업에도 변화를 일으켰는데, 폭이 15센티미터 정도 되는 농업 기기들이 30미터 단위로 자리했고, 기계손이 작동해 배양액 속에서 작물을 키웠다. 그나마 흙을 쓰는 농사는 유전자를 접목한 과실수 정도였다. 농부의 일 대부분은 기계를 돌보고 AI의 보고를 받아 요청을 승인하는 것뿐이었다. 가지를 치고 비료 배율을 조정해 작물 아래에 주입하고 과실이 열리면 따는 일까지, 전부 AI가 처리했다. 가변식 하우스의 비닐 막을 날씨와 습도와 미세먼지 농도에 따라 자동으로 열고 닫는 일까지, 온전히.

—너, 괜찮냐?

함께 통화를 하던 아버지가 화장실 간다며 먼저 일어난 사이에, 어머니는 그리 물었다.

"그럼요. 좋아요."

—세욱아, 근데.

"왜요?"

—집에 조 수사관이 왔었어. 어제.

침묵이 흘렀고, 세욱이 말라붙은 혀를 입 바닥에서 간신히 뗐다.

"뭐래요?"

—니 연락처를 달래서, 줬어.

"그걸 왜……."

—지원이 연락처를 알더라. 니 처한테 연락하지 않게 해달라며, 알려달랬어.

난 바꿨지만, 지원인 전화번호를 바꾸지 않았으니까.

세욱이 머리를 감싸쥐었다.

"괜찮아요. 제가 잘 얘기해볼게요."

보이지 않는 손이 심장을 움켜쥐는 듯했고, 핀볼처럼 경망스런 불안이 머릿속에서 달가닥거렸다.

그릇을 식기세척기에 넣은 세욱이 세제를 보충하고는 가동 버튼을 눌렀다. 지원은 거실에서 3D 태블릿을 작동시키는 중이었다. 색색깔로 구분된 입체화면을 골똘히 들여다보던 지원이 수술하는 손동작을 취하자, 3D 영상이 그에 맞춰 움직였다.

"아까 했던 수술, 검토하려고."

지원은 오후에 기형 심장을 지닌 여아의 대동맥우회수술을 AI의 집도에 맞춰 진행했었는데, 오차범위 내에서 절개와 접합이 이뤄졌는지 내일 보고해야 했다. 레이저 삽입 각도에 대한 AI의 자체 분석을 들으며 지원은 짜증스러운 표정을 지었다.

"기계들이 기술을 넘어 예술의 영역까지 넘어오고 있어."

"수술이 예술이야?"

"예술의 차원에 다다르는 실력들은 어디에나 있지."

지원의 경탄스러운 시선은 3D 태블릿에 고정되어 있었다. 붉고 푸른 3D 화면 너머 보이는 지원의 얼굴을 세욱은 골똘히 쳐다보았다.

알파고의 등장 이후, 인간의 영역은 꾸준히 축소되어 왔다. 2043년 즈음부터 뉴스 기사는 AI가 작성했고, 2061년에는 섬세한 움직임이 필요한 수술은 반드시 AI가 집도하도록 법이 개정되었다. 음악과 문학, 미술 등 예술 부문에서 AI를 뛰어넘는 인간은 2050년이 되기도 전에 사라져버리고 말았다. 2078년인 지금, 기계의 탁월함은 대부분의 영역에서 자연스럽고 당연한 것으로 여겨졌다.

인공지능이 진보를 이끌었지만, 지속가능한 환경은 탄소포집기로 인해 가능했다. 세욱의 부모님 댁 인근만 해도 탄소포집기 수천 대가 산의 사면을 따라 세워져 있다. 세계 곳곳에 세워진 탄소포집기는 탄소를 집어삼키며 지구의 온도를 낮췄고 이상기후현상은 놀랄 만큼 줄어들었다. 어쩌면 그게 평양의 날선 바람을 되살렸는지도 모르지. 50년 전만 해도 지구는 탄소 때문에 끓어오르는 중이었으니까. 산등성이를 따라 도미노처럼 늘어선 탄소포집기들이 팬을 돌리며 빨아들인 공기에서 탄소만을 주워 담는 광경은 흔히 볼 수 있는 풍경이었다.

캡슐로 커피를 두 잔 내린 세욱은 한 잔을 아내에게 갖다 주곤 창가에 섰다. 빗줄기는 여전히 거셌다. 내일 아침에 우산을 챙겨야 하려나. 세욱은 뭔가 들고 다니는 걸 번잡스러워 했다. 아내가 싫어하는 저 다닥다닥 붙은 똑같은 집들은 빗속에서 더욱 우중충해 보였다. 평양이라니. 내가 평양에서 근무하다니. 세욱이 커피를 후루룩 마셨다.

한국전쟁 이후 세계와 높은 담을 쌓고 혼자만의 몽상을 쌓아올리던 이 차가운 나라는, 2064년 쿠데타와 함께 뒤바뀌었다. 내전은 한 달 내내 벌어졌고, 치열한 전투는 주석궁 앞에서 김정은의 마지막 탱크가 불타며 끝났다. 김정은을 축출한 젊은 장교들은 남한의 중재 속에서 미국과 비밀회담을 벌였고, 비핵화 결정과 북미수교가 맞교환되었다. 북조선은 NPT에 재가입했고, IAEA의 핵사찰을 50여 년 만에 다시 받아들였다. 그 옛날 리비아는 홀로 서 있다가 미국의 배신에 몸서리를 쳤지만, 북조선에게는 남한이 있었다. 핵시설을 폐쇄하고 핵무기를 미국으로 보내며 그에 따라 막대한 경제적 수혜를 받는 과정에서, 남한은 북조선을 엄호하고 때로는 다그치며 상황을 찬찬히 풀어냈다.

북조선은 동아시아에서 스위스의 정치적 위치와 싱가포르의 경제력을 동시에 갖추려 꾀했다. 미국과 중국과 러시아 사이에서 주판을 제대로 튕기며, 북조선은 정치적 안정과 경제적 성장을 이뤄냈다. 남한도 이 과정에서 무수한 이득을 맛보았다. 북조선 개발에 남한의 기업들이 부를 일구고 수익을 거둬갔다. 남포와 나진을 통해 개혁개방 정책을 시작한 북조선은 지속적이고 다각화된 경제 협력을 시작했다. 2067년 신개성공단과 신벽란도항 개방으로 시작된 남북경제협력은 남포 신도시 건설과 나주-원산 현대화 사업을 통해 확대되었다. 스포츠와 문화 교류가 이어졌고, 화해의 분위기는 평화 정착으로 이어지다가 급작스러운 연방 결성으로 열매 맺었다.

그러나 평양에 두려움을 지닌 사람 또한 여전히 존재했다.

"여기가 잿빛인 건, 여기 사람들이 아직 그렇기 때문이야."

지원이 3D 태블릿을 끄자 주택관리AI가 자동으로 거실 불을 켰다.

"회색이라고?"

"아니, 잿빛. 그 둘은 달라."

세욱은 흰색과 검은색 사이를 떠올렸지만, 지원은 타고 남은 뭔가의 빛깔을 가리킨 것이었다.

21세기 후반에 이른 지금, 북조선의 부는 놀랄 만큼 커졌다. 희토류를 비롯한 광물이 발전을 견인했고, 상대적으로 인건비가 높아진 주변국 상황 때문에 북조선으로 자본이 유입되었다. 인프라 구축을 위해 중국 자본이 들어왔고 남한 자본이 뒤따르며 물동량이 커졌다. 북조선 내 초기 창업을 이끈 건 중국이었지만, 개방 정책에 따라 유입된 남한 사람들의 역할 또한 무척 컸다. 먼지 날리던 개성공단과 새로 건설된 해주공단이 연결되며 동북아시아 최대의 경제블록을 형성했다. 그리고 비슷한 변화가 신의주와 원산에서 폭발적으로 일어났다. 달디단 성과를 함께 맛본 남과 북은 쿠데타가 일어난 지 4년 후인 2068년, 연합정부를 탄생시켰다. 그건 낮은 단계의 연방제였다. 남한의 민주적 정권 창출 방식과 북조선의 일당 지도 체제는 그대로였다. 연방은 각자의 헌법을 소유했고 법 체제 또한 별개였다. 각자의 영토는 각자의 방식으로 다스리는 대신, 교류와 상생은 적극적으로 이뤄졌다. DMZ를 관통하는 여섯 개의 도로와 네 개의 고속철길이 건설되었고, 비무장지대는 영구개발제한지역으로 선포되었다. 이것이 2078년의 한반도였다.

"잿빛이라니 무슨 의미였어?"

커피 잔을 개수대에 넣던 지원이 눈을 동그랗게 떴다.

"아직 그 생각 중이었어?"

"그냥 이것저것."

"북조선 사람들에 대한 내 생각이 그래. 곰곰 생각해보면, 나 자신도 그렇고. 워낙 모든 게 후다닥 이뤄졌지만, 사람은 잘 바뀌지 않으니까."

2078년의 막바지인 지금도, 북조선과 남한의 특징은 여전히 뚜렷했다. 막대한 자본의 유입에도 불구하고 북조선의 전체주의적 성격은 여전했고, 남한의 물질만능주의적인 성향은 아직도 극성스러웠다. 남한은 북조선을 소름 끼치는 목각인형으로 치부했고, 북조선은 남한을 지껄이기 좋아하는 파렴치한으로 여기곤 했다.

"우리는 남한 사람들의 그런 걸 혐오해. 깔보는 태도랄까."

"너무 의식하는 건 아닐까?"

"피해의식이라는 거야?"

곰곰 생각하던 지원이 덧붙였다.

"그럴지도. 우리는 남한 사람들이 돈 좀 있다고 까분다고 여기지만, 실제 졸부가 된 건 우리 북조선이니까."

많은 북조선 사람들이 물질에 대해 초연하려 애쓰는 것도 사실이었다. 그들은 물질을 혐오하는 게 고귀하게 사는 방식이라고 여겼다. 어쩌면 그것이 이토록 부유해졌음에도 도저히 따라잡을 수 없는 남한의 부유함을 이기는 유일한 방식이자, 자긍심을 지키는 은밀한 길이라고 여기는지도 몰랐다.

지원을 먼저 침대로 보낸 세욱은 유리창을 타고 흐르는 비를 보며 이런저런 생각을 했다. 내일 아침에 출근하면 이영훈 경위가 먼저 자리에 와 있으려나. 거리를 두고 그를 감시하는 동시에 함께 수사하며 뭔가 배워가는 과정은, 만만치 않을 게 분명했다. 그 생각이 자기 내부에 자리한 긴장을 팽팽하게 만든다는 사실을, 세욱은 기민하게 알아챘다. 난 남들이 하기 싫어하는 일을 맡았구나. 하지만 이것 또한 내게 찍힌 낙인 때문이겠지. 세욱은 어머니를 떠올렸다. 지원을 제외하고는 어머니만이 세욱의 일을 엷게나마 알았다. 조 수사관은 세욱의 파트너였고, 결혼 전엔 그의 집에 몇 번 놀러오기도 했었다. 조 수사관과 마주하며 느꼈을 어머니의 당혹을 세욱은 떠올려보았다. 그러자 어머니를 찾아오며 조 수사관이 느꼈을 모멸감과 자기혐오 또한 세욱에게 밀려들었다.

나는 나의 낙인을 벗겨내려고 내 파트너를 감시하는 신세가 되었구나. 정준희가 한 말이 떠올랐다. 네가 어떤 놈인지는 너

스스로 증명해야 하는 거야.

파트너를 감시하라.

난 그 더러운 제안을 거부하지 않았지. 어쩌면 정준희 팀장의 지시를 지키는 일이, 의리보다 중한지도 몰랐기에 그랬어. 상관의 신뢰나 좋은 근무 평점 따위 때문에 이러는 게 아니야. 내게 찍힌 낙인 때문은 더더욱 아니고. 그저 명령이었기에 이 더러운 지시에 수긍한 것뿐이라고, 세욱은 생각했다.

외로운 늑대라. 정준희는 이영훈의 목에 줄을 매고, 이를 뽑아내려는 걸까. 아니면 영영 무리 밖으로 내쫓으려는 작정일까. 아직 만나지 못한 늑대와 의구심이 깃들었던 팀장의 눈초리를 생각하며, 오가지도 못하게 오그라든 세욱은 늦도록 그리 서 있었다.

2078년 12월 12일 오후 9시 37분, 평양

차가운 겨울바람이 거리를 내달렸고, 유리창이 가늘게 부들거렸다. 희미한 어둠 속에 앉은 노인이 눈동자만 도르륵 굴려 창 쪽을 힐끗 보았다.

노란색과 푸른색 네온사인이 문지르는 창 밖은 저 멀리까지 지극히 고요했다. 옆으로 구르며 순간 반짝이던 노인의 눈동자가 다시 꺼멓게 죽으며 앞으로 돌아왔다. 총 든 자에게 노인의 늘어진 뺨이 경련으로 부들거리는 게 보였다. 노인의 주름진 얼굴에 스친 몇 초 간의 희망에 총 든 자가 쓴웃음 지었다. 희망이라, 희망. 총 든 자는 그게 불티 같다고 생각했다. 공중에 반짝이며 떠오르다가, 깜빡임도 없이 사라져버리는 불의 자취. 더 큰 절망을 위해, 고문관들은 일부러 희망을 주기도 했었다. 그랬지, 그 지독한 자들은. 한 방울의 물이 더 지독한 갈증을 가져다준다는 걸 고문관들은 너무도 잘 알았던 거야. 총 든 자의 가슴에 고통과 증오와 분노가 회오리쳤다. 그곳에서, 지독하리만큼 잔혹했던 고문관들은…… 끝도 없이.

"아무도 없어, 아무도."

노인에게 절망을 주려던 건 아니었다. 총 든 자가 원하는 건 따로 있었다.

평양의 밤은 일찍 찾아왔고, 날카로운 추위에 거리는 오후부터 한산했다. 귀가하는 노인의 뒤를 밟은 총 든 자는 문이 닫히기 전에 발을 밀어넣었다. 총 든 자는 귀가한 노인이 오늘 집에 혼자 머문다는 사실을 미리 알고 있었다.

"당신 뒤를 밟은 지 보름이 넘어."

"나에 대해 잘 알겠군."

"내가 아까 물어본 그거 하나만 못 알아냈지."

잠시, 노인의 얼굴에 우쭐대는 기색이 스쳤다. 총 든 자는 그 순간 깨달았다, 노인이 입을 절대 열지 않을 거라는 사실을. 하지만 입을 열지 않는다 해도 그에겐 아무 상관이 없었다.

넓은 방은 어둑하고 얼어붙은 창 밖에서 들어서는 빛은 여기까지 닿지 않아, 노인은 총 든 자의 얼굴을 볼 수 없었다. 아파트 길 건너 건물에는 종일 장사를 하는 편의점이 자리했고, 그 위층에는 자정까지 북적이는 술집이 자리했다. 노란 편의점 간판의 불빛은 창 문턱을 문지르는 정도였지만, 맥주 거품 모양의 푸른 불빛은 창문을 넘어 노인의 얼굴에까지 간혹 퍼런 자취를 남겼다. 그 때문인지 죽음의 공포로 경련을 일으키는 노인의 낯빛은 이미 죽은 자의 그것 같았다.

오직 창으로 들어오는 그 푸르스름한 빛만 존재했기에, 어둠에 잠긴 방 안은 잘 구분되지 않았다. 양탄자가 깔린 널찍한 공간에 책이 가득 담긴 책장과 골동품과 자기가 진열된 진열장이 아름다웠지만, 지금은 고요한 어둠에 잠겨있을 뿐이었다. 어둠 너머를 쓱 둘러보던 총 든 자가 노인에게로 고개를 돌렸다. 그는 노인 앞에 놓인 작고 둥근 탁자 건너편 의자에 아주 편안한 자세로 앉아 있었다. 왼손으로 꽉 움켜쥔 권총 끝이 살짝 움직였다. 총구가 가리킨 탁자 위에는 하얀 알약 수십 개가 흩어져 있었다. 눈을 가늘게 뜬 노인이 총 든 자를 자세히 들여다보려 했다. 그러나 약한 노인의 시력으로는 어둠에 잠긴 그 자의 얼굴을 또렷이 볼 수 없었다.

총 든 자가 다시 한번 총을 까딱거려 탁자의 알약을 가리켰다. 어금니를 꽉 깨문 노인이 흩어진 하얀 알약을 돌아보았다. 흉측한 벌레를 본 듯 노인이 얼굴을 찡그렸다. 사내가 몸을 앞으로 기울였다.

"언제까지 기다려야 해?"

총 든 자의 목소리는 나지막했다.

"삼키든지, 진실을 고백하든지. 둘 중 하나야."

주저하던 노인이 고개를 빳빳이 들었다.

"이보시오. 난 당신이 찾는 그 사람이 아니라오. 뭔가 오해를 하고……."

"당신이 김태성이라는 거, 너저분한 짓으로 자기 인생을 망치고 죄 없는 사람들을 죽게 만들었다는 거, 잘 알고 있어. 헛소리 말고 둘 중 하나를 하시오, 김태성 동무. 진실을 밝히거나, 아니면 당신이 죽게 만든 자들 수만큼 약을 삼키거나."

아주 오랫동안 노인의 입술이 달싹거렸다. 그러나 끝내 그 사이로는 아무 말도 나오지 않았다. 다시금 사내가 총을 까딱거렸다. 삼켜.

채근을 못 이긴 노인이 탁자에 흩어진 알약으로 손가락을 뻗었다. 주름진 손가락이 두려움으로 덜덜 떨렸다. 덜거덕거리는 아래턱을 힘겹게 열어, 노인은 집어든 알약을 간신히 삼켰다.

"이제 딱 열 개째야. 열 개의 알약, 당신이 팔아넘긴 열 번째 사람. 몇이나 남았을 것 같아?"

"살려주시오. 더 먹으면 위험해져요……."

"마저 먹어. 그걸 다 삼키면 약속대로 구급차를 불러주지."

하지만 노인은 안다. 이걸 모두 삼키기 전에 두개골 밑 대동맥이 터져나갈 거라는 걸. 그가 삼킨 알약들이 배 속에서 녹아들며 두통은 격렬해졌다. 혈관 속 피가 고속열차처럼 질주하는 게 느껴질 정도였다. 노인이 괴로움으로 얼굴을 찡그렸다. 총 든 자가 몸을 앞으로 기울여 노인을 들여다보았다. 관자놀이의 혈관이 엄청나게 부푼 게 보였다. 두통에 가슴 조임이 극심하겠군. 겁에 질린 노인이 헐떡이며 총 든 자를 바라보았다. 노인의 커다래진 동공은 시간이 얼마 남지 않았음을 알리는 강한 신호였다.

"그만, 그만해."

노인의 번들거리는 입가에서 멀건 침이 뚝뚝 떨어졌다. 총 든 자가 빙그레 미소 지었다. 앞으로 기울였던 몸을 천천히 뒤로 뉘이자 얼굴은 다시금 어둠에 잠겼다. 그렇기에 노인은 사내의 얼굴에 피어오른 미소를 알아채지 못했다. 노인의 극렬한 고통을 상세히 살펴보는 사내의 눈빛이 복수의 달콤함으로 흡족했다.

"아파? 괴로워?"

"그래, 아프다. 제발, 이제……."

"멀었어. 고작 열 명으로. 안 되지, 안 되고말고."

결정해야 할 때야. 그래, 약속을 지킬지도 모르지. 다 삼키면 구급차를 불러준다 했으니, 한꺼번에 털어넣고 심장이 버텨주기를 간절히 비는 게 나을지도 몰랐다. 지금까지 노인은 약효가 물러갈 시간을 벌기 위해, 알약을 한 알씩 천천히 삼켜왔다. 하지만 이젠 더 이상 버틸 재간이 없었다. 노인은 자기 혈관을 꽉 움켜쥔 약 기운이 그걸 비틀어 끊어내려 한다는 사실을 깨달았다.

한꺼번에 삼키는 게 나아.

결심을 굳힌 노인이 아랫입술을 깨물었다. 얼른 삼키면 구급차가 올 테고, 구급대원들이 약효를 없앨 적절한 조치를 취할지도 몰라. 아니, 어쩌면…….

사내가 원하는 진실을 털어놓는 건 어떨까. 그 생각이 들자 노인의 얼굴에 멀건 웃음이 돌았다. 진실…… 진실이라고? 세상에, 그딴 게 존재하기는 한다고……? 회개라면 생각해봄직하건만.

총 끝을 노려보던 노인이 탁자 위의 알약들을 움켜쥐었다. 아직 끝이 아니야. 나 김태성은, 끝나지 않아! 노인이 몸을 떨며 하얀 알약을 한 움큼 입에 털어넣었다. 간신히 알약을 삼킨 노인이 몸을 반쯤 일으켰다. 입을 벌리고 혀를 들어 말끔히 빈 입속을 보여준 노인의 뺨이 레이스를 마친 경주마의 허벅지처럼

덜렁덜렁 경련했다. 입을 다문 노인이 도로 의자에 앉았고, 약
효가 그를 잡아 찢기 시작했다.

총 든 자의 얼굴에 환한 미소가 떠올랐다. 그래, 끝내 진실을
털어놓지 않겠다 이거지. 네가 죽음으로 등 떠민 수십 명을 그
런 식으로 한꺼번에 집어삼키는군.

노인이 가슴과 머리를 붙들며 몸부림쳤다. 몸이 옆으로 넘어
졌고, 의자가 양탄자 위로 쓰러졌다. 극렬한 피의 흐름이 심장
에서부터 머리로까지 솟구쳐 올라가는 모양이었다. 그 지독한
격렬함을, 노인의 혈관은 견디지 못했다. 끄으윽……. 그건 영
혼이 빠져나가는 소리였다. 총 든 자가 무수히 들었던, 바스락
부서져버리는 것 같은 신음이었다.

갈퀴손으로 자기 머리를 움켜쥔 채 노인은 고요히 죽었다. 총
든 자는 노인이 시신이 되어가는 과정을 가만히 바라보았다. 뇌
혈관을 터트리고도 심장 박동은 멈추지 않았고, 눈의 실핏줄과
코의 미세혈관마저 찢겨 코피가 흐르고 붉은 눈물이 고였다. 경
련하는 노인의 죽은 몸에서는 절규가 터져나오는 것 같았다. 살
고 싶어, 아직, 아직…… 더!

나가기 전, 총 든 자는 죽은 노인의 얼굴을 다시 한번 들여다
보았다. 대단한 늙은이로군. 끝내 털어놓지 않다니. 걱정되진
않았다. 싹 다 찾을 거야. 당신이 덮으려 했던 진실과 끝내 토해
내지 않았던 그 막대한 돈을, 우리가 샅샅이 찾아낼 거라고.

총을 재킷 안쪽에 집어넣으며 살인자는 시신을 내려다보았다. 반성 없이 죽었기를. 고통스레 죽었기를. 죽은 자를 굽어보며 살인자는 그런 생각들을 했다.

밖으로 나간 살인자의 걸음이 저도 모르게 성큼성큼 재빨라졌다. 그가 밖으로 나가자 꺼졌던 주택관리AI가 다시 작동하기 시작했다. 내부 침입 기록과 CCTV 촬영을 중단시키러 관리실에 침입했던 동료가 걸어나와 살인자의 뒤에 바짝 붙었다. 행인은 아예 없고, 차량도 드문드문했다. 술집 아래 도로에 세워진 자동차 차문이 찰칵 열렸다. 안에 앉아 있던 자들이 살인자와 동료에게 공간을 내주려 서로에게 가까이 몸을 붙였다.

그들이 묻기 전에 그가 먼저 일러주었다.

"입 열지 않았어."

"죽었겠네."

운전석에 앉은 자가 대답했다.

"그러려고 올라간 거잖아."

조수석에 앉은 자가 말을 대신 받아주고는 뒤를 쓱 돌아보았다. 차 안은 따뜻했고, 추운 거리를 가로질렀던 살인자는 옷 아래 피부가 간지러웠다. 그는 별안간 허기를 느꼈다. 기어박스 자리에 먹다 남은 빵 덩어리가 손바닥만큼 남아 있었다. 뒷좌석에 좁게 붙어 앉은 사내 중 하나가 물었다.

"그 다음은 뭐지?"

"빵가루를 뿌려야지. 다음 먹잇감이 날아들게끔."

찢은 빵을 입에 넣으며 살인자가 대답했다.

투둑, 차창에 소리가 났다. 급작스런 겨울비가 우두두 차창을 두들겼고, 금세 흥건해진 물줄기가 켜지지 않은 와이퍼 위로 흘러내렸다.

2048년 12월 12일 오후 9시 37분, 평양

홀러내리던 빗물이 창틀을 적셨고, 유리에는 점점이 빗방울이 남는다. 얼마 뒤 비는 잦아들었지만 여인의 걱정은 줄어들지 않는다. 혹시라도 비로 인해 약속이 어그러지진 않을지, 여인은 마음이 쓰인다. 아까처럼 퍼붓진 않지만, 완전히 그친 건 아니다.

초록색과 파란색으로 칠한 건너편 상가 외벽은 세월에 색이 바래 창백하게 엷어진 채 빗물에 번들거린다. 올여름에 헐린다지. 저게 헐리고 뭐가 들어오려나. 이웃들 사이에선 그곳에 생필품 판매소가 들어설 거라는 소문이 돌고 있다. 여인과 그녀의 남편이 살고 있는 이 동흥동 아파트는 근사했지만 생필품 판매소가 꽤나 멀었다. 갈 땐 괜찮아도 뭘 들고 올 때가 문제였다.

간소하게나마 처마가 드리워졌건만 유리창에는 빗방울이 빼곡하게 묻어 있다. 창가에 서서 밖을 바라보던 여인이 고개를 돌려 벽시계를 슬쩍 본다.

씻어둔 잔을 꺼내려 부엌에 간 김태성은 물기가 남아 있는 싱크대에서 유리잔 몇 개를 꺼낸다. 저 사람, 또 잔을 뒤집어놓지 않았군. 미옥의 고쳐지지 않는 단점 중 하나는 설거지를 마친 잔과 그릇을 그냥 겹쳐두는 것이다. 잔을 뒤집어 거기 고인 물을 배수구에 탈탈 턴 태성이 마른 행주로 그걸 뽀드득 소리 나게 닦는다. 마개를 따지 않은 보드카가 거실에 놓여있다. 태성은 창밖을 바라보는 미옥을 본다. 시계를 보고 있는 여인의 초조한 얼굴은 무척이나 아름답다. 거실로 돌아온 태성이 잘 닦인 잔 세 개를 보드카 병 옆에 둔다.

"초조해?"

태성의 목소리에 미옥이 돌아본다.

희한한 목소리야. 아름다운 진미옥은 그렇게 생각한다. 남편 김태성은 묘하게 감겨드는 목소리를 지녔다. 반쯤은 쉰 목소리지만, 거기 묘한 감칠맛이 있었다. 귀를 잡아끄는 목소리였지만, 그 잔잔한 어조를 듣노라면 이유 모를 기이한 편안함에 이끌렸다. 깊이 찌르는 게 아니라, 저 아래에서부터 감아드는 목소리야. 미옥이 태성의 목소리에 감겨 결혼에 이른 건 아니었다. 하지만 남편의 목소리가 한몫 한 건 사실이었다.

이들 부부가 거주하는 이 동흥동 아파트는 지은 지 반년도 안 된 신축 건물이다. 당성이 몇 대에 걸쳐 증명된 맹렬당원에게 배급되는 이 아파트는 큼직한 방 세 개와 너른 거실, 회색 벽돌로 아름답게 마감된 벽난로와 중국산 백송을 써 깔끔하게 마감한 벽 모서리, 드높은 천장에 매달린 반짝이는 샹들리에로 꾸며져 있다. 김태성과 진미옥이 탄탄대로를 질주 중임을 이 훌륭한 거처가 대신 말해준다. 미옥이 다시 벽시계를 돌아본다. 그러지 않으려 애를 쓰지만 이런 때는 늘 그렇듯, 어쩔 수 없이 초조해진다.

돌아선 그녀는 천장에 매달린 샹들리에를 올려다본다. 미옥은 오렌지 빛으로 반짝이는 샹들리에에 바라보기를 좋아했다. 어떤 각도에서 올려다보면, 난롯불이 비춰진 각진 유리들이 따뜻한 색으로 반들거리기 때문이었다. 미옥의 미소에 태성은 긴장이 풀린다. 그리고 초인종 소리가 들린다.

태성이 미옥을 힐끗 보고는 문가로 나간다. 미옥은 심호흡을 한다. 성공해야 해. 이 건은 커, 아주 크단 말이야! 그간 쌓인 경험이 미옥에게 그렇게 속삭였다.

마중 나간 태성을 따라 들어온 중년 신사는 검은 코트 차림에 깊이 눌러 쓴 잿빛 중절모 차림이다. 문고리를 잡아 닫으며 집 안을 가리킨 태성의 손을 따라, 손님은 고개를 살짝 숙이며 들어선다. 중년 신사의 손에는 커다란 종이봉투가 들려 있고, 잔잔한 미소를 지은 미옥은 그걸 유심히 본다. 코트를 벗으며 중년 신사는 손에 쥔 종이봉투를 이 손에서 저 손으로 옮겨 쥘 뿐 내려놓거나 넘겨주지 않는다. 코트를 받아들기 전, 태성과 미옥이 잠시 시선을 교환한다.

"보드카 한잔하시겠습니까."

중년 신사는 술을 나눠 삼키지 않는다. 큰 잔에 반쯤 따른 훌륭한 러시아제 보드카를 단숨에 비운다. 그제야 중년 신사의 얼굴이 조금 풀린다. 중년 신사는 그제야 종이봉투를 꽉 쥔 제 손을 발견한다. 당혹스러운 웃음이 잠깐 번지고, 종이봉투는 태성에게 갔다가 미옥의 두 손으로 넘겨진다.

"아시겠지만, 어렵게 모은 거요."

태성이 고개를 끄덕인다. 얼른 안을 열어 내용물을 확인하고 싶은 마음이 굴뚝같지만, 미옥은 간신히 참아낸다. 태성이 고개 돌려 아내에게 말한다.

"대사 동무께 다과라도 내와야 하지 않겠소?"

의례적인 미소를 보인 미옥이 종이봉투를 쥔 채 주방으로 간다. 태성은 신뢰를 보여주어 고맙다는 치사를 늘어놓는다. 다 마른 싱크대 옆에서 미옥은 허겁지겁 종이봉투를 열어본다. 투명한 플라스틱으로 만들어진 납작한 상자에는 다양한 모양의 초콜릿 덩어리들이 들어있다. 외국 공항에서 샀을 법한 물건이네. 그 밑엔 두꺼운 종이로 만든 신발 상자가 놓여있다. 초콜릿 상자를 저쪽 구석에 홱 밀어놓은 미옥이 신발상자의 뚜껑을 반쯤 연다. 그 안에 빼곡하게 채워진 달러를 본 미옥이 방긋 미소 짓는다. 상자를 찬장 위에 올려둔 미옥이 숨을 깊이 들이켜고는 거실에 내갈 다과를 준비한다.

장작이 타오르는 벽난로로 양손을 뻗던 중년 신사가 잔을 채워줄지 묻는 태성에게 가볍게 고개를 끄덕인다. 따스해진 손바닥을 마주 비비는 중년 신사는 주(駐)이란 대사 백영환이다. 태성이 따라준 보드카가 그의 긴장을 풀어준다. 미옥이 부엌에서 이것저것 준비하는 동안 두 남자는 테헤란에서의 삶에 대해, 평양에 머무는 백영환의 가족에 대해 이야기한다. 아내가 아프다는 핑계로 잠시 귀국했노라고 백영환은 털어놓는다. 김태성은 묵묵히 듣는다. 주이란 대사의 누런 얼굴은 스트레스와 피로로 통통 부어 있다. 짧은 대화로 일종의 탐색을 마치자, 백영환이 본론을 꺼낸다.

"채명룡을 도왔다고 들었소."

아하, 우리 부부에 대해 채명룡에게 들었군. 며칠 동안 지녔던 의문이 환히 풀리자 김태성이 미소를 살짝 머금는다. 백영환이 어떤 경로로 그들 부부에 대해 알아냈는지, 요 며칠 태성과 미옥은 궁금해했다.

채명룡은 신의주 수출업부 간부로, 무역 업무에 잔뼈가 굵은 당원이었다. 보위부에게 무역 업무를 지시받은 당원 대부분이 그러하듯 채명룡도 대사관 무관으로 배정받았는데, 그가 부임

한 곳은 모로코였다. 북아프리카의 건조한 날씨 속에서 조국을 위해 대리무역과 밀무역을 행하던 채명룡은 돈맛에 홀렸고, 평양에 남은 가족들이 중국으로 탈출하는 그날에 맞춰 미국 대사관으로 망명했다. 평양은 발칵 뒤집혔다. CIA에게 환영받고 싶었던 채명룡이 김정은의 비밀 계좌에 관한 극비문서로 갈색 서류가방을 가득 채워 갔기 때문이었다. 김정은의 긴급 지시를 받은 보위부는 자금 인출과 새로운 자금로 확보에 열을 올렸다.

"채명룡으로 인한 손실이 수천만 달러에 달한다던데요."

"그래서 그 난리가 난 거 아니오."

대대적인 피바람, 거대한 숙청이 지난 몇 달 내내 당 안팎에 일었었다.

"죽다 살았소."

당시를 떠올리며 백영환은 고개를 설레설레 저었다.

"북조선도 이란도, 악성국가로 여겨져 무역이 죄다 막히지 않았소? 그래도 먹고살자고 뒷구멍으로 거래를 해야 하니, 몇 나라 거치며 서류가 복잡하게 조작되어야 하거든."

"그 재주로 살아남으셨군요?"

"말했잖소. 죽다 살았다니까."

강도 높은 숙청 속에서 운 좋게 살아남았지만 백영환은 다시 한번 깨달았다. 언제든 지워질 수 있고 사라질 수 있다, 이 나라에선.

"끔찍해졌소. 김정은 일당이 써댈 비자금을 긁어모으는 짓거리에 진력이 났달까."

이란 대사관 외교관과 보위부 요원은 북조선이 중동과 아프리카에서 벌이는 무기 및 마약 밀거래를 총괄했다. 그렇게나 막중한 자리에 앉아 있는 이란 대사관 총책임자 백영환이 망명을 하겠다고? 깎은 과일과 보기 좋게 정돈한 과자를 테이블에 올리는 미옥의 눈이 가늘어진다. 주이란 대사 백영환의 망명이 불러올 파장은 채명룡과 비교가 안 되었다.

"저희에 대해서는 채명룡 본인에게 들으셨습니까?"

"그가 미국에 망명한 뒤, 이탈리아 팔레르모에서 만났었소."

김태성은 놀란 표정을 감추지 못한다.

"채명룡이 CIA의 지시를 받는 모양이네요."

백영환이 고개를 끄덕인다.

망명한 채명룡이 지중해에 나타났다는 건, 그의 팔다리를 묶은 실을 CIA가 흔든다는 의미였다. 양키들이 뒷공작을 한 스캔들이 북조선 내부를 뒤흔들겠군. 미옥의 얼굴이 굳어진다.

백영환이 몸을 앞으로 기울인다.

"당신들이 내 희망이오. 채명룡이 그러길 당신들 아니었다면 가족 모두를 빼낼 수 없었다던데."

평양에 사는 채명룡의 가족을 각각 다른 루트로 일일이 빼돌리고, 쿠알라룸푸르로 집결시켜 멕시코시티에서 출발하는 샌

프란시스코 행 비행기를 수배한 건, 김태성과 진미옥 부부의 솜씨였다. 북조선 탈출을 원하는 고위층 인사들에게 가장 안전한 루트를 그들 부부는 제시할 수 있었다. 탈북을 소망하는 자들은 알음알음으로 태성과 미옥에 대해 들었고, 접촉하기 위해 공을 들였다. 그들 사이에서 태성과 미옥은 커다란 희망이자 은밀한 꿈이었다.

"지난날의 성공이 새로운 과업을 가져다준 셈이로군요."

찰랑이는 보드카 잔을 건배하듯 들어 보이는 걸로 영환은 태성의 말을 받는다.

"대단한 솜씨를 지녔다던데. 당신 부부 말이오."

미옥은 주이란 대사의 칭찬을 겸허한 표정으로 받아들인다. 상세히 얘기할 순 없지만 자신들 덕에 탈북한 사람이 마흔 명이 넘는다고, 미옥은 덧붙인다. 2년 사이에 마흔가량이지요.

"보위부 감시를 대체 어떻게 피하는 거요?"

부부는 서로를 돌아본다. 그들은 북조선 탈출을 의뢰하는 사람 모두에게 이런 질문을 받아왔고, 그럴 때마다 약속한 듯 서로를 쳐다보았다. 보위부 내에 끈이 있다고 미옥은 털어놓는다.

"실상은 보위부 그 사람이 이 일을 하시는 것이나 다름없죠. 저희는 안내원이랄까. 상세한 계획과 실행은 그분이 다 일러주십니다."

백영환은 놀란 눈치다. 북조선 비밀경찰인 보위부는 형사처

결을 내릴 수 있는 사법기관이자, 가장 높은 지위에 자리한 정보기관이었다. 보위부원은 김씨 일가의 사냥개이자 감시견이었고, 김정은이 북조선을 통치하는 직접적인 수단이었다. 엄청난 감시와 복잡한 시험과 엄밀한 통과 과정을 거쳐야만 보위부원이 될 수 있었다. 하인리히 힘러가 이끌었던 나치 친위대나 스탈린의 수족이던 베리아의 NKVD처럼, 보위부는 김정은을 떠받드는 탄탄한 바닥이자 드높이는 기둥이었다.

보위부 내부에 탈북을 돕는 자가 존재한다는 사실에, 백영환은 입을 다물 줄 모른다. 김정은이라는 상징에 기생하는 가장 크고 통통한 거머리인 그들 중에, 고위 당원들의 탈북을 돕는 놈이 있다니 그게 누구일까. 백영환은 목구멍에 걸린 그 질문을 간신히 삼켜낸다. 저들은 채명룡 가족을 망명시킨 사람들이다. 백영환 또한 대사관 내 정보 채널을 통해 알아볼 만큼 알아봤다. 저들 부부가 아니면 가족 전원의 망명을 이뤄낼 수 없다는 게 백영환의 결론이었다.

"팔레르모에서 채명룡과 만났다니, 충격적이군요."

태성의 지적에 주이란 대사가 끄덕이며 수긍한다.

"쉽진 않았소. 보위부 거머리들은 어디든 있더군."

어디든. 미옥이 고개를 끄덕여 영환의 말에 동조한다.

"조심하셔야 합니다."

"더욱 그럴 거요."

"이제 대사 동무의 안전은 우리의 안전이기도 합니다. 대사 동무가 보위부에 붙들리면 우리 또한 딸려갈 테니까요."

초조한 표정의 백영환이 퉁퉁 부어오른 얼굴에 솟은 땀을 마른손으로 연신 닦아내린다.

밤은 깊어지고 대화는 이어진다. 백영환은 차츰 마음이 놓이는 걸 느낀다. 태성과 미옥을 실제로 보니 신뢰가 갔고, 제공하겠다는 탈출 루트도 철두철미한 게 꽤나 안전해 보였다. 이들의 도움을 받아야만 우리 가족이 살아. 이만큼 탄탄한 탈북 루트를 지닌 자는 없어! 몸이 푹 꺼져가는 듯한 안도감 속에서, 태성과 미옥 부부에 대한 믿음이 싹튼다. 자신이 얼마나 어리석은 걸음을 걷는지 차마 모르는 채.

"착수금은 신발 상자에 넣어두었소."

태성이 돌아보자 미옥이 고개를 끄덕인다. 테헤란에 마련된 접선 기관을 떠올리려 태성은 찌푸린 시선을 저 멀리 둔다.

"테헤란대학병원 근방 사두키 거리에 자리한 라만샤라는 카페로 가십시오. 보름 내에 그곳 사설 우편함으로 지령이 담긴 우편물이 갈 겁니다."

반드시 거기 적힌 사안에 따라 움직여야 한다고 태성은 거듭 강조한다.

영환에게는 평양에 사는 아내와 세 자녀가 있다. 테헤란 의사 하나를 매수해 허위 진단서를 발급받고 그걸로 아내를 출국시

키자고 미옥은 건의한다.

"내가 아픈 걸로 말이오?"

"췌장암 같은 거면 출국 허가가 나올 겁니다. 경유 노선으로 빙빙 돌아가겠지만요."

"우리 애들은 어쩌오?"

태성과 미옥이 두런거리며 의견을 나눈다. 백영환이 귀를 쫑긋 세우지만, 부부는 단어들을 암호화해서 말하기 때문에 상세한 내용을 알아듣진 못한다. 태성이 고개를 끄덕인다.

"따님들은 중국행 통행증을 받는 게 낫겠습니다. 산둥까지 기차로 갔다가 거기서 제3국으로 가는 비행기를 타면 됩니다."

"우리 막내는? 그 앤 고작 열두 살인데."

"너무 어려서 국경에서 붙들릴 겁니다. 보호자를 세우기도 어렵고요. 따로 어선에 빼서 밀항시켜야 합니다."

백영환의 얼굴이 꺼멓게 변해간다. 지독한 일이었다. 모든 가족이 한꺼번에 이 거대한 수용소 같은 국가에서 보위부라는 사냥개를 피해 달아나는 길은, 너무도.

백영환이 자기 양손을 꽉 거머쥔다.

"뒤는 없소. 어떤 대가를 치르더라도 여길 탈출할 거요."

밀고와 감시, 죽음과 탄압으로 얼룩진 이 나라에 희망은 없다고 백영환은 생각했다. 모로코의 햇살 아래에서 탈북의 꿈이 영근 이유였다.

"대사 동무, 상세한 내용은 라만샤의 사설 우편함으로 갈 겁니다."

태성이 예의 그 독특한 목소리로 말을 덧붙인다. 고개를 끄덕였지만, 백영환은 혼란 속에서 갈피를 못 잡는 얼굴이다. 미옥이 나서서 영환을 안심시키고, 태성이 곁에서 거든다.

"대사 동무, 그나저나 망명은 어디로 할 겁니까."

"미국은 되어야 북조선이 뻗을 손아귀에서 안전할 거요."

"맨손으로 가진 않을 테지요?"

"선물이 없을 수 있겠소?"

"뭘 마련하셨나요."

김정은 정권이 만들어낸 중동으로의 무기 밀수출 흐름을 증명할 자금 관련 서류를 지녔노라고 영환은 말한다. 태성이 출처를 묻지만 백영환은 대답을 거부한다. 몸을 영환에게로 기울였던 태성과 미옥은 이해한다는 미소를 얼굴 가득 띄운다.

벽시계가 그윽한 종소리를 열한 번 울렸고, 백영환은 놀란 표정으로 일어선다.

"아내가 아프다는 핑계로 귀국했는데 자리를 너무 오래 비웠군."

나가려던 영환이 배웅 나온 태성의 손을 꼭 붙든다.

"우리 가족 모두의 생사가 두 분 손에 달렸소."

부드럽게 끄덕인 태성이 주이란 대사의 손등을 가볍게 토닥

인다.

백영환을 배웅한 태성이 거실로 돌아왔을 때, 미옥은 전화를 붙들고 있었다.

"급히 오셔야겠어요."

태성은 수화기에 귀를 기울인 아내가 얼굴을 찌푸려지는 걸 본다. 제 맘대로 상황이 돌아가지 않을 때면 미옥은 저런 표정을 지었다. 전화기를 조용히 내려놓은 미옥의 얼굴은 피로하다.

"김정협 선생께서는 내일 오후에나 들르시겠다는군요. 지금 긴급한 회의에 붙들리셨답니다."

미옥이 알려주자 태성이 고개를 끄덕인다. 난로 위와 탁자 아래와 소파 밑에 숨겨놓은 지향성 마이크가 잘 작동했는지, 아까 백영환과 나눈 대화가 깨끗이 녹음되었는지, 태성은 확인한다. 음질은 좋았고 셋이 나눈 모든 말이 온전히 녹음되어 있었다. 태성이 녹음 파일을 새 이름으로 저장한다. 2048년 12월 12일, 주이란 대사 백영환, 첫 녹음.

초조해하는 미옥을 태성이 안심시킨다.

"백영환 그 자, 덫에 한 손이 물렸으니 팔 하나쯤 안 자르곤 못 빠져나갈 거요."

그 독특한 목소리로 태성은 아내를, 그리고 자신을 다독인다. 자신의 말이 그 사실을 실제로 만들 힘을 지니기라도 했다는 듯.

2

2078년 12월 13일 오전 8시 12분, 평양

박세욱 경사가 시동을 걸자 자동차AI는 자율주행을 시작했다. 비로 씻겨간 거리는 말끔해 보였다.

잠을 잘 잔 건 아니었다. 지난밤 꿈에 부산이, 그때 그날이 비쳤다. 모든 게 틀어진 한 순간이 3년이 지난 지금까지 세욱을 잡아당기고 있었다.

방아쇠를 당겼어야 했어.

쏴! 세욱아, 쏴버려!

그 소리가 꿈에서 자꾸 되울려 세욱은 긴 밤 내내 뒤척였다.

지원이 가져다준 약이 도움이 되었지만, 기억 자체를 뿌리 뽑아버리진 못했다. 그래서 그는 종종 아팠다.

비 온 다음 날이라 쌀쌀했지만 길이 얼 정도는 아니었다. 세욱은 연방수사국 평양지부에 일찍 도착했고, 사무실은 비어 있었다. 커피 머신이 어디 붙었는지는 안 알려주셨군. 몇 팀인지 모를 수사관들이 가림막 바깥을 오갔고, 세욱은 기계를 찾으러 저 밖을 헤매긴 싫었다.

그 책상 앞에 세욱은 다가와 섰다. 사진이 사라지고 없는 손바닥만 한 액자, 뒤 판이 빠진 손목시계, 두어 개비 빠진 담뱃갑 서너 개, 칠이 벗겨져나가기 시작한 누런 목걸이, 빈 약병 몇 개와 아스피린으로 보이는 알약들이 흩어져 있었다. 허리에 매게 되어 있는 권총꽂이는 띠 없이 저 구석에 처박혀 있었다. 대체 이 양반은 총을 어디에 꽂고 다니는 거야. 손이 닿지 않는 곳엔 뽀얗게 쌓인 먼지가 보였다.

무엇보다 책상의 대부분을 덮은 건 무더기로 쌓인 서류들이었다. 보고난 뒤 홱 던져버렸는지, 색색깔의 파일들이 책상 가운데에 얕은 봉분을 이루고 있었다. 옷 무덤은 꽤 봤어도 서류 무덤은 처음이네. 봉분 위에는 회색 파일 하나가 놓여 있었다. 박세욱은 그걸 펴들었다.

신상 정보였다. 경찰에서 쓰는 것과 기입 방식이나 양식이 꽤 달랐는데, 겉에는 2급 기밀이라는 스탬프가 비스듬히 찍혀 있었다. 이기철이라……

"뭐 하는 씹새끼야?"

깜짝 놀란 박세욱이 홱 돌아보았다. 이걸 어쩌지. 이영훈을 처음 본 박세욱이 눈을 깜빡였다. 그를 어떻게 만나게 될까 지난밤 내내 상상했건만. 이건 생각지 못한 최악의 상황이었다. 별 수 없지.

"오늘부터 같이 수사하게 된 씹새끼입니다."

이영훈은 대답 없이 박세욱의 손에서 파일을 탁하고 낚아채 어갔다.

"수사? 3팀이야?"

목소리는 전혀 누그러지지 않았다. 세욱은 제대로 경례를 붙이며 신고했다.

"충성. 연방수사국 평양지부 강력3팀에 어제 자로 발령받은 경사 박세욱입니다."

이영훈이 박세욱을 한참동안 쳐다보았다. 경례를 붙인 채, 세욱은 술기운이 채 빠지지 않은 흐릿한 눈동자, 며칠째 면도날을 대지 않은 시커먼 뺨, 너저분하게 마구 뻗은 머리칼을 마주 보았다. 늑대라. 가뭄 탓에 비루먹은 잡종개라면 적당할 몰골인데, 늑대는 무슨 늑…….

"너, 나 감시하러 왔구나?"

경례 붙인 자세로 가만 선 세욱의 허리로 손 뻗은 영훈이 거기 걸린 가죽지갑을 뽑아들었다. 한반도 문양이 새겨진 금빛 배지와 형사증을 쓱 본 이영훈이 그걸 거기 도로 꽂고는 힐끗 세욱을 쳐다보았다. 영훈이 회색 파일을 펼쳐 이기철에 대한 정보를 한참 훑는 동안, 세욱은 경례 붙인 손을 내리지 못했다. 처음엔 그래 어디 해보자 하는 배짱 싸움이었는데, 5분쯤 흐르자 그냥 슬그머니 내릴걸 싶었다. 누가 오기 전에 이 기막힌 꼬락서니를 그만 두어야 할 텐데. 너나 할 거 없이 나를 박경례라 부를 게 틀림없는데.

파일을 탁 소리 나게 덮은 영훈이 창밖을 보다가 손을 슬쩍 올려 대강 경례를 올렸다. 그제야 팔을 내린 세욱이, 어금니 사이로 욕지거리를 웅얼거렸다.

"신고는?"

돌아본 다음에야 세욱은 영훈의 턱짓이 정준희 팀장 자리를 가리켰다는 걸 알았다.

"했습니다, 어제."

"규칙은 단 하나야. 규칙이 없다는 거."

"수사 준칙도 안 따릅니까?"

"선 바깥 다닐 때 얘기지. 선 안이 아니라."

"둘이 만났네?"

정준희 팀장이 가림막 사이에 서 있었고, 다른 팀원들이 우르르 들어섰다. 박세욱이 들어오는 팀원들을 향해 경례를 붙인 채 우뚝 섰고, 저희끼리 이야기에 불이 붙은 수사관들의 경례는 머리 근처로도 올라가지 않았다. 어어, 그래. 충성충성.

"상견례는 하셨고. 맞절은?"

"맞절이든 낮거리든, 저희가 알아서 하겠습니다."

이영훈이 길게 두 번 접은 A4지를 재킷 안주머니에서 꺼내 정준희에게 내밀었다. 그걸 편 정준희가 뚱한 표정을 지었다.

"사직서가 아니네?"

"원산 사건 정리해봤습니다."

"누가 보고서를 이따위로 올려?"

"정식 보고서는 저기 초짜가 오전 중에 올릴 겁니다."

보고서라니, 무슨 소립니까. 토를 달기도 전에 이영훈이 말을 이어나갔다.

"이건 구두 보고용입니다."

"그래서? 살인이다?"

정리된 A4용지를 곰곰 살피던 정준희가 한참 뒤에 물었다.

"파보시겠다……."

연해주 가스 파는 얘기를 들은 게 얼마 안 된 거 같은데. 눈을 깜빡거리던 영훈이 팀장에게 대답했다.

"희생자 주변 탐문도 더 해보고, 용의선상에 오른 면면을 얼마라도 줄여볼 생각입니다."

정준희가 이영훈을 한동안 바라보았다.

"좋을 대로 해. 대신."

자기 책상에 꽂힌 파일을 들추던 정준희가 그중 몇 개를 뽑아 이영훈에게 건넸다.

"우리 강력3팀 결산 보고서, 관내 미제 사건 보고서, 재수사 품의서, 강력반 전체 활동비 결산 보고서까지 네 개."

보고서야 AI를 통해 키워드만 입력하면 그만이었으니 큰일은 아니었다. 결산 보고서라면 영수증을 파헤쳐야 하겠군. 가슴에 안은 파일을 내려보던 이영훈이 고개를 들어 정준희를 바라보았다. 정준희가 손가락으로 왼쪽 캐비닛을 가리켰다.

"영수증은 저 안에 뭉텅이로 있는데, 분류는 전부 다시 해야 할 거야."

숨을 깊이 들이켠 이영훈이 물었다.

"언제까지 해오면 됩니까?"

정준희가 희미하게 웃었다.

"결산 보고서잖아. 크리스마스 캐럴 들리기 전엔 마쳐야지."

얼마 되지 않는 시간이었지만, 세욱에게는 아주 오랜 시간이 지난 것만 같았다. 세욱은 그제야 왜 이영훈 경위가 비루먹은 행색인지 깨달았다. 내쫓긴 게 아니라, 무리 안에서 영훈은 얻어맞고 물어뜯기는 중이었다. 세욱은 궁금해지기 시작했다. 무엇이 저 사람을 여기 남아 있게 만드는 걸까.

정준희가 손을 대충 휘휘 흔들어 가보라는 시늉을 했다. 이영훈이 뒤쪽에 애매하게 서 있는 박세욱을 지나쳐 자기 책상으로 갔다. 파일을 책상 귀퉁이에 탁 놓은 이영훈이 굴러다니던 알약

두어 개에 손을 뻗어 우드득 씹어먹었다. 재킷 안주머니에서 납작한 은색 힙플라스크를 꺼낸 그가 두어 모금 홀짝였다.

"근무시간에 마십니까?"

"난 여기에 커피 넣고 다녀. 취하려면 이 정도 양으론 안 돼."

한 모금 더 마신 이영훈이 물었다.

"네트워크 아이디는 받았지?"

"재발급 받았습니다."

세욱이 불쾌하다는 투로 덧붙였다.

"휴직 마치고 이리로 복귀한 겁니다. 초짜라뇨."

"로그인하고."

이영훈은 세욱의 항변을 듣는 둥 마는 둥 데스크톱을 켰다. 로딩되는 동안 영훈은 설명했다.

"네트워크에 들어가서 조인철, 박윤석, 윤민희를 검색해. 근데 아마 아직도 닫혀 있을 거야. 그러면."

이영훈이 파일 무덤을 향해 턱짓했다.

"저기 어디 신상 정보가 있을 거야. 취합하고. 원산 이기철 현장 사진은 내가 D-패드로 우리 부서 데이터베이스에 업로드해 놨으니, 그거 다운받아서 수사 보고서를 써."

이영훈은 말로 설명하는 대신 마우스를 움켜쥐었다. 파일 몇 개를 실행시킨 그는 문서가 뜨는 족족 인쇄했다. 저쪽 구석에 놓인 복합인쇄기가 덜그럭거리기 시작했다.

"네트워크 아이디로 부서 내 AI에 접속할 수 있어. 키워드 값을 넣으면 AI가 보고서를 작성할 거야. 물론, 올바른 키워드를 넣어야겠지."

"저는 사건 내용을 모르잖습니까?"

"그러니까 쓰라는 거잖아."

박세욱이 밝아진 모니터를 보며 얼굴을 찌푸렸다. 이영훈이 저쪽 모서리를 가리켰다.

"저기, 인쇄기에서 기어나오는 종이들이 수사 보고서야. 이미 종료된 사건들. 보고, 대강 비슷하게 키워드 넣어서 보고서 짜봐."

팀장 자리로 뚜벅뚜벅 걸어가자, 정준희가 미심쩍은 얼굴로 이영훈을 힐끗 보았다. 이영훈이 책상 구석에 놓인 A4지를 도로 가져와 박세욱의 가슴에 툭 대고 눌렀다. 얼떨결에 그걸 받아든 박세욱의 얼굴이 시뻘게졌다.

"다 쓰면 전화해. 내 책상에 팀원들 연락처 붙어 있으니까 저장부터 하고."

"그쪽은요?"

"못 들었어? 내가 얼마나 많은 일을 해야 하는지."

이영훈이 가림막 사이로 나가며 툭 내뱉었다.

"그리고, 그쪽이 아니라 선배야. 선배라고."

선배가 선배 같아야 선배지. 나이만 많다고 선배인가, 염병할 자식.

조인철과 박윤석, 윤민희. 네트워크에서는 셋 모두 조회 불가였다. 그 사실은 박세욱을 놀라게 만들었다. 연방수사관이 조회할 수 없는 신상 정보가 있다고? 파일 무덤에서 둘을 파낸 세욱이 내용을 찬찬히 읽어내렸다.

조인철 사건이 가장 먼저였다. 개성 홍왕동 주택가 집 세 채를 태운 화재를 진압한 소방관들이 까맣게 탄 시신을 찾아냈다. 거주자 조인철은 가족이나 친척 없이 홀로 살아온 사람이었다. 시신의 눈 주변 뼈는 부서져 있었고, 갈비뼈도 세 대 부러진 상태였다. 검시관은 조인철이 불이 나기 전에 죽었다고 판시했다. 개성 공안은 네트워크로 신상 정보를 열람했다가 막힌 걸 보고 곧장 연방수사국에 수사협조를 요청했다. 거기로 파견을 간 수사관이 바로 이영훈이었다.

박윤석은 장진군 청수산 자락에서 인근 주민에게 발견되었다. 이 사건은 연방수사국 강력1팀이 맡은 사건이었다. 하얀 가운이 입혀진 시신은 2미터 높이에 목매달고 있었고, 발판이나 사람이 올라간 흔적은 전혀 없었다.

아무리 뒤져봐도 파일 무덤에는 조인철과 박윤석의 파일 둘

뿐이었다. 한참 뒤적인 뒤에야 박세욱은 파일 뒤에 끼워져 있는 윤민희에 대한 한쪽짜리 보고서를 찾을 수 있었다. 윤민희는 2064년 쿠데타 직후 중국으로 달아간 북조선 사람 몇 천 명 중 하나였으며, 당시 중국 공안은 그녀를 해주에서 일하던 의사로 기록했었다. 중국 만주 인근 수용소에 수용되었지만 출소한 기록은 없었고, 그녀가 중국에서 어떻게 살아왔는지에 대한 단서 또한 전혀 없었다. 그러던 윤민희는 6년 전인 2072년, 인천세관원에 밀입국을 자진신고했다. 북조선이 쿠데타로 혼란에 빠진 이후 중국이나 러시아로 흩어졌던 북조선 사람들이 제3국을 거쳐 남한에 들어오는 경우는 흔했다. 연방정부가 세워진 2068년 이후로는 간단한 조사만 거쳐 새로운 신원을 만들어주었다.

조사를 거쳤으면 국정원에 자료가 있을 것이었다. 박세욱은 자신이 읽고 있는 자료가 그 국정원 자료가 아닌가 생각했다. 자료 맨 밑에는 손글씨로 네트워크 열람 불가라고 쓰여 있었다. 네트워크에 윤민희의 주민등록번호를 쳐보니 과연 열람이 막혀 있었다.

조인철, 박윤석, 윤민희는 네트워크가 열리지 않는다는 공통점을 지녔군.

조인철은 개성시 공안이, 박윤석은 함경도 공안이 수사 중이었고, 윤민희는 자료만 끼워져 있었다. 윤민희도 누군가에게 살해당한 사람인 걸까.

박윤석 사건 현장에 파견된 연방수사관은 조인철 사건과 마찬가지로 신상 정보 열람이 막혀 있는 걸 뒤늦게 파악한 모양이었다. 세욱은 뒤에 끼워진 팀장 회의록을 읽었다. 조인철과 박윤석 사건에 대해 논의한 팀장들은 미제사건이 될 기미가 무럭무럭 자라나는 이 건들을 한데 묶어 이영훈에게 넘기기로 결정했다. 신상 정보가 열리지 않아서라는 웃기는 명목을 내세우며.

"신상 정보가 열리지 않는다는 건 어떤 의미입니까?"

박세욱이 묻자 정준희가 볼펜 끝으로 책상을 따닥따닥 두들겼다.

"그걸 막는 건 연방수사국 상층부야."

박세욱이 못 알아듣자 정준희가 보탰다. 맨 꼭대기라고.

"연방수사국장은 연방수사 위원회의 당연직 의장이야. 연방수사국의 큰 결정을 내리는 연방수사국 위원회는 국정원과 북조선 정보부의 파견 간부, 남한과 북조선의 국회 쪽 추천인, 경찰과 공안의 파견 인원으로 이뤄져 있지."

간단한 법 상식이었다.

"연방수사국장은 수사자료의 열람을 막을 임시 권한을 지녔어. 임시권한은 5일간 지속되고, 연장은 위원회 결정사안이야."

"위원회 결정에 입김을 넣을 수 있는 조직이나 자리가 어딥니까?"

"너, 연방수사관의 가장 큰 권한이 뭔지 알아? 정보 접근권이야."

"남한은 남한대로 북조선은 북조선대로 따로국밥인데, 양쪽을 넘나들 수 있는 유일한 조직이 연방수사국이니까요?"

이야, 똑똑하네. 간부시험 봐라. 지나가던 수사관 하나가 세욱을 툭 치며 농담을 내뱉었다. 피식 웃던 정준희 팀장이 덧붙였다.

"조직이 그나마 지닌 장점을, 조직의 수장이 깎아내리진 않아. 우리들 보스가 착해서가 아니라, 조직의 생리가 그래."

"그러면요?"

"그렇게 막아야만 할 필요가 있어서, 어쩔 수 없이 그랬다는 얘기지."

"누굽니까? 그렇게 틀어막은 게?"

정준희 팀장이 뚱한 표정을 지으며 몸을 뒤로 기댔다.

"뚫어야 할 거랑 닫고 잊어야 할 거를 구분할 줄 아는 게, 수사의 시작이야."

그렇게 말한 정준희가 손을 내저었다.

팀원들은 저마다 맡은 사건을 풀어내려 통화를 하거나, 이것저것 뒤적거리거나, 세욱처럼 AI에게 키워드를 들이대 보고서를 받아내는 중이었다. 세욱이 놀랐던 건, 이 공간이 한순간도 고요한 적이 없다는 것이었다. 누가 보면 어느 회사 콜센터인줄 알겠어. 쉬지 않고 전화벨이 울려댔고, 응대하고 통화를 넘기느라 팀원들은 서로를 자주 불러댔다. 키워드를 입력하며 세욱은 조인철에 대한 신상 정보가 없다는 걸 깨달았다. 애꿎은 파일 더미를 뒤적이다 그는 다른 누군가의 파일에 섞인 이기철이라는 낯선 이의 신상 정보 하나를 발견했다. 같이 있는 걸로 보아 연관이 있는 듯한데, 이 사람이 사건들과 어떻게 연결되었는지에 대해서는 단서가 전혀 없었다.

키워드 입력을 마치고 AI가 작성한 보고서를 막 읽어보려는 찰나, 이영훈이 돌아왔다. 사우나라도 다녀왔는지 몰골이 그나마 나아보였다.

"보고서는?"

"다 썼습니다."

"보나마나 엉망이겠지. 키워드를 제대로 넣지 못했을 테니."

발끈한 세욱의 얼굴이 흥분으로 벌게졌다. 이영훈이 손짓했다.

"옷 챙겨. 갈 데가 있어."

"윤민희는 뭡니까?"

"조인철이랑 박윤석은?"

"그건 끝났는데, 윤민희가 그 둘과 어떻게 연결되었는지 모르겠어서요. 그래서 마무리가……."

"안 해도 돼, 마무리. 따라와."

정준희 팀장을 쳐다보지도 않은 채, 이영훈은 가림막 사이를 쓱 빠져나갔다. 보고서를 저장한 세욱이 재킷을 들고 일어섰다. 서류를 살피던 정준희가 세욱을 보고는 이영훈이 사라진 쪽을 향해 눈짓을 보냈다. 꾸벅, 목례를 올린 세욱이 영훈을 따라 가림막 사이로 획 나갔다.

2078년 12월 13일 오전 11시 29분, 평양

곧장 따라나섰건만 이영훈 경위는 보이지 않았다. 비상구 계단으로 내려가는 파트너를 겨우 발견한 박세욱 경사가 복도를 가로질렀다.

주차장에 도착한 이영훈은 차에 꽂은 충전 케이블을 빼내고는 운전석에 앉아 시동을 걸었다. 이영훈이 조수석에 쌓아둔 물건들을 뒤로 던지는 모습을 본 박세욱이 조금 기다렸다가 차문을 열었다.

비가 한참 쏟아진 다음인데도 하늘은 잿빛으로 무거웠고 금세라도 비나 눈이 쏟아질 기세였다. 러시아워가 한참 지난 평양의 넓은 도로는 한산했다. 대동강이 얼어붙은 저쪽 고수부지 너머로 평양시 역점 사업인 162층짜리 쌍둥이 건물 '아시안허브'가 보였다. 골조가 반쯤 올라간 두 개의 탑 둘레를 크레인들이 빙 둘러싼 모양새가 평양 중심에 세워진 왕좌처럼 보였다. 평양

시의 스카이라인을 이루는 나지막한 건물들은 회색이었고, 거기엔 창백한 햇살이 엷게 드리워지는 중이었다. 그 둘레를 멀찌감치에서 빙 돈 이영훈의 차가 탁 트인 대동강가로 나아갔다.

박세욱은 아까 들었던 이영훈의 비아냥거림이 신경 쓰였다. 너, 나 감시하러 왔구나?

"내가 조직에서 배척받는다는 건 봐서 알 거고. 숙청의 시작점이자, 그 피바다에서 살아남은 괴상한 놈이라는 얘기도 들었겠지."

세욱은 대답하지 않았다.

"그 외엔 뭘 들었어?"

"그냥 잘 배우라던데요."

영훈은 한동안 별 말이 없었다.

"서울 출신이라고?"

"경찰대학 졸업 후에 부산으로 갔고요. 거기에서 2년 있었습니다."

"경대 출신에 부산이 첫 발령지면, 성골은 못 되어도 육두품은 될 텐데. 평양은 거의 귀양지잖아."

모든 걸 다 털어놓을 필요는 없었다. 세욱은 묵묵히 앞만 바라보았다. 영훈이 좌회전 신호에 유턴을 했다.

"평양에서 유명하다는 곳은 이곳저곳 다녀봤을 테니, 아닌 델 가보자고."

오랜 세월 김일성광장으로 불리다가 쿠데타 이후 대약진광장으로 이름이 바뀐 너른 공간을 오른쪽에 끼고 영훈은 남동쪽으로 길을 잡았다. 두껍게 껴입은 사람들이 뺨과 눈만 내놓은 채 거리를 종종걸음으로 가로지르고 있었다. 어머니와 손잡은 아이들의 말간 뺨은 홍시처럼 붉었고, 검정 부츠에 긴 코트를 입은 아가씨들은 생기로운 눈으로 차가운 거리를 훑는 중이었다. 도약하는 도시이자, 끓어오르는 부와 퍼져나가는 번영 한가운데 자리한 그들이었다. 그러면서도 여전히 그들 북조선 사람들은, 단조롭고 딱딱하며 주변 어딘가에 경계를 잔뜩 세워놓은 하나하나의 성채처럼 보였다. 연방 다음은 통일일까. 하지만 우리와 그들은 철책을 사이에 둔 지 너무 오래된 이웃이었고, 부딪지 않아도 되는 일정한 거리를 지금껏 평안하게 누리던 사이였다. 딱 지금의 거리가 좋지 않을까. 세욱은 잠시 그런 생각을 했다.

승리거리를 내달린 영훈의 차는 평양SKP백화점이 된 예전 평양제2백화점 뒤로 갔다. 구불구불한 길로 거리 깊숙이 들어가니, 길거리음식을 파는 자그마한 가게들이 다닥다닥 붙어 있었다. 주차할 공간을 찾아 간신히 차를 밀어 넣은 영훈이 시동을 껐다.

차가운 북방의 바람이 격렬한 몸짓으로 두 사람을 맞이했다. 엷게라도 비추었던 태양이 구름사이로 미끄러졌고, 길거리에 내걸린 걸개가 퍼드덕거렸다. 이영훈이 필터를 씹자 담배 끝이 위아래로 꺼떡거렸다. 걸어가며 영훈은 세욱에 대해 이것저것 물었다. 경찰대학을 몇 년도에 졸업했는지, 평양엔 언제 왔는지, 가족들과 함께 사는지. 적당한 선에서 세욱은 자기 배경에 대해 털어놓았다.

"경위님, 결혼은요?"

이영훈은 고개를 내저었다.

"이 꼴이 되기 훨씬 전에 이혼했지. 애는 없었어. 몇 달 뒤에 재혼하더라고."

괜히 물었군.

"어디 사십니까?"

"동성동 멀쩡한 아파트에서 의사 마누라와 사는 너와 달리, 비파동 꾀죄죄한 빌라에서 살지. 치우지 않은 접시와 들끓는 바퀴벌레 속에서."

"좀 치우면 나을 텐데요."

"놀랍지 않나? 그 망할 것들은 얼어 죽지도 않아."

다른 화제를 찾으려고 세욱은 머리를 굴렸다. 이영훈은 경찰대학 출신이 아닌 것 같았다. 그렇다면 벌써 기수 얘기를 한참 했을 테니까.

"군대에 있었어. 그러다가 경력직으로 연방수사국에 들어왔지. 다 왔네, 저기야."

바람을 등진 채 한참 걷던 영훈이 저쪽을 가리켰다. 영훈의 손가락 끝을 따라 세욱이 시선을 옮겼다. 자그마한 계단과 둥근 나무 문을 지닌 거무튀튀한 먹빛 건물은 오래 피어오른 연기와 찐득하게 배어버린 계피 향으로 인해 그 빛깔을 띠게 된 듯했다.

"평양 최고가 아니야. 세계 최고라고."

테이블이 두 개뿐인 가게였고, 매장 크기만 한 주방은 커다란 찜통 두 개에서 뿜어내는 수증기로 뒤덮인 상태였다. 손때 묻은 앞치마를 두른 노인이 어른거리는 수증기를 손으로 휘휘 젓더니, 영훈을 알아보고 웃어보였다. 희끗희끗한 짧은 머리에 몸이 두텁고 얼굴이 둥근 노인의 눈가에 새의 날개 같은 주름이 갈라지며 잡혔다. 그의 주변에 일렬로 쭉 놓인 돼지 다리들과 가게 전체에 어린 증기에 엉긴 계피 향을 맡은 세욱이 알겠다는 표정을 지었다.

그들은 긴 나무 의자에 각자 걸터앉았다. 코트를 옆에 벗어둔 세욱이 곁눈질로 이리저리 살폈고, 영훈은 여전히 담배 필터를 씹어댔다. 저 뒤에서 찜통 뚜껑을 여닫는 소리와 노인의 낮은 콧노래가 들렸다. 그는 수증기에 밴 향으로 익은 정도를 살피는 중이었다. 세욱은 노인이 긴 의자와 탁자를 손수 만들었겠다는 생각을 했다.

"팀장에게 따로 지시받은 건 알아서 잘 보고해."

영훈은 그런 일엔 관심이 없다는 투였다.

"나는 내 사건을 해결하면 그만이야. 니가 온다고 해서 그 해결이 빨라지진 않겠지."

"맞들면 낫지 않습니까?"

"백지장 어디를 붙들어야 하는지는 알아?"

세욱의 얼굴이 벌게지든지 말든지 쳐다보지도 않고, 영훈이 말을 이었다.

"성깔은 있는데 요령은 못 갖췄구나."

그 순간 세욱은 이영훈이 왜 우격다짐 격으로 보고서 작성을 시켰는지를 깨달았다.

"사건 진행을 파악하라고 보고서 작성을 시킨 거로군요?"

"머리가 나쁘진 않네? 그래도 들어가서 보고서 마무리해서 올려. 그게 매뉴얼이니까."

노인이 족발을 썩썩 썰어대는 소리가 들리자, 세욱이 뒤를 돌아보았다. 목장갑 위에 비닐장갑을 겹쳐 낀 노인이 얇은 칼로 돼지 뼈 사이를 쑤시고 비틀어 삶은 돼지다리에서 살을 능숙하게 발라내는 중이었다.

잘린 돼지 앞다릿살이 큰 접시에 쌓여 나온 가운데, 버들가지로 짠 바구니엔 갈색으로 구운 마늘과 은행 빛깔의 겨자소스와 잎이 두툼한 상추가 풍성하게 담겨 나왔다. 팔을 걷으며 어느 가게에나 설치어 있는 세척 스프레이 기기를 찾던 세욱에게 영훈이 물수건을 홱 던졌다.

"여긴 그런 거 없어, 구식으로 닦아."

매우 맛깔스럽다는 영훈의 말은 사실이었다. 방금 찜통에서 꺼내 썬 돼지 앞다리는 얇은 껍데기가 몹시 쫀득거렸고 잡내가 없었다. 게다가 깊은 지점에서 뭔가 다른 맛이 떠올랐다 가라앉았다. 몇 점 더 집어먹어봐도, 저 찜통에서 돼지다리를 뭐와 함께 삶았는지 짐작이 안 갔다.

자기가 어디에서 냄새를 맡았는지를, 이영훈은 한참 뒤에야 털어놓았다.

"군 정보부에 있었는데, 그 당시엔 너처럼 말단이었지. 남한 용산에서."

그 시절 영훈은 캐비닛에서 먼지 덮인 서류뭉치를 꺼내 컴퓨터 옆에 쌓아두곤 그걸 두어 달 내내 네트워크로 옮겼었다.

"그때 수백 명의 신상 기록을 거기 입력했어. 그중 하나가 바로 조인철이었고."

죽은 자가 다른 사람이었더라면 영훈은 각 사건의 연관관계를 떠올리지 못했을 것이었다. 그의 기억에 조인철은 2064년 벌어진 북조선 내전 중 남한으로 망명한 고위 장성이었다. 조인철이 달았던 붉은 별이 세 개였던가, 두 개였던가. 조인철에 대해 영훈이 아는 건 그게 다였다. 14년 전에 남한으로 도망간 북조선 장군. 군 정보부는 케케묵은 서류를 샅샅이 나누고, 이를 여러 사람이 서로 모르게 입력하도록 했었다. 탈북했다던 조인철이 평양에서 발견되었다는 사실이 놀라긴했지만, 자기 집에서 맞아 죽고 불태워졌다는 데 비할 일은 아니었다.

"확실해요?"

"뭐가?"

"서류를 죄다 흐트러뜨린 다음에 입력시켰다면서요."

"그걸 외운 이유가, 우리 아버지 이름도 인철이었는데 같은 해에 태어났더라고. 그래서 유심히 봤던 기억이 나."

"그런데 신상 정보가 안 열렸구요."

"아니, 잠깐 열렸다던데. 원래 1팀이 맡았던 사건이니까. 처음 열렸을 때 받은 정보를 걔네들이 우리 지부 데이터베이스에 업로드했지. 잠깐 열린 신상 정보를 토대로 까맣게 탄 시체가 군 정보부 네트워크에 올라있던 사람이었다는 걸 내가 기억해낸 거고."

"금세 닫혔답니까?"

"네트워크? 15분쯤?"

누가? 연방수사국장이? 아니면 그 아래 위원회가?

"조인철부터였잖아요."

눈두덩이가 뭉개진 채 까맣게 타죽은 노인을 떠올린 영훈이 얼굴을 찡그렸다.

"그래. 자살이 전혀 아닌 상황."

"그다음은 박윤석이었고요. 공중에 걸렸던데요. 발판 삼을 게 아무 것도 없었어요? 야산이지만, 차가 못 들어갈 정도는 아니던데요."

"땅이 얼어서 발자국이나 타이어 흔적은 없었어. 그래, 차가 들어갈 정도는 되지."

경사로와 매달린 높이를 보니, 사다리를 쓴 것 같진 않았다. 트럭으로 거기까지 가고, 트럭 위로 박윤석을 끌어올렸을까. 어쩌면 승합차. 그 위에서 나뭇가지에 목을 매달고 운전석으로 가서 차를 뺀 살인자는 박윤석이 죽어가는 광경을 지켜보았을까. 그를 매단 사람과 트럭의 가속페달을 밟은 사람은 같은 사람일까.

그다음은 자기 차 안에서 고문당하다 죽은 윤민희였고, 이제 미약한 전류가 흐르는 철조망에 매달려 감전사한 이기철이 추가될 상황이었다. 그리고 공교롭게도 이 네 사람 모두 네트워크를 통한 신상 정보 접근이 불가능했다.

"윤민희는 누굽니까?"

"근래 들어 죽은 사람을 살펴보았지. 살해당한 게 분명해보이는 나이 든 사람을."

평양 대흥사거리에 주차된 차에서 발견된 윤민희의 사인은 약물중독이었다. 매일 자기 차 뒤에 설치한 간이 신장 투석기를 통해 망가진 몸을 돌보던 윤민희는 그 기계장치를 찬 채 죽어 있었고, 투석기는 76시간째 돌아가는 중이었다.

"내가 기억하는 이름 중 하나였어. 그 사람도 남한 군 정보부가 관리하던 고위인사였지."

"확실해요?"

"머리가 좋아서가 아니야. 난 매일 기록하거든."

이영훈이 코트 주머니에서 검은 수첩을 꺼내 보였다.

"그런데 약물이라뇨? 신장 투석 중 쇼크가 온 건 아니구요?"

"북조선 공안이 검시를 했어, 3D 스캐너로. 투석 장치를 통해 누군가 윤민희 몸에 약물을 주입했다더군. 그리고는 신장 투석기를 통해 약물을 걸러냈지."

"그게 무슨 말이에요?"

"괴롭힌 거야. 금방 죽지 않도록."

돼지 발톱 부분의 쫀득한 부분을 뜯던 이영훈이 덧붙였다. 누군가 윤민희를 고문한 거지.

"그 사건은 북조선 공안이 들여다보는 중이었어. 연방수사국 관할이 아니니 우리에게 접수된 건 아니었지. 그들은 네트워크를 조회했어."

"윤민희에 대한 신상 정보가……."

"열리지 않았어."

악취가 난다고 세욱은 생각했다. 어떤 수사관도 고개 돌리지 못하게 하는 범죄의 지독한 냄새가, 여기서 나.

"이런 얘기를……."

"팀장한테? 할 수 있겠어?"

이 상황을 보고해야 하나. 세욱은 순간 그런 고민을 했다. 박세욱은 이영훈 경위가 자기 얼굴을 살피고 있다는 걸 알아차렸다. 영훈은 자기 패를 드러내 보였고, 세욱은 그에게 가늠당하는 중이었다. 위험하다고 세욱은 생각했다. 그는 정준희 팀장의 명령을 수행하기 위해, 이영훈 경사와 일정한 거리를 두어야 했다. 하지만 이 악취를 따라 범죄의 근원을 더듬으려면 이영훈 경사와 같은 걸음을 걸어야 했다. 어렵군. 하지만 이러한 상황 전개가 몹시 흥미로운 것도 사실이었다. 이영훈 경위가 이 사건에 왜 저리 몰두하는지도 이해가 돼.

"네트워크가 열리지 않은 거 말고, 다른 교집합은 없습니까."

"네 피살자 중 조인철과 윤민희의 신상 정보가 남한 군 정보부에서 취급되었다는 점. 그들이 14년 전 북한 내란 중에 남한으로 망명한 자들이란 점."

"그런데 이 얘길 왜 하는 겁니까?"

"넌 날 감시하려고 붙었잖아. 맞지?"

"저는 평양지부 연방수사관으로 발령을 받……."

"내 파트너로서 수사를 잘 하라는 지시를 받은 게 아니잖아. 정준희 팀장이 네게 그런 명령을 내렸어?"

신뢰 그리고 의심.

세욱은 입을 꾹 다물고 다음 말을 기다렸고, 영훈은 세욱의 얼굴을 고집스레 응시했다.

"내가 맡고 싶어서 떠안진 않았지만 이건 내게 할당된, 내 사건이야."

그 순간 세욱은 깨달았다. 이영훈이라는 사람이 자신을 적대시하는 조직 안에서 어떻게 자기만의 싸움을 견뎌내는지를. 그리고 무엇으로 지금을 견뎌내는지까지도, 어렴풋이.

그때 전화벨이 울렸고, 이영훈이 물수건을 집어 손가락을 닦았다. 이영훈이 이어폰을 끼고는 고개를 돌려 낮은 목소리로 통화했다. 영훈의 D-패드는 코트 주머니에 들어가 있어, 누구와 통화하는지는 알 수가 없었다. 통화 내용을 엿들으려 귀를 쫑긋 세우며 세욱은 큰 뼈 옆에 남은 고기 조각을 집어먹었다. 비워진 접시를 슬쩍 엿보던 주인이 양손에 그릇 두 개를 들고 다가왔다. 두 번 정도 젓가락질할 만한 양의 우동은 담백하면서도 뜨끈했다. 기름으로 끈끈해진 입을 씻어내리는 적절한 마무리였다.

"묘한데."

저 어딘가를 보며 눈을 깜빡이던 영훈이 세욱을 돌아보았다.

"왜? 내가 부패한 옛 상관들과 붙어먹는 장면을 본 것 같아서 그래?"

세욱은 영훈이 설명하기를 잠자코 기다렸다.

"정준희 팀장이야. 서울에서 지시가 내려왔다는데."

점심을 해결하러 나가려던 정준희 팀장은 사무실로 걸려온 전화를 받았다고 한다.

"연방수사국 서울지부장 조윤선이라던데."

서울지부장이면 연방수사국위원회 당연직 위원이었다. 영훈이 미간을 찌푸렸다. 조윤선은 남한 국정원에서 잔뼈가 굵은 정보통인데.

"북조선 공안이 연방수사국 본청에 문의를 했대. 왜 네트워크에 파일이 닫혀 있냐고. 지금 수사 중인 모양인데, 거기 가서 진행 상황을 살펴보라 그러네."

"팀장님이요? 아님 서울지부장님이요?"

"서울 명령을 팀장이 전한 거지. 신상 정보 열람을 시도한 아이디는 북조선 평양공안서 강력범죄대응반 반장 안은경이라는군."

"공안 강력범죄대응반이라면⋯⋯."

"살인, 강도, 성폭력, 조직범죄까지. 센 걸 다루지."

세욱의 얼굴을 보던 영훈이 물수건을 탁자에 툭 던졌다. 젓가락을 든 영훈이 미지근해진 우동 그릇을 움켜쥐었다.

"가서 보자구, 무슨 일인지."

D-패드를 리더기에 갖다대어 값을 치른 영훈이 주인을 보고 마주 웃었다. 지원을 떠올린 세욱이 배달이 되냐고 묻자, 주인

이 빙그레 미소 지으며 답했다.

"저희는 배달은 하지 않아요. 남은 건 싸드리지요. 다들 싹 비우시지만."

주인과 몇 마디 나누는 세욱을 돌아보며, 문가에 선 영훈이 손마디로 나무 문을 탁탁 쳤다.

"서둘러. 검시 진행 보려면 바삐 움직여야 해."

2078년 12월 13일 오후 1시 45분, 평양

뭐 이리 헐렁해. 현장을 보자마자 세욱은 그리 생각했다. 폴리스라인도 없었고, 주변을 지키는 경계 인원도 두엇밖에 되지 않았으며, 플래시를 터트리고 허리를 굽이며 바닥을 훑는 과학수사대도 보이지 않았다. 세욱이 얼굴을 구기자 영훈이 팔뚝을 툭 쳐 주의를 주었다.

이는 워낙 치안이 좋기 때문이었다. 북조선은 100년 넘게 군사독재국가이자 감시국가였고, 담 밖을 넘겨보다간 끔찍한 꼴을 당한다는 두려움이 지금도 인민의 영혼에 도사리고 있었다. 그들은 공안을 보고는 멀찌감치에서 빙 돌아갔고, 호기심이 일어도 국가 일과 관계되었다면 일체 신경을 끊었다. 그러니 남한 경찰과 달리 북조선 공안은 현장을 정돈할 필요도 없었고, 언론 또한 고분고분했다. 독재의 그림자는 그토록 짙었다.

"안에 어쩐 일이오?"

경계를 서던 젊은 공안에게 다가간 영훈이 그리 물었고, 이리 저리 둘러보던 세욱이 뒤따라왔다. 순순히 담배를 받은 공안이 억센 평양 사투리로 대답했다. 이 아파트서 사람 죽었다지 않습네까.

사건 현장은 평양 동흥동의 예스러운 아파트였다. 지은 지 상당히 오래된 아파트의 외관을, 영훈은 꼼꼼하게 둘러보았다. 복도와 엘리베이터는 잘 관리되어 있었지만, 뒤쪽 비상계단을 힐끗 보니 페인트칠이 벗겨져 있었고 엷게 자리한 곰팡이가 보였다. 작동하는 주택관리AI도 출시된 지 꽤 된 구형인데. 세욱은 오래된 느낌을 주지만 꽤나 현대적으로 운영되고 있단 생각을 했다.

공안의 안내를 받아 안으로 들어선 두 사람의 눈이 휘둥그레 졌다. 밖에서 본 것과는 규모가 확연히 달랐다. 유럽 저택처럼 벽난로와 굴뚝이 있었고, 벽 모서리는 백송으로 마감되었으며, 높은 천장에는 샹들리에까지 매달려 있었다. 김정일 시대에 러시아나 중국 외교관들, 혹은 당성 높은 공산당원을 위해 지은 호화 아파트가 분명했다. 안을 슬쩍 들여다본 영훈이 방 좀 보라는 식으로 저리 눈짓했다.

시신 가방은 지퍼가 닫혀 있었다. 직접 볼 순 없었지만 죽은 자의 몸이 작고 왜소하다는 건 알 수 있었다. 세욱은 둥근 탁자 위에 남은 하얀 알약에 시선이 갔다. 탁자 주변엔 의자 두 개가 있었는데, 하나는 두터운 튀르키예 양탄자 위에 넘어져 있었다.

탁자 가까운 곳에 벽난로가 있었다. 그리고 그 앞에 어떤 여자가 서 있었다. 공안용 인조가죽 코트에, 모직으로 만든 두터운 갈색 바지를 입고 굽 달린 부츠를 신은 걸로 보아, 북조선 현장 책임자로 보였다. 두 사람이 다가오자 그녀가 불편한 기색을 내비쳤다.

"그래그래. 연방수사국 평양지부."

북조선 평양공안서 강력범죄대응반 반장 안은경이 보험사 직원이라도 본 것처럼 굴자, 세욱의 얼굴이 벌게졌다. 영훈의 말이 맞았다. 세욱은 제가 지닌 성깔을 뱃속으로 욱여넣는 데 능숙하지 못했다.

벽난로에 남은 재는 잿빛으로 차가웠다. 안은경이 둘을 번갈아 쳐다보았다.

"내가 신상 정보 하나 못 열까 봐 지체 높으신 연방수사관들께서 친히 납신 건 아닐 테고."

"저희도 여기 소풍 온 건 아니구요."

"그럼 뭐 하러 여길 기웃거리실까?"

연방수사국 서울지부장 조윤선이 두 사람을 파견한 이유는, 북조선 공안 안은경 경위가 신상 정보를 연 이유를 물어보라는 것만은 아니었다. 그거야 전화 한 통이면 충분하지. 조윤선이 우리를 여기 보낸 건, 여러 가지를 살펴보라는 의도일 거야. 영훈은 그리 추측했다. 북조선 공안이 신상 정보 열람이 안 되는 상황을 어떻게 파악하고 있는지, 그들이 이 문제를 공론화할 태세인지. 그 순간 이영훈은 소스라치게 놀랐다. 사건이 벌어지고 나서가 아니라, 벌어지기 전에 신상 정보에 잠금을 걸어놨다는 뜻이잖아.

조윤선은 누가 죽을지, 미리 짐작하고 네트워크를 잠갔다는 건가.

"난 내 관할에 낯선 이를 들이지 않는데."

안은경의 말투는 딱딱하고 고압적이었다. 북조선 공안, 깐깐하고 대화가 통하지 않는 집단. 영훈은 쉽지 않겠다는 생각을 했다. 세욱은 처음 보는 공안의 말투가 몹시 거슬렸지만, 분란을 만들고 싶진 않았다. 두 연방수사관이 안은경과 교대로 악수를 나누었다. 붙드는 힘이 여간이 센 게 아니었는데, 세욱은 기싸움을 거는 북조선 여자가 가소롭다는 생각을 했고, 영훈은 일이 꼬이겠다는 예감에 붙들렸다.

그때 사방이 캄캄해졌다. 세 사람 사이의 탐색전이 일시에 중단되고, 현장을 지키던 공안 몇몇의 입에서는 저도 모르게 아, 소리가 났다. 몇 초 지나지 않아 전기가 다시 들어왔고 정전은 끝났다. 세욱이 툴툴거렸다.

"이놈의 북조선, 발전(發電) 시설이 발전(發展) 속도를 못 쫓아 가네."

"저출산에 수출 난조 겪으며 저 밑으로 미끄럼틀 타던 너희 가 지금 밥 벌어 먹고사는 게 누구 덕인데? 우리 북조선 덕에 그 호황을 누리면서, 남조선 아이들 참 말이 많아요."

세욱이 마주 입을 털기 전에 영훈이 끼어들었다.

"우린 우리 일만 하면 됩니다. 경위께서 열람하려 했던 사망 자 신상 정보 관련해서 수사 진행 사항을 살펴보라는 명령을 받 았어요."

"말이 좋아 연방수사국이지, 상층부는 남한 국정원과 제대한 풀잎들이 나눠 먹지 않나요?"

남한과 북조선은 서로의 군대를 아직도 별스럽게 의식했고, 상대를 뻘건 파프리카와 시든 풀잎으로 불렀다.

"왜 이러십니까. 연방수사국 위원회는 남한과 북조선이 절반 씩 들어가잖습니까."

"왜 이러시긴요, 연방수사관 나리. 연방수사국 자체가 서로 의 칸막이를 넘겨다보려는 속셈 때문에 세워진 건데, 힘싸움과 돈 지랄로 북조선 간부들을 밀어낸 연방수사국이 네트워크로 북조선을 손바닥 보듯 한다는 걸 모르지 않을 텐데."

"위층에서 무슨 일이 벌어지는지는 난 몰라요."

정말 그렇냐는 눈빛으로 안은경이 이영훈을 빤히 바라보

왔다.

북조선 공안과 남한 경찰이 유일하게 연대하는 사안이 연방수사국의 수사권 침해 문제였다. 연방수사관들은 북조선 공안과 남한 경찰의 온갖 신경질과 견제에 시달렸고, 알력 다툼과 입씨름이 그로부터 일어났다. 그러나 영훈은 은경과의 신경전을 길게 이어가고픈 마음이 없었다.

그러나 세욱은 달랐다. 시선을 아래쪽 45도로 두고 삐딱하게 구는 은경이 그의 빈정을 상하게 만든 것이었다.

"당신들 연방수사관은 벽에 딱 붙어 서요."

"병풍 노릇이나 하란 말입니까?"

세욱의 반응이 점점 더 삐딱해졌다.

"수사는 우리 공안이 해요. 참관이나 하고 가세요."

"연방법 24조 3항에 따라 연방수사국은 북조선과 남한의 자치행정을 위협하지 않는 요소에 포괄적으로 접근할 수 있습니다."

세욱이 법 조항을 들어 따박따박 항변하자, 은경이 손가락을 공중에 부드럽게 휘둘렀다.

"협의. 협의를 거쳐 포괄적으로 접근할 수 있지."

"그 망할 협의를 지금 하고 있잖소."

"협의는 서로 해야 하는 거 아닌가? 현장 책임자인 나는 연방수사국과 협의할 필요를 전혀 못 느끼는데."

세욱이 뭔가 알고 저러는 건 아니야. 그냥 제 성깔을 못 참아 내는 것뿐이지. 영훈은 그리 생각했다. 하지만 이리 된 이상, 하나가 배드 캅이 되었다면, 나머지는 굿 캅을 하는 게 옳지 싶었다.

"아니, 우리가 죄졌어요? 수사 참여 요청은 연방수사관 권리잖아요. 아니, 선배님. 여기 우리가 북조선 공안 허락을 애걸해서 벽에 붙어 서야 하는 겁니까? 평양은 원래 이래요?"

"야, 연방수사관. 남의 영역에 머리 들이미는 게 어찌 너희 권리니?"

은경에게 퍼부으려는 세욱의 팔을 영훈이 붙들었다.

"박 경사, 잠깐 나가있지."

다시 손을 뻗어 세욱의 가슴을 막은 영훈이, 은경에게도 그만하라는 손짓을 보냈다. 세욱이 뒤돌아서자마자 은경의 비난이 그의 뒤통수를 날카롭게 찔렀다.

"현장 더럽히지 말고 저 바깥 거리로 기어나가서 돌멩이라도 차다 와."

발끈한 세욱도 지지 않고 받아쳤다.

"아하, 내가 졸업한 학교에서는 도서관 앞에서 우유팩을 차는데. 아, 우유도 못 먹고 자라서 잘 모르시려나."

빙글빙글 웃으며 은경이 맞받아쳤다.

"당신한테 나던 냄새가 그거였구나. 젖내 비슷하더라니."

"턱까지 흘러내린 립스틱이라도 닦고 지껄이세요. 북조선인 민공화국 공안 나리. 그 부츠로 어디 도둑이라도 쫓겠어?"

입심이야 비슷하든 어쨌든 차가운 바깥으로 쫓겨나는 건 박세욱이었다. 이영훈을 돌아보는 안은경의 눈빛이 냉랭했다.

"이봐요. 난 전부터 당신들이 우리 북조선에 들이민 자본이라는 괴물을 혐오해왔어요. 그게 내 조국을 지저분하게 더럽히니까."

"우린 그저 우리 일을 하려는 겁니다."

은경이 잠시 먼 곳을 바라보았다.

"훼방이나 놓지 마요. 개요, 말해줘요?"

"부탁드립니다."

"11시 20분쯤 긴급전화로 신고가 들어왔어요. 남편이 죽었다고."

안은경의 손짓을 본 공안 하나가 다가와 홀로그램 기기를 바닥에 설치했다. 북조선 공안들이 지금까지 찍은 현장 사진들을 근거로 홀로그램 기기가 사건 현장을 재연했다.

죽은 이는 양탄자 위에 옆으로 쓰러져 있었다. 공안 검시관이 3D 스캐너로 검안한 시신 확인서를 다운로드하자, 현장 사진 홀로그램에 정보값이 업데이트되었다. 3D 스캔 해부 결과와 97퍼센트 일치율을 보이기에, 현장에서는 그 결과값을 기정사실로 받아들였다. 3D 스캐너는 사인을 약물 과용으로 판단했다. 영훈이 탁자에 흩어졌던 하얀 알약을 집어들었다. 이걸 먹었단 얘기로군.

"사망 시간은요?"

"거기 쓰여있잖아요. 어젯밤 9시 45분에서 9시 55분 사이."

신고는 오전 11시 20분이었으니, 시신은 여기에 13시간 넘게 방치된 셈이었다.

"그나저나 서울에서는 파일을 왜 막았대요?"

그걸 내가 알 거라 생각해서 묻는 건가. 수사 중인 사건에 대해 정보 접근이 차단되었으니, 기분이 좋을 리 없었다. 약이 올랐겠지. 영훈은 그리 여겼다.

"손가락따위가 머리에서 이뤄지는 일을 어찌 알겠습니까."

"피해자 이름은 이정현이에요. 신고자이자 아내인 이선예 씨가 알려주더군요. 이 오래된 아파트의 나이든 주인이자 탄탄한 수입원을 지닌 수출입업자였구요."

김태성이 아니고? 알약을 삼키며 죽어간 노인의 이름은 영훈에게 낯설었다. 어쩌면 조인철, 박윤석, 윤민희, 이기철과 이어지지 않을지 모른다는 생각을 영훈은 잠깐 했다.

"솔직하게 얘기하죠. 내 상관들은 다른 이름을 줬어요. 공안이 김태성이라는 자의 신상 정보를 열람하려는데, 어떤 수사 중인지 살펴보라더군요."

"김태성?"

안은경이 검시관에게 손짓했고, 시신 가방 지퍼가 내려갔다. 창백한 피부와 회백색 머리칼과 굽은 코를 지닌 노인의 앙상한 죽은 몸을, 두 사람은 내려다보았다.

"이정현이에요, 김태성이에요?"

이영훈으로서도 알 길이 없었다.

"뭐가 되었든 나중에 합의 보고, 일단은 아는 걸 다 털어놓죠. 어때요?"

영훈의 제안을 미심쩍은 얼굴로 궁리하던 은경이 고개를 끄덕였다.

안은경의 부하들이 죽은 자의 주변인을 탐문한 결과, 올해 일흔셋인 이정현은 부유한 노인이었다. 그는 남한에서 공사 자재를, 중국에서는 원목과 잡화를 수입해 유통하는 조원무역의 대표였다. 평양과 해주에 지부를 둔 조원무역은 직원이 60명가량 되는 작은 기업체였지만 성장세가 두드러졌다. 이정현은 해주 신항만에 주택과 평양 외곽에 별장을 지녔지만, 1년 대부분을 동흥동의 이 아파트에서 지냈다고 한다.

그러나 영훈에게는 건넬 만한 대가가 없었다. 그가 아는 건 죽은 자가 김태성이라는 사실뿐이었다. 안은경의 날 선 시선을 느낀 이영훈이 난처한 표정을 지었다.

"이따위로 나오시겠다?"

"우린 이리 가라기에 온 겁니다. 우리를 이리 보낸 조윤선 서울지부장은 죽은 자가 김태성이라고 했습니다. 약속할게요, 내가 사무실에 들어가서 쓸 만한 걸 긁어오지요."

안은경과 이영훈이 벽난로에 바짝 붙어 실랑이를 벌였고, 지퍼를 닫은 검시관이 홀로그램 기기로 다가왔다. 마스크와 장갑을 벗은 검시관이 자료를 업로딩하자, 입을 다문 두 사람이 고개를 돌렸다. 김태성의 검시 기록이 떴다.

"심장약을 먹고 죽은 겁니다."

"데실데오트린이죠?"

똑똑한 학생을 만난 선생이 지을 법한 표정으로 검시관이 연방수사관을 돌아보았다.

"맞아요, 그 약. 죽기 전에 다량으로 삼켰어요. 3D 스캐너는 마흔 알 정도라고 판정하더군요. 열어보면 확실해지겠지만, 내가 봐도 그 정도예요."

"그게 심장약이라고?"

"맞아요, 혈행에 관여하는. 하루 한 알이 기본이죠. 문제는 그걸 한꺼번에 먹은 게 아니라는 거예요."

무슨 소리냐는 표정을 지은 은경과 영훈을 향해 검시관이 말을 이었다.

"한 알씩 먹은 거 같아요. 꽤 오랜 시간에 걸쳐."

"그게 무슨 뜻이야?"

"왜 그렇게 먹었는지 나는 모르죠. 의학적으로 봤을 땐 되게 고통스럽게 죽었을 것 같네요. 혈행을 돕는 약이라서 심박이 강해지고 급해지거든요. 두통도 엄청났을 걸요."

영훈은 확신했다. 이건 자살이 아니야. 저렇게 오랫동안 아프게 죽는다고? 자살자들은 그렇게 마무리하지 않는 법이었다. 그러나 안은경 공안 경위의 생각은 달랐다.

"삶을 비관할 요소가 얼마나 다양한데요. 노인에겐 특히나."

인간이 자기 삶을 얼마나 기상천외한 방법으로 끝내는가에 대해서는 이영훈도 꽤나 잘 알고 있었기에 굳이 반박하진 않았다. 안은경이 꾹 누르듯 덧붙였다.

"자살이에요, 이정현은."

문이 열리고 세욱이 들어왔다. 영훈을 슬쩍 본 세욱이 은경에게 사과했다.

"아깐 미안했습니다."

"나도 말이 심했어요."

두 사람이 서로 마주 보며 엷게 웃었다. 영훈은 1953년도 휴전협정을 마무리 지은 남과 북의 대표들이 저런 표정이었겠다고 생각했다.

세욱은 후회하고 있었다. 그는 수사에 적응할 좋은 기회를 급한 성질머리 탓에 놓쳤고, 이영훈을 감시하라는 팀장의 지시마저도 어긴 셈이었다. 스스로를 다잡으며 세욱은 아랫입술을 깨물었다.

"신고자가 있지 않나요?"

박세욱이 말하자 이영훈이 안은경을 돌아보았다. 은경이 부하에게 고개를 끄덕이자 저쪽 방으로 건너간 그가 방문을 열어 손짓했다.

"이선예라고, 이정현의 아내예요."

검시관을 툭툭 건드려 부른 은경이 시신 가방을 내가라는 시늉을 했다. 밖에서 대기하던 젊은 공안들이 들어와 자기부양 카트를 들였고, 시신 가방을 카트에 올리자 허리 높이로 떠오른 카트가 공안을 따라 방 밖으로 나갔다.

엎어져 있던 시신 옆 탁자를 힐끔거리며 이선예가 거실로 휘청휘청 나왔다.

"쉬지 그러셨어요?"

"계속 누워 있었어요."

대답과는 다르게, 틀어올린 머리는 흐트러지지 않았고 옷에도 주름 하나 없었다. 칠십 노인치고 옷차림이 화려했고 태도도 고고해 보였다.

울지 않았군. 세욱은 이선예의 붓지 않은 눈이 신경 쓰였다.

물론 너무 큰 충격을 받으면 울음도 안 나오긴 한다만. 영훈 또한 그 부분이 마음에 걸렸다.

여하튼 운전자는 안은경이어야 했다. 두 연방수사관은 뒷자리에 잠자코 앉았다. 은경은 신고 당시 상황을 물었다.

"남편은 내가 한가로운 걸 아주 싫어했어요. 나는 그이 대신 해주와 원산과 개성을 오갔어요."

"직접 운전하셨습니까?"

"여비서를 따로 뒀어요. 운전해주고 일정을 함께 하는."

"어제 일정은 언제 결정된 겁니까?"

"정확하진 않지만 일정은 보통 열흘 전에 결정돼요. 어제 해주 출장도 그 정도 되었을 거예요."

"출장에 남편은 왜 동행하지 않으셨나요?"

"그이는 집을 벗어나는 걸 아주 싫어했어요. 대흥동 회사 출근도 겨우 했는걸요."

"출장은 언제 떠나셨나요."

"어제 점심 먹고 바로 출발했어요. 잠은 해주 스카이파크 호텔에서 잤고요."

"그럼 출장을 다녀와서……."

"오전에 수출 물품 점검하고 집에 점심을 먹으러 왔죠. 도착이 아마 11시 반인가 그랬을 거예요."

"가사도우미를 쓰시나요?"

"주말에만 와요."

그렇다면 어제 오후부터 오늘 오전 내내 여긴 김태성 혼자 있었단 뜻이군.

이선예가 쓰러진 그대로 놓인 탁자 옆 의자를 슬쩍 돌아보았다. 그녀의 미간에 깊은 주름이 파였다.

"저이가 그렇게 있는 걸 보자마자 신고했어요. 몸은 건드리지 않았고요."

"왜죠?"

"드라마를 보면 범죄 현장은 손대선 안 된다던데요."

이상하군. 남편이 다쳤다고 여겨 달려가는 게 보통인데. 이선예의 시선이 닿지 않는 각도에서, 세욱은 죽은 자의 늙은 아내를 찬찬히 뜯어보았다. 은경이 영훈을 돌아보았다. 김태성이라는 이름에 대해 질문할 모양이로군.

생각대로였다.

"이런 거예요."

이선예가 천천히 진술을 시작했다.

사망자 이정현의 본명은 김태성이 맞았다. 김정은 통치기인 2048년 겨울에 북조선을 탈출한 그들 부부는 인도네시아 등 제3국을 떠돌다 2074년 남한으로 망명했다. 그들에 대해 즉각 파악하지 못했던 남한 정부를 툭툭 건드린 게 미국이었다. 채명룡을 미국에 망명시킨 자들이 그 둘이었기 때문이다. 그들 부부가 머물던 여러 나라의 정보기관과 비슷한 값을 주고받으며, 국정원은 김태성과 진미옥에 대한 정보를 긁어모았다. 안전가옥에 머물던 두 사람은 내곡동 국정원 본청으로 불려왔고, 심문은 열흘 넘게 이어졌다.

"상세하게 말할 순 없어요. 연방 이전에 남한 정부와 했던 약속이니까."

그럼 그것 때문에 그들의 신상 정보가 잠겨 있었던 걸까. 궁금해진 세욱이 자기 D-패드를 꺼내 네트워크에 접속했다. 이선예라 했겠다.

"선이라도 대강이나마 짚어주시죠."

끼어든 영훈을 은경은 제지하지 않았다. 이선예의 시선은 저쪽 벽 어딘가에 못 박혀 있었다. 한참 후에야 이선예는 입을 열었다.

"우리는 평양에서 활동하던 탈북 브로커였어요. 2047년부터 2048년까지 무수히 많은 고위층 인사들을 북한에서 빼내 자유로운 세계로 보내줬죠."

계속해요. 은경이 손짓을 했고 영훈이 재차 질문했다.

"얼마나 탈북시켰습니까?"

"숫자나 이름은 밝힐 수 없어요. 닥치는 대로 다 한 건 아니고 상층부 인사들을 주로 했어요."

"그런데 왜 탈북했습니까? 보위부 수사망에 걸려든 겁니까?"

아주 짧은 순간, 이선예가 이영훈을 힐끗 보았다. 거기 뭔가가 있다고 영훈은 느꼈다. 그건 긍정의 의미를 띤 대답이었을까. 아니면 그걸 입에 올려도 되나 하는 갈등이었을까. 그러나 그 느낌은 찰나에 사라지고 말았다.

"이선예도 막혀 있습니다."

자신의 귀 쪽으로 손을 세워 조심스레 말하는 세욱을 향해 몸을 기울였던 영훈이 고개를 끄덕였다.

은경이 다른 걸 물었다.

"이후로 신원을 받고 남한에 살고 계셨다가……."

"해외여행 한 번을 하질 못했어요. 어쩌다 허락이 떨어지면 도감청을 허용한다는 서류에 서명을 하고 다녀와야 했죠."

"국정원에서요?"

이선예가 고개를 끄덕였다. 조윤선이 국정원 라인이었지. 그래서 김태성이었던 이정현의 죽음을 파악하라 시킨 걸까.

"북조선엔 2074년에야 들어왔어요. 우리가 나간 지 26년 만에요."

김태성과 달리 이선예는 향수병을 심하게 앓았다고 했다.

"평양에 돌아와서야 지긋지긋하던 편두통이 떨어져나가더라고요."

이선예가 엷게 웃으며 말을 이었다.

"남편은 반대했어요. 굳이 평양에 돌아가야 하냐고 물었죠."

그러나 김태성은 북조선의 사업 가능성이 커지자 결심을 굳혔다. 북조선에 들어가며 신고를 한 이름이 이정현이었다. 2064년 쿠데타 이후 북조선은 경제성장을 위해 별다른 제재 없이 사업가들을 맞아들였다. 그때까지 중국과의 작은 사업 정도로 만족하던 김태성은 본격적으로 사업 규모를 키우기 시작했고, 러시아와 남한에 이르는 유통 루트가 자리를 잡자 돈이 흘러들기 시작했다.

"남편께서 자살할 이유가 있으신가요?"

이선예는 고개를 저었다.

"부정맥을 앓았지만 그 나이에 어디 하나 안 아픈 사람이 어디 있겠어요? 전혀요. 죽을 이유는 없어요."

세욱이 그제야 입을 뗐다.

"사업이 그리 잘되셨다면 더 좋은 곳에 사실 법한데요."

그 질문에 안은경이 입술을 비틀며 웃었다. 그녀는 이렇게 생각하는 듯싶었다. 돈이 많으면 그걸 자기 삶에 다 처발라야 속이 시원하지, 너희 남조선 아이들은. 영훈은 속물근성에 대한 그녀의 혐오가 얼마나 짙은지를 그녀의 표정에서 짐작했다.

"이 집은 우리가 망명하기 전에 살던 집이었어요."

묵직한 샹들리에에 너른 거실, 운치 있는 벽난로에 단열까지 잘되는, 오래되었지만 정갈한 아파트였다. 김정은 시대에는 평가할 수도 없을 만큼 가치 있는 집이었다. 이 집에 대한 자부심이 얼마나 드높았는지 이선예는 설명하고 싶은 눈치였다. 그러나 금세 남편 잃은 여인의 슬픔이 얼굴에 드리웠고, 그녀의 말은 가슴 저 밑으로 사라졌다.

이선예가 본명이냐는 세욱의 질문에 그녀가 고개를 저으며 대답했다.

"아뇨. 진미옥, 진미옥이 내 본명이었어요."

이정현과 이선예 부부. 그리고 30년 전의 김태성과 진미옥.

질문이 남지 않은 은경은 두 연방수사관에게 고개를 살짝 가로저었다. 그건 영훈 또한 마찬가지였다.

"사건 마무리되고, 현장 봉인이 해제될 때까지 공안에서 마련한 숙소에서 묵으시죠."

안은경이 이선예에게 권했다. 아무래도 사람이 죽은 곳이니 현장은 봉인해야 했다.

"하루 뒤면 해제될 겁니다. 법이 그래요. 해제 직후 청소 용역 업체가 현장을 정돈해드릴 거고요."

남한 경찰과 마찬가지로 요즘에는 북조선 공안도 청소 용역 업체를 고용해 현장의 청소와 정돈을 도왔다. 지문 파우더나 현장을 드나든 발자국, 집 안을 헝클어뜨린 낯선 손길이 그런 식으로 지워졌다.

안은경이 대기하던 공안을 불러 이선예를 지정된 숙소까지 태워주라 지시했다. 캐리어를 끌고 나온 걸 보니, 이선예는 출장을 다녀왔던 짐을 그대로 가져가는 모양이었다. 집을 나서려는 이선예와 누군가가 현관에서 마주쳤다. 청소업체 작업복을 입은 남자였다.

"근처 작업이 있어서 들렀는데요."

안은경 공안 경위가 손을 내저었다.

"오늘 사건 났는데 어떻게 오늘 해. 내일 와요. 평양공안서에 연락해보고."

문가에 내민 고개를 까닥거린 청소업체 직원이 뒤돌아나갔다. 푸른 작업복에 명찰이 달려 있었지만, 집 안 조명에 플라스틱 명찰 이름이 번들거려 세욱은 이름을 보지 못했다.

"잠깐."

이영훈이 안은경 쪽으로 힐끗 눈짓했고, 박세욱이 그 말을 알아들었다. 세욱이 고풍스러운 동흥동 아파트 내부를 살폈다. 철수 지시를 내리는지 안은경은 공안들이 경계 근무를 서는 계단까지 내려간 상태였다. 영훈은 은경을 지나쳐갔다. 계단 아래까지 걸어간 영훈이 은경을 올려다보았다.

"안 경위님. 이정현, 아니 김태성은 자살하지 않았어요."

"살인이라는 거예요?"

계단 중간에 서서 영훈은 은경을 바라보았다. 안은경이 공안용 D-패드를 꺼내 조작하고는 영훈에게 턱짓했다. 영훈이 못마땅한 얼굴로 자기 D-패드를 꺼내 주변에 연결되는 기기를 찾아냈다. 영훈의 D-패드가 은영의 금세 자료를 다운로드받았다.

"내 부하들이 AI에 수사 키워드를 입력했고 답을 받아냈어요."

공안 또한 남한 경찰처럼 수사자료 전체를 네트워크에 업로드하면 그 자료를 토대로 AI가 사건에 대한 초기 보고서를 작성하고, 그 보고서를 토대로 수사 방향을 설정하는 방식으로 일했다. 공안 AI는 자살 가능성을 72퍼센트로, 강제 투약으로 인한 살인 가능성을 27퍼센트로 판단하고 있었다. 이영훈이 숨을 길게 내쉬었다. 자살이라.

"설마 AI를 불신하진 않겠죠?"

"이렇다 할 이유가 없잖습니까. 이선예 씨도 이해 안 된다잖아요."

"찾아내야죠. 돈이 많더라도 노인이 세상을 비관할 이유는 많으니까."

"연락처 하나 주세요. 아무래도 필요할 것 같으니."

안은경이 계단 아래로 내려와 명함을 꺼내 이영훈에게 건넸다.

"사무실에 들어가서 정보나 모아와요. 약속은 약속이니까."

"그러죠. 내 상관이 이 사건을 맡으라 할 것 같진 않지만."

"꼬리를 마는 거예요? 이런, 불쌍하여라."

영훈이 사나운 표정을 지었다.

"약속은 지켜야죠. 전화 드리겠습니다. 그리고 한 말씀 드리자면."

"들어보죠."

"AI가 그리 판단했다 해도, 그게 반드시 진실이란 의미는 아닙니다."

"연방수사관, AI를 이겨보겠다는 거예요? 정말로?"

이영훈은 자신이 추적하는 다른 죽음들에 대해, 서울 조윤선 지부장의 지시에 대해, 스스로 섬뜩하게 느끼는 꺼림칙한 연관성에 대해, 아직 입 열지 않기로 결심했다. 그에겐 좀 더 단단한 확신이 필요했다.

"내가 하고픈 말은, 우리가 찾지 못한 진실의 조각이 더 있다는 겁니다. 진실은 헨젤과 그레텔처럼 빵조각을 흘리며 멀어지는 법 아닙니까."

"아, 내 기억에 걔네들은 길을 잃었는데. 아니었나?"

영훈을 지나친 은경이 찬바람을 일으키며 저리로 성큼 가버렸다.

텅 빈 김태성의 동흥동 아파트 한가운데 선 세욱은 사건을 가늠하는 중이었다. 여기에는 뭔가가 빠져 있어. 아주 큰 건데, 그게 너무 커서 뭔지 가늠조차 안 되는 거. 감도 들락날락하는 주제에 뭘 알겠나 싶으면서도, 세욱은 뭔가 찜찜했다. 그게 뭘까. 생각에 깊이 빠지려는 찰나, 전화벨이 울렸다.

깜짝 놀란 세욱이 주변을 돌아보았다. 전화기는 벽난로 옆에 설치된 벽감에 놓여 있었다. 인테리어에 관심 있는 사람이라면 누구나 탐을 냈을 법한 고풍스러운 전화기였다. 끊이지 않고 울리는 전화벨은 세욱을 끈질기게 독촉하는 것만 같았다. 아파트엔 그 말고는 아무도 없었다. 받을 사람은 나뿐이야. 전화기로 천천히 다가간 세욱이 수화기를 들었다.

그것은 노인의 목소리였다. 낮고, 단호하고, 듣는 사람이 흠칫 뒤돌아보게 만드는 서늘한 목소리가 귓가에 울렸다.

─누가 이 전화를 받는지 몰라도, 나는 자살하지 않았소. 나 김태성은 살해당한 거요! 내 아내 진미옥과 대화를 해보시오.

놀란 세욱이 수화기를 떨어뜨렸다. 공중에서 대롱거리는 수화기에서 통화가 끊기면 나오는 긴 신호음은, 가늘고도 멀었다.

3

2078년 12월 12일 오후 9시 37분, 평양

창 문턱을 문지르는 노란 불빛과 벽까지 번쩍거리는 푸른 네온사인 속에서 두 사람은 그렇게, 마주 앉아 있었다.

총 든 자의 눈빛은 차분했고, 총구 앞에 앉은 김태성은 겁에 질려 있었다. 노랗고 파란 불빛 속에서, 노인은 죽음을 가까이 느꼈다. 지난 수십 년 동안, 매일 죽음을 의식하고 살아온 태성이었다. 그는 늘 죽음을 가까이 느꼈고, 종말을 맞닥뜨릴 순간을 준비해야 한다고 여기는 사람이었다. 자신이 맞이할 법한 죽음의 방식 여럿을 상상해본 적 또한 많았다.

그러나 이런 죽음은 아니었다. 모르는 사람에게 총으로 협박당하며, 혈관 확장제 복용을 강요당하는 방식의 죽음은……

결코.

공포에 붙들린 태성의 뺨이 부들거렸다. 어차피 마감해야 할 삶 아닌가. 태성은 자신이 죽음을 의연하게 받아들일 거라고 여겼었다. 그것은 대단한 착각이었다. 지금 태성은 죽음이, 자신을 쫓아온 케케묵은 악몽이 몹시도 두려웠다.

엷은 빛 속에서 울리는 총 든 자의 목소리는 무겁고 낮았다.

"끝까지 자백 안 하는군. 조금도 뉘우치질 않아."

"이봐요. 나도 어쩔 수 없었어. 나도 이용당한 거라고."

내 목소리에는 안타까운 간절함이 배어 있구나. 그 사실이 태성을 한없이 초라하게 만들었다.

총 든 자는 대꾸하지 않았다. 맞은편 술집에서 흐르는 음악소리가 희미하게 들렸다. 내세에서 들려오는 곡조인 것처럼, 소리는 아련하고 가느다랗다. 총 든 자가 몸을 숙였다.

"털어놓지도 않겠다, 자신의 죄를 인정하지도 않겠다…….
이거야 원. 무슨 배짱이야?"

배짱이 아니었다. 그걸 말했다가는 분명히 죽일 거야. 태성은 확신했다. 그렇기에 털어놓지 못하는 것뿐이었다. 30년 전의 죄를, 자신과 미옥이 저지른 끔찍한 만행을.

"마음대로 해. 당신을 죽인 뒤에 찾아보면 돼."

총 든 자가 덧붙였다.

"한 알 더 삼켜."

간절한 눈빛으로 총 든 자를 쳐다보던 김태성이 부들거리며 알약 한 알을 괴롭게 삼켰고, 죽음이 한 걸음 더 가까이 다가왔다.

4

창밖은 너무도 우중충했다. 비 내린 다음 날이었건만, 바람이 그리 세차지 않아 길이 얼지는 않았다. 숄을 두르고 창가에 선 미옥이 오가는 사람들의 구부정한 어깨와 두터운 차림을 멍하니 바라본다. 겨울이 이미 섬뜩한 걸음을 내디딘 터였다.

분명한 게 좋아.

왜 그런 생각이 들었는지 미옥은 알 수 없다. 그냥 그 생각이 문득 들었는데, 마치 계속 품어 오래 묵은 생각처럼 마음에 턱 들어앉아 버렸다. 그런 생각이 왜 들었을까. 하지만 모든 일의 이유를 알아야 할 필요는 없다.

이런 생각조차 나만의 것이지. 분명한 건 분명한 대로, 관심사 밖은 모르는 채로.

그랬다. 미옥은 명료한 것을 좋아했다. 딱 떨어지는 것. 잘 맞아 들어가는 것, 미적거리지 않는 것.

그리고 그이는 미옥을 오래 기다리게 하지 않는다.

초인종 소리가 들리고, 미옥은 저도 모르게 벽시계를 돌아본다. 그는 온다던 시간보다 항상 조금 늦는다. 그러면서도 너무 기다리게 하지도 않는다. 딱 애가 타게 만들 정도의 기다림이 그와의 만남에 항상 존재했다.

방에 들어선 김정협이 포장된 선물 상자를 내민다. 미옥은 사내가 뭘 원하는지 안다. 그녀는 잠시 눈길을 주었던 선물상자를 옆에 내려놓고 김정협의 손길을 받아들인다. 급히 다가오는 격렬한 포옹을 받아들이려고 기꺼이 서두르는 것이다. 연인의 품에 안긴 여인이 입술 사이로 뜨끈한 소리를 흘린다.

김정협의 입술이 진미옥의 입술에 달콤하게 닿고, 그들이 서로의 몸을 쓸어올리고 거머쥐는 찰나에 현관문이 닫힌다. 문을 닫은 경호원 겸 운전수인 보위부 대원이 현관을 등지고 복도를 날카롭게 쏘아본다. 안에서 열릴 때까지, 닫힌 이 문을 열 수 있는 사람은 없다.

예전에 김정협은 밀애를 나누던 여인들에게 차를 보내 자신이 머무는 곳으로 오게 했다. 붉은 거리에 자리한 보위부 안전 가옥이나, 강서 방면에 있는 여름 별장이나, 심지어 인흥동 자기 집으로 여자들을 불렀다. 그러나 직위가 올라가고 당내 기반이 탄탄해진 뒤로, 김정협은 여인들의 집이나 직장으로 직접 찾아간다.

그 이유를 물은 여인은 미옥이 처음이었다. 왜 여자들을 부르지 않으세요? 직접 움직이려면 귀찮지 않으세요?

그냥, 침대 보 갈라고 시키기가 싫어. 정협의 대답에 미옥은 깔깔거리며 웃었다. 직접 하지도 않으시잖아요!

김정협은 제대로 대답하지 않았다. 집주인의 거처에서 그 주인의 여인을 탐하는 순간의 쾌감이 얼마나 짜릿한지를, 그 순간에 자신이 지닌 권력의 크기가 얼마나 생생하게 느껴지는지를, 김정협은 털어놓지 않았다.

김정협의 몸이 진미옥에게로 기운다. 그녀가 안방을 향해 눈짓하고, 서로를 부둥켜안은 두 사람은 벽과 문에 몸을 부딪치며 안방으로 향한다. 두 사람은 이 기이한 소동이 일으키는 쿵쿵거림에 키득거리며 침대로 쓰러진다.

이윽고 거실까지, 가늘게 떨리는 신음소리가 들려온다.

5

2078년 12월 13일 오후 3시 21분, 평양

자신이 받은 전화를 떠올리며, 박세욱은 저도 모르게 가늘게 몸을 떨었다. 가속페달과 정지페달을 번갈아 밟던 이영훈이 박세욱의 말을 되뇌며 눈을 깜빡였다.

"죽은 사람이 전화를 걸었다고?"

팀장 회의에서 막 돌아온 정준희는 그리 되물었다. 박세욱이 자기 사수를 돌아보았고, 영훈은 자기도 모르겠다는 표정을 지었다.

"자기가 김태성이고, 자살한 게 아니라고 했습니다. 아내 진미옥과 대화하라 했습니다."

정준희가 이영훈에게 시선을 돌렸고, 늑대는 고개를 저었다.

"다들 철수했는데 혼자 있다 전화를 받았답니다."

"공안은?"

"모릅니다."

영훈은 안은경과의 마지막 대화를 떠올렸다. 사망자에게 전화를 받았다는 얘기를 들으면 자살로 수사 방향을 잡겠다던 공안 경위는 어떤 표정을 지을까. 정보 대신 뉴스를 가져다주는 셈이겠군.

정준희는 다른 의문점에 사로잡혀 있었다.

"대체 진미옥이 누구야?"

영훈은 수첩을, 세욱은 D-패드를 꺼내들어 주거니 받거니 하며 수사 내용을 설명하기 시작했다.

"죽은 사람은 30년 전 김태성이었던 이정현이고, 신고자는 진미옥이었던 이선예다?"

결론은 하나였다.

"네트워크로 확인해야 합니다."

정준희 팀장은 한동안 대답을 하지 않다 마지못해 답했다.

"상의 좀 해보고."

서로를 힐끗 본 두 연방수사관이 팀장에게서 물러났다. 정준희가 이영훈의 뒤통수에 대고 덧붙였다. 이영훈 경위, 크리스마스 캐럴이 슬슬 나오던데.

이영훈에게는 따로 짚이는 게 있었다.

"북조선 통신사업부에 연락해서 그 전화 발신처가 어딘지 물어봐. 영장 요구하면, 요청하고."

"그 전화를 어디서, 누가 걸었다고 생각하세요?"

"모르지."

그걸 알아내는 게 우리 할 일이고.

그걸 알아내는 일과 별개로 박세욱은 이영훈의 경로가 궁금했다.

"정 팀장이 상의할 거라고 생각해?"

"안 하면요?"

"조윤선 서울지부장은 평양지부장이 아닌, 평양지부 강력3팀장 정준희에게 직접 전화했어. 왜일까?"

"팀장님은 국정원 출신이 아니니까?"

"맞아. 한편으로는 말이 새어나가지 않게 일을 진행시킬 국정원 라인이 평양지부엔 없기 때문이지. 그러니 뒤탈이 나더라도 다이렉트로 정 팀장에게 지시를 내린 거야."

"왜 그렇게까지 수사 상황을 알고 싶어 할까요?"

"왜 알고 싶어 하는지는, 이제 알아내야겠지."

세욱의 얼굴을 바라보던 영훈이 덧붙였다.

"이 조직은 거미줄이야. 누군가 선을 건드리면, 교차된 수많은 선까지 진동이 전달되지."

"조윤선 지부장은 남한 국정원 출신이구요. 우리 팀장은요?"

"경찰이었지. 난 군 정보부 출신이고."

세욱은 정준희의 태도가 그제야 이해가 되었다.

"라인에 서고 자기 뒤로 또 라인을 만들지 않으면, 떨어져나가는 거야."

선배처럼요?

그저 바라보았을 뿐이었건만, 영훈은 세욱이 품은 질문을 알아차렸다. 그와 동시에 영훈은 한반도에 마지막 남은 북과 남의 싸움터가 연방수사국이겠다는 생각을 했다. 군과 경찰과 국정원은 오랫동안 북조선을 적으로 가정해왔으며, 공화국 군대와 공안과 정보부 또한 남한을 증오하긴 마찬가지였다. 그런 놈들을 한데 모아놨으니 암투와 모략이 들끓는 게 당연하지.

"난 군 정보부 출신이었어. 시든 풀잎이었단 말이야. 그들은 나를 타깃 삼았지. 정보원과 접촉 중일 때 내사팀이 나를 덮쳤어. 서울지부 내사팀에 국정원 출신이 그득하다는 건 비밀도 아니야. 왜 이런 얘길 하는지 아나? 숙청당한 연방수사국 사람들이 누군지 알아? 그게 어떤 라인인지?"

세욱은 아는 게 없었고, 당연히 대답할 말도 딱히 없었다. 뒤돌기 전에, 영훈이 한동안 세욱을 지긋이 바라보았다.

"기왕 누구를 증오하려면 더 잘 안 뒤에 해도 좋을 텐데."

하지만 상세히 알게 된 누군가를 증오할 수 있을까. 잘 안다면, 더 이해하게 되지 않을까. 증오는 무지에서 발현되는 게 아닐까. 아니, 어쩌면 더 잘 알기에 상대를 완전히 없애버려야 한다는 결론이 가능한 건지도 몰랐다. 혼란스러운 마음을 지닌 채 영훈은 돌아섰다.

세욱의 D-패드가 울렸다.

"여보세요."

거기에서는 아무 소리도 들리지 않았다. 세욱이 D-패드를 펴서 화면을 보았다. 등록되지 않은 번호에, 동영상을 지원하지 않는 구식 휴대폰 같았다.

순간, 세욱은 누가 건 전화인지 퍼뜩 깨달았다.

숨이 막혀왔고 몸이 떨려왔다. 희미하게 숨소리가, 미세한 바깥 소음이 들리는 것 같았다. 멀리 시선을 둔 세욱이 긴 숨을 내쉬었다. 뭔가 말해야 하지 않을까. 조 수사관님, 아니 민준이 형. 뭐라고 말 좀 해요, 형. 나 세욱이에요, 형……. 세욱이 그렇게 말하지 못한 건, 전화기를 붙든 저쪽이 지닌 괴로움이 세욱에게 너무나 절절히 느껴졌기 때문이었다. 달라붙은 입술이 바들거렸다. 세욱이 입을 뗄 결심을 굳혔을 때, 전화는 이미 끊겨 있었다.

그리고 다시 한번 전화벨이 울렸다.

지원은 회의를 마치고 식사를 하러 이동하는 중이라 했다. 세욱은 방금 받은 전화의 여파를 얼마간 떨쳐내지 못했고, 지원은 남편의 무겁게 가라앉은 속내를 어렵지 않게 알아차렸다. 하지만 세욱은 방금 받았던 전화에 대해 말을 꺼낼 수가 없었다. 속에 얹힌 그 일이 너무도 무거워 세욱은 그걸 당장 어찌할 수 없었다.

—그 얘기를 털어놓아야, 당신이 건강해져.

부산 서면에서의 일을 털어놓아야 세욱이 건강해진다고 지원은 생각했다. 그걸 얘기한 다음에야 그것으로부터 벗어날 수 있다고 믿었기에, 그녀는 남편에게 그에 대해 이야기하길 권해왔다.

옳은 얘기였다. 하지만 막혀버린 말문은 좀처럼 열리지 않았다. 세욱은 끊긴 전화에 대해 잠시 생각했다. 아니, 아니지. 그게 조민준 수사관이라는 사실이 분명해지기 전엔, 그에 대해 이야기하고 싶지 않았다.

—자기 그 직원들 있잖아. 같이 일하는.

동료를 말하는 걸까.

그래, 동료. 그들은 같이 일하는 사람 이상의 존재였다. 등을 맡길 수 있는 사람, 목숨을 내걸고 지키고 싶은 사람들. 탕, 탕! 두 발의 총알이 부산 서면을 가로질렀고, 하나는 저 멀리 가로등에, 다른 하나는 한 여자의 가슴에 꽂혔다. 4개월 된 태아를 품었던 조민준의 아내 최민희는 장시간 수술을 받았지만, 다음 날 새벽 사망하고 말았다.

세욱은 내사팀의 혹독한 심문을 받았지만, 이내 죄가 없다는 판결을 받았다. 2개월의 휴직기간 내내 세욱은 한 가지 생각만 했다. 그때 내가 어떻게 행동해야 했지.

조민준에게 전화를 걸 엄두가 안 났고, 심리상담가와 지원 모두 그 통화를 미루라 했었다. 복직 뒤에 만나야지. 만나서, 만나서…… 만나서 뭘 하지. 조민준 수사관이 총기와 한반도 배지를 반납한 뒤 자취를 감췄다는 사실을, 세욱은 복직한 뒤에야 전해 들었다.

그건 세욱의 잘못이 아니었다. 하지만 모두들 세욱을 피했다. 그는 상처받은 짐승, 부정 탄 사람, 꺼려지는 동료였다. 복직 후엔 서면에서의 일을 구실로 서류 작업에 배당되었다. 종이를 채우는 8시간의 근무시간 내내, 세욱은 서면에서의 일을 생각했다. 내가 어떻게 했어야 했지, 그 순간에.

깨어져 부서지려는 세욱을 꽉 붙든 건, 지원이었다. 그만두든가, 다른 환경을 찾아. 멀리, 완전히 다른 곳에서 이겨내자. 세욱은 북쪽을 짚었고, 지원은 부산대병원에 사직서를 냈다. 세욱에게 지원은 무너지려는 내면을 지탱해주는 기둥이었다.

—모시고 와.

"집에?"

—밥 먹게.

그 말에 왜 멍해졌는지, 세욱은 알지 못했다. 그저 메마른 마음에 물방울 하나가 톡, 떨어지는 것 같았다.

"끊어야겠어."

영훈이 나간 방향을 대강 짐작한 세욱이 급하게 걸어나갔다.

영훈은 머신에서 커피를 내리는 중이었다. 큰 종이컵에 가득 담긴 짙은 커피를 영훈은 은색 플라스크 좁은 구멍에 조심스레 따르려 했다. 알콜중독 탓에 손이 떨려, 커피는 절반 가까이 바닥에 질질 흐르는 중이었다. 종이컵을 받아든 세욱이 플라스크에 슬며시 따랐다.

"누굽니까, 선배님 사건을 시작으로 숙청된 연방수사국 사람들이. 어떤 라인이었어요?"

말 없이 수염 자국이 거칠게 남은 뺨을 쓱쓱 문지르던 이영훈이 플라스크를 받아 밖으로 나갔고, 박세욱이 그를 쫓았다.

차에 탄 이영훈이 조수석에 따라 앉은 박세욱을 돌아보았다.

"누가 범인이었을까. 누가 그 범죄로 이득을 보았을까?"

"질문했는데 퀴즈로 받아치지 마시구요. 누굽니까?"

"처음엔 뭐가 뭔지 파악이 안 되었어. 숙청당한 쪽은 북조선 정보부, 남한 군 출신, 북조선공화국 군 출신에, 남한 경찰까지 골고루였거든. 그런데 그 빈자리를 차지하는 자들을 보니 답이 나왔지. 국정원 라인이 북조선 정보부 라인을 친 거였어."

"그런데 국정원 라인 중 하나인 조윤선 서울지부장이 지금 이 사건들의 정보 열람을 막고 있다는 건……."

영훈은 대답하지 않은 채 차에 시동을 걸었다.

"일단 보고서를 끝내도록 해. 그다음 일은, 그다음에 생각하자."

차에서 내린 세욱이 추위에 어깨를 오그렸다. 밤이 다가오는 시각이었다. 영훈의 차가 주차장을 빠져나갔다.

네트워크를 열지 않으면 답이 없어. 영훈의 결론은 그랬다. 한편으로 그는 북조선 공안에게 고삐를 매야 했다. 안은경은 자살로 방향을 잡아가고 있었다. 이영훈은 김태성 사건을 들여다보게 만든 조윤선의 전화가 못내 걸렸다. 어쩌면 조윤선은 이쪽에서 버튼을 대신 눌러주길 바라며 거길 가리킨 걸지도 몰랐다. 아니면 영훈의 짐작대로, 조윤선을 비롯한 연방수사국 위원회의 몇몇이 이 연쇄적인 죽음에 연관되었을 수도 있었다. 이어폰을 낀 영훈이 코트 주머니에서 D-패드를 꺼냈다. 물어볼 사람은 한 사람밖에 없었다.

번호는 바뀌지 않았다. 최만호는 웃으며 전화를 받았다.

―가스를 캐러 가기로 했나 보군.

피쉬 앤 훅의 위치를 알려준 영훈이 1시간 내로 올 수 있냐고 물었다. 낌새를 알아차린 최만호의 목소리가 조금 낮아졌다.

―미행이 아직 붙어있다며.

"내게 붙은 거지 과장님한테 붙은 게 아니잖아요."

―나를 만나는 게 너한테 좋을 리 없어.

상관없었다. 그래서 이영훈은 욕설과 함께 상관없다고 짜증스레 내뱉었다. 알겠다며 최만호는 전화를 끊었다.

차를 인근 공용주차장에 대놓고 영훈은 피시 앤 훅으로 걸어 갔다. 운전을 할 땐 몰랐지만, 걷다보니 미행이 붙은 게 느껴졌다. 눈치채는 건 생각만큼 어렵지 않았다. 그들은 영훈에게 자기 존재를 노골적으로 드러냈다. 일정한 거리를 유지한 채 떨어지지 않는 미행자는 영훈이 돌아보면 그와 마주보았고, 그가 걸으면 따라 걸었으며, 멈추면 함께 섰다. 저놈들은 미행당한다는 사실을 나한테 알려주고 싶은 거지. 메시지는 간단했다. 그만두고 나가. 숙청이 너로부터 시작되었는데, 네가 여기 남아서야 되겠어? 하지만 영훈은 그러지 않을 작정이었고, 버티는 게 숙청을 일으킨 자들의 신경을 건드리는 거라는 생각에 흐뭇하기까지 했다. 코트 깃을 세워 목 주변을 가린 이영훈이 시린 바람 사이를 터벅터벅 걸었다.

어제 보관해놓은 평양 보드카 반병이 잔을 채웠지만, 영훈은 그걸 집어들지 않았다. 그는 술을 좋아했지만 가장 좋아하는 건 따로 있었다.

"그러니까 이혼을 당하지."

영훈이 수사에 대한 집념을 보일 때마다 최만호 과장은 그렇게 핀잔을 주었고, 그 습관은 지금도 바뀌지 않았다. 심드렁한 눈길로 돌아보자, 최만호가 자신을 방어하려는 듯 양손을 들어 보였다.

"심각하네?"

영훈은 손가락을 퉁겨 웨이터를 불렀고, 곧장 나온 깨끗한 잔이 보드카로 채워졌다.

"환송회 겸."

"얼른 해. 얼굴 두께가 내 복부지방보다 두꺼운 넌 상관없어도, 난 연방수사관 내사팀만 보이면 오금이 저리니까."

"여기가 좋은 이유가 뭔지 알아요?"

이영훈이 턱짓하자 웨이터가 고개를 끄덕였다. 바 아래로 손을 깊이 내민 바텐더가 뭔가를 누르자, 저쪽 뒤에서 비명이 터져나왔다. 귀에 고주파음이 쑤셔박힌 내사팀 직원 두 명이 이어폰을 빼며 비명을 내질렀다. 자신을 노려보는 그들에게 이영훈이 가운뎃손가락을 들어 보이며 부드럽게 미소 지었다.

"25년 전 북조선 쿠데타 모의가 여기서 이뤄졌거든요."

"원래는 저희 삼촌 가게였죠."

이영훈의 설명에 고개 끄덕인 웨이터가 설거지된 잔을 끌어다가 깨끗한 천으로 문질렀다.

"쿠데타 이후 자본시장이 허용되자마자 삼촌은 피쉬 앤 훅을 세웠어요. 그리곤 도감청 방해장치를 설치했죠. 엿듣기 좋아하는 보위부 놈들에게 치가 떨렸다면서요."

"꼬리는 떼어냈고. 이제 본론으로 들어가죠."

웨이터에게 팁을 건넨 이영훈이 최만호를 향해 돌아앉았다.

이영훈은 최만호에게 사건 전반에 대해 설명했다. 북조선으로 귀환한 옛 탈북자들의 연속된 죽음과, 그들에 대한 신상 정보가 잠긴 네트워크에 대하여.

최만호는 이제 네트워크의 신상 정보를 잠글 수 있는 힘을 지닌 자들에 대해 설명해야 했다.

"뻔하잖아. 연방수사국장 아니면 연방수사국 위원회뿐이야."

"그건 알아요. 그런데 조윤선이 직접 나설 정도로 급한 일이 뭐냐 이거죠."

"라인 전체가 엮이지 않은 일."

최만호가 설명을 이어갔다.

"라인 전체와 관련된 일이라면 끈을 동원했겠지. 하지만 그게 아니니까 개인적으로 너희 팀장을 움직이게 만들고, 네트워크를 닫으며 움직였을 거야."

"김태성의 파일은 미리 닫혀 있었어요. 그가 죽기 전에요."

"둘 중 하나지. 서툰 실수를 할 정도로 서두른다든가, 아니면 조직적으로 움직이지 못하고 있다든가."

어쩌면 둘 다 일 수도 있었다.

"중요한 건, 네 수사가 상대를 자극하고 있다는 거야."

그들이 수사를 막아서고 있잖아. 네 명의 연속된 죽음에 관련된 진실을 제대로 들여다보지 못하게 만들고 있잖아.

조윤선을 비롯한 자들이 왜 네트워크를 막아섰는지를 알아내려면, 이 사건을 해결해야 했다. 사건 해결이 그들이 막아서려는 이유와 맞닿아 있을 거라고 영훈은 생각했다.

"혹시 평양공안서 쪽에 아직 선이 있어요?"

"어딘데?"

"강력범죄대응반 반장인데요. 안은경 경위라고."

최만호가 고개를 갸웃거렸다.

"이빨이 들어갈지는 깨물어봐야 알겠지. 뭘 물어야 하는데?"

이영훈이 아까 받았던 안은경의 명함을 건네주었다.

"북조선 강력범죄대응반이 수사를 장악하고 있어요. 거기 반장이 우리에게 참관만 강요하는데, 따라가기만 해서야 뭐가 나오겠어요?"

"알아볼게."

끄덕이며 명함을 안쪽 주머니에 넣는 최만호에게 이영훈이 다른 걸 물었다.

"서울지부 쪽에 믿을 만한 사람이 누가 남았을까요?"

"장남수 부장 있잖아."

장남수는 연방수사국 서울지부 공안부장이었다. 서울지부장 바로 밑에는 공안부장과 수사부장이 자리했는데, 서울지부의 수사와 관련된 모든 업무를 총괄하는 수사부장과 달리 공안부장은 치안과 내부 조직에 관련된 일을 맡았다. 숙청이 벌어질 무렵, 수사부장이었던 장남수는 최만호와 이영훈의 직속상관이었다. 개성 태생 장남수는 숙청에서 살아남은 몇 안 되는 북조선 공안 라인이었고, 목이 잘리진 않았지만 평생 해오던 수사 라인에서 도려내어졌으니, 좌천당한 셈이었다.

"장 부장님이 편의를 봐줄걸."

영훈의 생각은 달랐다.

"몸 사릴 것 같은데요."

최만호는 피식 웃었다.

"나이 들면 다 그래. 바람이 조금만 차가워지면 몸부터 오그라들거든."

이영훈은 장남수를 통해 서울지부 내부 사정을 들어봐야겠다는 생각을 했다. 최만호가 이영훈의 팔 안쪽을 넘겨보더니, 술잔을 가리켰다.

"안 마실 거야?"

"전혀요."

보드카가 채워진 잔을 밀친 이영훈 경위가 자리에서 일어섰다.

"제가 연해주에 합류할 거라고 생각했어요?"

"어느 정도는. 하지만 네 말이 맞아. 넌 굶더라도 활을 잡아 사냥에 나설 놈이지. 곡괭이가 아니라."

"15년 뒤쯤요. 그때 되면 이빨 다 빠지고 없을 테니."

"지랄하네. 내가 미쳤다고 널 그때까지 기다려야 하냐. 안 할

란다."

"연해주에 갈게요. 내년 여름에 휴가 받으면."

"그래. 짙은 가스 냄새 그득한 장소로 잡아놓을게. 소주 한잔 비비자구."

영훈이 빙그레 웃으며 뒤돌아 나왔다. 목표는 확실했다. 죽은 사람들의 과거를 캐야했다. 온전하게 겹치는 건, 탈북자였던 그들의 과거였다. 그 과거에 대한 기록이 있을 잠긴 네트워크를 열어야 해. 한편으로는 북조선 공안이 뒤고 있는 수사 상황에 개입할 필요가 있었다. 안은경을 만나 설득해야 할까. 그녀가 순순히 동의할 것 같진 않았다. 안은경을 납득시킬 방법을 고민하며 이영훈이 불붙이지 않은 담배 필터를 깨물었다.

6

평양 육교동에 자리한 북조선 평양공안서는 늘 반쯤 비어 있었다. 외근을 가거나, 훈련 교습을 받거나 시키러 가거나, 휴무를 신청한 직원들 때문에 사무실은 늘 한적했고 업무 환경은 대체로 쾌적했다.

통유리로 벽을 대신한 안은경 경위의 사무실은 드넓었다. 주먹을 불끈 쥔 그녀는 책상 뒤에 앉아 있었고, 그 맞은편에 양손으로 허리를 짚은 이영훈이 난감한 얼굴로 서 있었다. 뒤에 선 박세욱은 끼어들 타이밍을 재는 듯 보였다. 유리벽 밖에서는 장면만 보일 뿐, 탁월한 방음 처리 덕에 안은경이 지르는 소리는 들리지 않았다. 평양공안서 전체를 관장하는 주택관리AI가 안은경 경위의 사무실에 냉기와 습도를 보충하려 컨디셔너를 가동시켰다.

"다시 말합니다, 안 경위님. 우리는 살인자를 쫓아야 해요."

"우리? 언제부터?"

"우선 진정하시고……."

"운전하던 차에서 내 뒷덜미를 잡아 끌어내리고는, 뭐예요? 진정을 하라고?"

안은경이 펄펄 뛰었고, 뒤에서 떨떠름한 표정을 짓던 세욱이 못 당하겠다는 시늉으로 양손을 들어보였다. 안은경이 주먹으로 책상을 쳤다.

"수사청구의향서 당장 회수해요!"

어젯밤 피시 앤 훅을 떠난 이영훈은 사무실로 돌아와 북조선 평양공안서 서장에게 수사청구의향서를 보냈다. 걸림돌이 되겠다 싶었던 정준희는 의외로 순순히 의향서를 결재해주었다. 그 서류는 오늘 아침 평양공안서 서장에게 도착했고, 서명과 동시에 안은경은 자기 수사에 연방수사관의 개입을 허용해야 했다.

안은경은 이영훈과 박세욱이 제 수사에 월권을 행사했다고 여겼다. 안은경이 유별난 건 아니었다. 경찰이나 공안이나 제 구역에 들어온 이방인에게 이를 드러내긴 매한가지였다.

"어쩌자는 거예요? 협력하자면서요. 그래서 참관 허용했잖아요!"

"우리의 법적 수사 지위를 마련하고자 조치를 취한 겁니다."

"저기요! 그리 방방 뛰느니, 여기 서장이 움직이게 만드는 게 낫잖습니까."

박세욱이 끼어들었고, 안은경이 고개를 돌렸다.

"서장님이요? 걱정 마요. 내 부하들이 지금 7층 서장실 밖에서 회의가 끝나기만을 기다리는 중이니까."

그러나 그게 다시 결재되고 연방수사국으로 넘어가 그들을 뒤로 물리기까지는 시간이 걸릴 터였다. 영훈이 노린 건 그 틈이었다. 공안을 통해 수사를 들여다볼 반나절이 그에게는 필요했다. 그는 안은경을 달래서 얼마간 함께 걷게 만들 작정이었다.

"안 경위. 우선은 잠깐이라도 수사를 같이 합시다. 우릴 내쫓을 시간과 에너지를 올바른 데 씁시다."

"수사청구의향서에 대한 항의 공문을 작성하라 지시했어요. 당신들의 꼴같잖은 개입을 내가 반드시 도로 물리게 만들 겁니다."

생각보다는 시간이 많지 않을 것 같았다. 세욱은 다시 성질이 뻗치는 모양이었다.

"이게 그리 화낼 일입니까? 시너지가 날 수도 있잖아요."

세욱이 항의하자, 안은경이 의자에 앉으며 대꾸했다.

"수사의 핵심은 방향에 대한 집중이고, 시간과 인력이라는 자원을 어떻게 쓸지에 대한 결정이야. 너희 연방의 개입은 집중을 흐트러뜨리고 결정을 훼방 놓지. 그게 내가 불쾌해하는 이유고."

세욱을 향해 손을 내저은 영훈이 안은경을 설득했다.

"여전히 수사의 운전대는 당신들 공안이 잡고 있어요. 난 그저 뒤에 앉을 손바닥만 한 법적 근거를 만들고 싶어 이럽니다."

"그 자리는 오늘 해지기 전에 없어질 겁니다."

"그러면 해가 떠있는 동안이라도 함께합시다."

이영훈이 양손으로 안은경의 책상을 짚었고, 안은경이 그 눈길을 고요히 바라보았다. 그녀가 입을 열었다.

"가져오라는 건 가져왔어요?"

알아들은 영훈의 표정이 그나마 풀렸다.

"증거까지는 아닙니다. 전화에 대해 파악했고, 몇 가지 소식도 있어요."

영훈이 손짓하자, 세욱이 몇 걸음 다가왔다.

"어제 제가 받았던 전화, 보이스 알람이랍니다."

"보이스 알람?"

안은경의 시선이 세욱에게로 옮겨 갔다.

"20세기 후반부터 있던 서비스인데요. 말하자면 어떤 코멘트를 지정해 정해둔 시간에 전화를 거는 겁니다."

"일종의 자명종이네."

"보통은 음악을 쓰는데, 연인끼리 알람용으로 쓴다고도 합니다."

"아침마다 그래야 할 필요가 뭐가 있답니까."

안은경은 당최 이해가 안 가는 모양이었다.

세욱은 김태성이 지난달 서비스를 신청했다는 보이스 알람 회사의 확인 내용을 보고했다. 박세욱이 D-패드를 열어 알람 회사 직원이 보내준 음성파일을 열었다.

─누가 이 전화를 받는지 몰라도, 나는 자살하지 않았소. 나 김태성은 살해당한 거요! 내 아내 진미옥과 대화를 해보시오.

박세욱과 안은경과 이영훈이 서로의 표정을 살폈다.

묘하게 감기는 목소리라고 영훈은 생각했다. 은경 또한 죽은 자의 목소리가 대번에 구분될 정도로 독특하다고 생각했다. 묘한 감칠맛을 지닌 잔잔한 쉰 목소리에는 듣는 사람을 잡아끄는 뭔가가 있었다.

"새벽마다 저 메시지를 들었단 말이야?"

"지난달부터요."

"왜 아내와 대화하라 했을까?"

침묵하던 박세욱이 의견을 냈다.

"자기 죽음에 대해 아내가 알 거라고 생각해서?"

"어쩌면 아내가 자신을 죽이려 한다는 생각 때문에?"

두 연방수사관이 질문을 주고받았고, 안은경은 대답하지 않았다. 공안AI는 자살 가능성을 72퍼센트로 판단했지만, 거기엔 김태성의 보이스 알람이라는 키워드는 빠져 있었다. 주름진 이마를 문지르며, 이영훈은 다른 생각을 하는 중이었다. 자신이 자살한 게 아니라는 보이스 알람을 새벽마다 들었다고?

안은경에겐 따로 올라온 보고가 있었다. 안은경이 공안용 D-패드를 켜 내용을 일러주었다.

"호텔에 전화를 해서 물어보라 했죠? 내 부하들이 이선예 씨를 만났다는군요. 이선예 씨는 전화 벨소리를 알람 삼아 깼다네요. 전화는 항상 남편이 받았기에, 본인은 알람인 줄만 알았다고 하고요."

"아내가 자길 죽일 거라고 여겼을까요?"

"사이는 안 나빠 보이던데."

그리 대답했지만, 안은경의 목소리에 확신은 많지 않았다.

"아니면, 자신을 죽일 만한 사람들이 누군지 아내가 알고 있다고 생각할 수도 있겠죠."

이영훈 경위는 자신이 지닌 미심쩍음에 대해 두 사람과 좀 더 상의하고 싶었다.

"김태성은 자기 죽음에 대해 아내 진미옥에게 물어보라 했어요."

곰곰 생각에 잠긴 은경이 아랫입술을 잘근잘근 깨물었다.

"이선예가 아니라, 진미옥에게?"

지켜보던 세욱이 중요한 지점을 짚었다.

"자기 자신을 이정현이 아닌, 김태성으로 불렀습니다. 아내도 이선예 아닌 진미옥으로 불렀구요. 그건 자신의 죽음이 두 사람의 과거와 연관되어 있다는 뜻 아닐까요?"

세 사람 사이에 잠시 침묵이 돌았다. 각자의 머릿속에 저마다의 생각들이 따로 굴렀다.

"자, 안은경 경위. 사건을 정리해봅시다."

논점은 몇 가지로 나뉘었다.

김태성 본인이 녹음한 대로, 그의 죽음은 자살이 아닌 살인일까? 그렇다면 김태성은 누가 죽인 걸까.

안은경은 김태성이 스스로 약을 먹은 거라는 3D 스캐너의 분석을 믿었다. 김태성의 몸에는 고문이나 강제의 흔적이 없었으며, 3D 스캐너의 분석은 재판 증거로 채택될 만큼 신빙성이 높았다. 하지만 보이스 알람에 남은 김태성의 말을 믿는 이영훈은 죽은 자가 살해당했다고 생각했다.

"왜죠?"

이영훈은 잠시 주저했다. 지금까지 파헤쳐온 다른 죽음들에 대해 안은경에게 알려줘도 괜찮을까 하는 망설임이 영훈의 얼굴에 떠올랐고, 안은경이 기분 나쁜 표정을 지었다.

"같이 하자면서 무슨 태도가 이래요?"

"나도 갈팡질팡하는 게 있어서 말입니다."

"아무튼 연방수사관들이란. 당신 상관이 아침에 전화로 재미있는 얘기를 하던데."

그녀가 두 연방수사관을 손가락으로 번갈아 가리키더니 말을 덧붙였다.

"수사관들을 보내게 되어 미안하다며, 신상 정보가 열리지 않는 이들의 연속된 죽음에 대해 자료를 보내주더라고요."

빌어먹을 자식. 어째 순순히 사인한다 했어. 이영훈이 한숨을 푹 쉬었다.

"김정은 시대에 탈북해서 남한에 귀순한 사람들인데, 다들 북조선에 돌아와 살고 있습니다. 그러고는 자살이라 볼 수 없는 상황으로 각각 죽었고요."

"파일."

"뭐요?"

"넘기라고요. 당신들이 수사한 그 각각 사건들의, 파일."

박세욱을 살짝 돌아본 이영훈이 이내 자기 D-패드를 눌러 켰다. 박세욱이 파트너를 말리려 들었다.

"연방수사국 자료를 적법한 절차 없이 공개해선 안 됩니다."

"열람만 하는 걸로 하시죠, 경위."

두 연방수사관을 번갈아 보던 안은경이 D-패드를 향해 손을 뻗었다.

안은경은 각 사건 보고서를 꼼꼼하게 읽어 내렸다. 평양 금와동 주택가에서 매 맞고 불타 죽은 조인철로 시작해, 장진군 청수산 자락에서 목이 매달린 채 흰 가운을 입고 죽은 박윤석을 지나, 평양 대흥사거리에 주차된 차 안에서 간이 신장 투석기에서 약물로 고문받다 죽은 윤민희를 거쳐, 원산 벽장에서 감전사 당한 이기철에 이르기까지. 안은경이 D-패드를 이영훈에게 돌려주며 고개를 저었다.

"헛다리 짚으셨네."

"왜죠?"

"연쇄살인은 패턴을 지녀요. 여긴 뭐가 있죠? 신상 정보 잠긴 거?"

그에 대해선 영훈도 동의했다.

"맞아요. 목 따고 내장 꺼내는 놈은 그 짓만 하죠. 칼을 쓰는 놈은 망치를 잡지 않고, 목 조르는 놈은 도구엔 신경 안 쓰죠."

"여기엔 어떤 연관성이 있죠? 내전 당시 탈북자는 수십만 명이 넘었고, 68년 연방 설립 이후 북조선에 돌아온 사람들은 그 절반쯤 돼요. 신상 정보 열람 문제는 당신들 수뇌부 문제겠죠. 거긴 언제나 내부 투쟁 중이니."

"그래서 어쩌자는 겁니까?"

"이 사건들, AI에 돌려봤어요?"

세욱이 눈을 돌려 영훈을 바라보았다. 그 또한 지금까지 계속

하고 싶던 질문이었다. 얼마간 머뭇대던 이영훈이 마침내 실토했다.

"AI는 각 사건들을 매우 높은 확률로 살인이라 판단했어."

"어느 정도나 높았습니까, 선배님."

"대략 94퍼센트."

"연관성은요?"

영훈이 곤란한 표정을 지었다.

"판단 근거 미비가 AI의 결론이었어."

안은경이 그럼 그렇지 하는 표정을 지었고, 박세욱이 저리로 시선을 돌렸다. 이래서 말하고 싶지 않았던 거야. 저들은 AI가 최종적으로 판단했다는 의미로 받아들일 테니까. 난 AI에게 할 질문을 아직 제대로 모으지 못했다는 상황으로 이해하지만.

이영훈이 벌떡 일어섰다. 영문 몰라 하는 안은경을 돌아본 영훈이 설명했다.

"죽은 자의 말에 따르려고요. 자기 죽음에 대해 아내에게 물으라 하지 않았소? 갑시다, 물어보러."

안은경이 발칵 성을 냈다.

"이선예는 북조선 공안의 보호 하에 있는 참고인……."

"아침에 서류가 인가되었잖소."

뭔가 골똘히 생각하던 안은경이 씩 웃었다. 경고의 의미로 검지를 치켜든 안은경의 얼굴이 냉소로 딱딱했다.

"당신들을 따로 두면 서류 쪼가리 흔들면서 이선예 씨를 몰래 만나겠죠. 좋아요, 같이 가죠. 최소한 내가 보는 데에서라면 허튼 짓을 하진 않을 테니."

그들은 북조선 공안의 차를 타고 이동하기로 했다. 운전은 안은경이 맡았고, 연방수사관들은 그녀가 모는 차 뒷좌석에 나란히 앉았다. 어제 비가 왔던 하늘은 엷은 구름에 덮여 있었다. 사방으로 곁가지를 뻗은 나뭇가지들이 휘몰아치는 바람에 떠밀려 달가닥달가닥 뼈 부딪치는 소리를 냈다. 작년부터 북조선이 자체 생산 하기 시작한 공안용 전기순찰차는 가속력이 나빴지만 언덕을 오르는 힘은 좋았다.

창밖을 보던 세욱은 이 두터운 겨울 너머 다가올 봄이 엄연히 존재한다는 사실이 좀처럼 믿기지 않았다. 세욱은 멀리 보이는 개선문을 자세히 보려 차창으로 몸을 기울였다. 주체사상으로 대표되는 구체제를 믿던 자들이 세운 콘크리트와 강철의 구조물들은 완전히 뒤바뀐 세상을 아직도 굽어보고 있었다. 하지만 모두가 원하던 봄이 진정 왔던가. 지금 우리가 사는 지금이, 그들이 꿈꾸던 바로 그 봄인가. 세욱은 알 수 없었다.

전기순찰차로 통신이 왔다. 은경이 통신기를 들어 얘기를 듣더니 유턴을 했다.

"이선예 참고인이 본인 아파트에서 보자는군요. 오늘 현장 봉인을 해제할 테니까, 아예 체크아웃하고 오겠다고."

침묵이 감돌던 차 안에도 차츰 이야기가 돌기 시작했다. 영훈은 잠시 눈을 감고 쉬었다. 북조선과 남한에서 태어난 안은경과 박세욱은 언쟁과 입씨름과 토론의 애매한 경계를 넘나들며 이야기를 이어나갔다.

"당신들은 믿을 수 있는 존재들인가요? 그랬던 적이 한 번이라도 있었어요?"

"우리가요? 우리는 항상 북쪽 동포를 도우려 했는데요."

"전혀. 당신들은 그저 값싼 노동력, 우리 엉덩이에 깔린 갖가지 광물들, 대륙으로 이어지면 생길 수많은 이득 때문에 손을 뻗은 거지."

"그럼 당신들을 믿게 만들기 위해 돈이라도 뿌려야 했나요?"

"돈이라니. 그 천박한 혓바닥 때문에 당신들 남조선이 혐오스러운 거야."

경직되고 냉랭한 북조선 사람들의 맨얼굴을 본 불쾌함에 세욱은 입맛이 썼다. 하지만 말싸움에서 지고 싶은 생각은 조금도 없었다.

"돈이 북조선 당신들을 말랑하게 만든 건 사실이잖아요? 20세기까지 갈 것도 없지. 당신네들이 미사일 쏘고 핵개발한 것도 전부 동냥을 위한 수단 아니었어요?"

"하아. 우리는 긍지와 용기로 난관을 헤쳐 나왔어. 우리 북조선은 핵개발이라는 과거를 무한한 자부심으로 여기고 있다구.

그때 우린 세계 최강 미국과 당당히 겨루었거든."

세욱의 굳은 얼굴이 피식 무너졌다. 웃기고 있군.

세욱의 냉소가 은경을 더욱 자극했다. 남한 사람들이 20세기도 되기 전에 잃어버린 자긍심과 공동체 정신을 북조선 인민들은 지금도 굳건히 지니고 있다고, 안은경은 믿었다.

두 사람의 논쟁이 격렬한 다툼으로 번져나가기 직전 이영훈이 제동을 걸었다.

"박세욱 경사, 난 자네 현란한 말재주엔 관심이 없어. 북조선 공안을 존중하게. 그게 사건 해결을 더 원활하게 해줄 테니."

세욱이 입을 다물었고, 신호등 불이 바뀌었다. 순찰차가 가파른 언덕을 오르자 엷은 구름이 깔린 하늘이 가까워 보였다. 뭔가 골똘히 생각하기 시작한 은경이 가속 페달을 좀 더 힘줘 밟았다. 저 멀리 평양 거리가 한눈에 내다보였다.

2048년 12월 14일 오전 11시 5분, 평양

거리가 보이는 창가를 등지고 선 김정협은, 김태성의 동흥동 아파트를 찬찬히 뜯어본다. 평양 동흥동에서도 신시가지에 자리한 이곳은 당과 국가가 자신을 섬기는 명예로운 인민 중 가장 영민한 자들을 위해 지어 올린 최상의 궁궐이다. 몸을 돌린 김정협이 바깥 풍경을 둘러본다. 김태성이를 내치고 내가 여기 들어와 살까. 김정협은 그런 생각을 하는 중이다.

어차피 그들은 지금의 공작이 진행될 동안만 여기 머물 것이다. 보위부가 이 장소를 내게 순순히 줄까? 어느 선에 얼마의 달러를 쥐어 줘야 이 멋들어진 아파트의 소유증을 내 손아귀에 넘겨주려나.

샤워를 마친 진미옥이 다시 화장을 하는 사이 김정협은 천천히 옷을 입는다. 김정협은 거리낌 없는 동작으로 담배를 피우고, 그가 뿜은 은빛 연기는 동흥동 아파트의 공기를 천천히 물들인다. 태성이 담배를 전혀 피우지 않았기에, 이러한 은밀한 오염 또한 정협의 내밀한 기쁨이었다.

잠자리는 무척 만족스러웠다. 미옥의 피부가 한결 반짝인다고 정협은 생각한다. 진미옥의 뒤에 선 김정협이 거울에 비친 자신들이 모습을 들여다보다가 미옥의 목에 입 맞춘다. 몸을 가볍게 움츠린 미옥이 흡족한 미소를 짓는다.

그리고 김정협의 코트에 든 휴대전화가 울린다. 보초 서던 보위부 대원이 건 전화다. 옷매무새를 다듬은 김정협이 진미옥에게 말한다.

"네 남편이 왔다는군."

환기는 시켜둔 지 오래고, 화장과 옷 매무새도 모두 바로잡은 뒤다. 침실을 나가기 전, 미옥이 정돈된 침대를 돌아본다. 옷차림을 온전히 갖춘 김정협은 난롯가에 서서 서류를 들여다보는 중이다. 그는 방금 이 장소에 도착한 것처럼 보인다. 다른 남자의 아내를 취하는 만족은 은밀한 기쁨이었지, 드러내는 자랑은 아니었다.

이윽고 가죽 서류가방을 꽉 쥔 김태성이 문으로 들어온다. 자기 집에 허락받아 들어오는 그는 복잡해지는 표정을 감추려 안간힘을 다하는 중이다.

"여보, 김정협 선생께서 당신을 기다리셨어요."

김태성이 두어 걸음 서둘러 걸어가 김정협이 내민 손을 조심스레 붙든다. 손 내민 사람은 다가온 사람을 쳐다보지도 않는 괴이한 악수다.

"보위부 심문실에 다녀오셨다고."

김태성은 지난달에 그들 부부가 밀고한 창령무역 대표 황영철을 심문하고 오는 길이다. 태성은 황영철이 인도네시아에 위조된 기명 투자 형태로 묻어놓은 자금을 어젯밤 찾아냈고, 이를 확인하러 죄수를 만나고 온 참이다. 정협이 단조로운 말투로 태성을 칭찬한다.

"당과 국가를 위한 동무의 헌신은 놀라울 정도요."

"과찬이십니다."

김정협의 웅얼거림에 가까운 칭찬에 김태성은 머리를 조아린다. 하지만 서류를 들추는 김정협은 이미 다른 생각에 골몰해 있다.

"백영환이 미끼를 물다니. 놀랍군, 이란 대사라는 작자가 조국을 등지려 하다니."

진미옥이 곁에서 거든다.

"등을 지는 정도가 아니죠. 백영환은 중동과 아프리카에서 우리 공화국으로 유입되는 자금줄을 꿰고 있다면서요?"

"맞소."

대답하면서 김정협은 진미옥이 자신과 침대에서 나눈 이야기를 남편 앞에서 꺼냈다는 사실에 무척 놀란다. 진미옥은 백영환에 대해 방금 한 말이 침대에 누운 김정협이 들려준 이야기라는 걸 까맣게 잊은 눈치다.

김태성의 머릿속은 무척 복잡하다. 김태성은 이란 대사 백영환이 망명하는 순간을 상상했다. 조선어와 러시아어와 중국어와 영어와 프랑스어로 동시 통역되어 중계되는 화면 속에서 비장하게 주변을 둘러보는 백영환이 엄청나게 많은 플래시 속에 하얗게 잠기는 모습을 그리며, 김태성은 잠시 몸을 떤다.

그러나 그런 일은 이제 불가능하다. 김정협이 백영환의 배반을 안다는 건, 보위부 가장 높은 지점과 그 위까지 이 일을 안다는 의미였다. 저도 모르게 김태성은 중얼거린다. 공화국 형법 47조. 공화국 공민이 조국 및 인민을 이반하여 외국 또는 적측으로 도망하거나 또는 스파이 행위를 하면서 적을 원조하는 등

조국에 대한 반역행위를 하는 경우에는 7년 이상 노동교화형에, 죄가 중한 경우에는 사형 및 재산몰수형에 처한다.

이 짧은 순간에, 김태성의 상상은 끝을 모르고 내달린다. 벌거벗은 채 철문 안으로 내던져진 백영환이 비명을 지르고, 절망과 고통이 종말이 그에게 들러붙는 광경을. 전기가 흐르는 의자 위에서, 칼과 바늘과 집게가 광목천 위에 나란히 누운 소독약 냄새 나는 고문실에서, 차가운 욕조 안 미끈거리는 물이 찰랑이는 취조실 안에서, 그는 비명을 지르리라. 그것이 조국을 배반한 자에게 내리는 조국의 응징이었다. 지난 백여 년 동안 이 땅을 지배해온 차디찬 강철의 법칙이, 냉랭하고도 준엄한 무리의 규범이, 바로 그것이었다. 완전한 복종과 온전한 통제만이 이 땅을 지배하는 단 하나의 명제였다.

아주 짧게, 김태성은 몸을 떤다.

그 사이 진미옥과 김정협의 대화는 다른 국면으로 빠져들고 있다. 미소를 띤 진미옥은 보위부가 어떤 조치를 취할지 묻는다. 김정협은 이미 보위부 총책이 테헤란에 파견되었다고 대답한다.

"지병인 심근경색이 도져서 국내로 후송되었다고 발표할 거요."

"테헤란에서 처리되진 않겠지요?"

물을 게 얼마나 많은데 백영환을 그리 처리하겠는가. 그가

CIA와 얼마나 접촉했는지, 인민의 적들에게 얼마나 많은 정보를 흘렸는지, 노출된 비자금 파이프는 어디까지인지, 백영환은 확인해줘야 했다.

"보위부 총책이 백영환을 평양행 컨테이너에 처넣을 거요. 자살하지 못하게 뱃길 내내 가스를 흡입시켜 재울 테고."

백영환의 아내는 보위부에 끌려와 있었고, 두 딸과 아들 또한 각지에 붙들린 상태였다. 서류를 덮으며, 김정협은 그들 부부를 치켜세운다.

"동무는 백영환을 붙잡은 이 공로가 어떤 의미를 지니는지 아시오?"

정협의 질문에 안경을 고쳐 쓴 태성이 고개를 흔든다.

"저 따위가 어찌 알겠습니까. 지도원 선생께서 일러주시지요."

김태성의 떨떠름한 대답이 진미옥의 신경을 잡아끈다. 김정협은 파악하지 못했지만, 진미옥은 남편의 미세한 표정 변화를 놓치지 않는다.

"공화국 외교관원에 대한 함정수사는 우리 보위부의 오랜 과제였소."

해외공관에 나간 외교관원들을 보위부는 오래도록 무수히 감찰해왔다. 하지만 지키는 자가 아무리 많아도 도둑질은 꾸준히 일어나는 법이었다. 외교관원들이 서방세계에 고급정보를 갖고 망명하는 일이 여러 차례 발생했고, 해외공관에서 평양으로 보내는 돈이 중간에 증발하는 일 또한 잦았다.

보위부는 미끼를 내놓아 함정을 파는 것으로 이에 대응했다. 보위부 고위층의 관심은 몇몇 쥐새끼를 붙드는 데 있지 않았다. 그들은 외교관원들이 망명하며 서방세계에 넘기려 챙기는 선물에 있었다. 보위부 고위층에게 이 일은 너무도 놀라웠다. 외교관원들 사이에 보위부 감시책을 빽빽이 심어놨는데, 어떻게 그들이 정보를 빼돌린단 말인가. 그들은 보위부가 쌓은 둑에서 어떻게 물이 빠져나가는지를 궁금해했다. 망명하려는 거물급 외교관원을 붙들어라! 김정협에게 내려진 밀명이었다. 탈북하려던 자를 붙들어 어떻게 정보를 빼냈는지를 알아내야 정보 관리의 맹점을 알아낼 수 있다고 보위부 고위층은 믿었던 것이다.

"그래서 조직된 게 당신들이지."

채명룡을 내보낸 건 보통 결심이 아니었다. 보위부는 술 좋아하고 씀씀이 헤픈 채명룡이 곧 사고를 칠 거라고 믿어 의심치 않았다. 그랬기에 채명룡과 가족 모두가 미국에 망명하게끔 수수방관했다.

"아니. 실제로는 당신 부부를 통해 그의 망명을 도왔지."

그건 채명룡이 비밀 엄수라곤 도저히 하지 못하는 떠버리에 구제불능 알코올중독자였기 때문에 가능했다. 채명룡이 훔쳐가도록 보위부가 방관한 자료는 미국의 흥미를 끌지 못했다.

CIA는 채명룡을 북측 인사 파악을 위한 안테나 정도로 써먹었고, 보위부는 외교관원들이 채명룡을 통해 탈북을 모색하도록 방치했다. 그러자 김태성과 진미옥의 동흥동 아파트 초인종을 누르는 자들이 나타나기 시작했다.

태성과 미옥은 지향성 마이크를 통해 동흥동 아파트를 방문한 자들의 목소리를 녹음해 왔다. 그중 씨알이 작은 몇몇은 보위부 그물을 빠져나갔다. 그러나 큰 물고기들은 국경과 공항과 도로에서 붙들렸다.

탈북은 너무도 어려운 일이었기에 실패는 그들 부부 탓으로 여겨지지 않았다. 때문에 탈북을 꿈꾸는 사람들 사이에서 김태성 진미옥 부부의 신망은 꺾이지 않았던 것이다.

"우린 이 사건을 거대한 숙청의 시작으로 써먹을 거요."

당성에 대한 제고와 충성에 대한 가늠이 주의 깊게 이뤄질 것이라고 김정협은 강조한다. 눈을 가늘게 뜨고 창 너머를 응시한 김정협이 생각에 잠긴다. 그는 자리에 대해 생각 중이다. 사람은 많고 자리는 적다. 이건 의자 빼앗기 싸움이다. 밀어내지 않으면 내가 앉을 자리가 없다. 높이 올라갈수록 자리는 적어지고, 적은 자리일수록 권한은 크다. 백영환 스캔들이라. 김정협은 백영환과의 연관이라는 지렛대로 보위부 내에서 뽑아낼 한 무더기의 인간들을 떠올린다. 자리는 채워져야 한다. 높은 자리 중 하나가 내 것이 되지 말라는 법이 어디 있는가.

김정협은 의심하지 않는다. 자기가 뛰어오를 저 높은 지점을 상상하는 그의 눈이 가느다래져 있다.

"저희 공로도 참작되겠지요?"

미옥이 은근히 묻는다. 내연녀의 달아오른 마음이 가엾고도 사랑스럽다고 김정협은 생각한다.

"취조를 해봐야겠지만, 윗분들께서 만족하실 정도로 정돈된 것 같소. 당신 부부를 지원하자고 요청한 나도 체면이 섰지."

김정협은 두 가지 사안을 이야기한다. 하나는 백영환 건으로 인해 정협 자신이 특진될 것 같다는 사실이다. 몹시 기뻐하는 미옥에게 손을 저으며 그는 덧붙인다.

"헌데 말이오, 동무들. 슬슬 이 작업을 그만둬야겠소."

"무슨 말씀이십니까?"

깜짝 놀란 태성을 돌아보며 정협이 대꾸한다.

"숙청이 시작되면 공작은 더 이상 필요치 않소."

김태성과 진미옥의 활용도 여기까지였다. 물론 김태성은 회계 업무로, 미옥은 다른 공작 사업으로 쓸모를 찾을 수 있을 터였다. 하지만 지금 같은 방식으로는 아니지. 이제 다 써먹었어. 김정협은 표정을 감추기 위해 창밖으로 시선을 미끄러뜨린다.

진미옥은 몹시 낙담한다. 김태성도 뜻밖의 통보에 심란한 얼굴이다. 김정협은 보위부가 태성과 미옥 부부에게 알맞은 과업을 찾아내어 부여할 거라며 건조한 말투로 두 사람을 격려한다.

"정례 보고 때 당신 부부를 언급하려 합니다. 두 동무 모두 당성 등급이 높아질 거요."

이어 정협은 아파트에 대해 이야기한다. 공작을 위해 임시로 주어진 아파트가 두 사람 앞으로 돌아가게 조처하겠다고 약속한다. 담담하게 기쁨을 표현하는 태성과 달리, 미옥의 감격은 이루 말할 수 없다.

"지도원 선생의 배려에 몸 둘 바를 모르겠어요."

웃음 반 울음 반인 미옥은 머리를 거듭 조아린다. 흐뭇한 표정으로 두 사람을 둘러보며, 김정협은 약속이란 언제든 뒤집을 수 있는 거라고 생각한다. 약속을 어기는 게 아니다. 지키지 못하는 것이지. 그 자신도 보위부에 몸담고 있지만, 보위부가 어떤 결정을 내릴지는 알 수 없었다. 하지만 저들에게 지금 마취제를 놓아준들 무슨 큰 잘못이 되겠는가.

이곳에 올 때 포도주를 한 병 사왔다며, 어디에 두었는지 김정협은 진미옥에게 묻는다.

"축하를 합시다. 대단한 여정이었잖소."

진미옥이 부엌으로 안주를 마련하러 간 사이, 김태성은 김정협이 문가에 두었던 포도주 병을 발견해 가져온다. 라벨을 살펴보던 김정협이 김태성에게 오프너를 건네받아 매끄러운 솜씨로 마개를 딴다. 그러면서 김정협은 김태성과 진미옥에 대한 찬사를 늘어놓는다.

"대단해, 두 사람 다. 미옥 동무는 지난 2년 간 국가를 배신하려는 뱀들이 누구인지 가려내는 일등 공신이었지."

"훌륭한 공작원입니다, 제 아내는."

"옳소. 탁월하지. 미옥 동무가 배반자들에 대한 정보를 한껏 모아 보위부에게 올리면, 태성 동무는 국가의 적들이 꿍친 돈 보따리를 회수하게 도왔고."

김정협을 앞에 둔 김태성은 뭔가 할 말이 있는 듯하다. 잠시 침묵이 이어진다. 김태성의 얼굴을 힐끗 본 김정협이 포도주 병의 라벨을 다시 돌려본다. 김태성이 예의 그 독특한 목소리로, 감는 듯한 쉰 목소리로 김정협을 부른다.

"지도원 동지."

"아, 고맙다는 말을 하려는 거요? 그럴 필요 있나."

"고맙지요. 고맙긴 합니다만."

김태성이 고개를 조아리며 공손하게 말을 이었다.

"제가 없을 땐 제 집에 오지 말아 주시지요."

정협은 아무 대꾸 없이 태성을 돌아본다.

"저는 아직 제 아내를 사랑합니다."

한참의 침묵 사이 접시 달그락거리는 소리만이 가늘게 들려온다. 침묵은 지극히 무겁고, 신경은 이를 데 없이 팽팽하다. 한참 뒤 김정협이 떨떠름한 표정으로 간신히 대꾸한다.

"모든 인민이 단란한 가정을 이루는 게 당과 국가의 바람이오."

"그렇지요. 단란한 가정."

김태성이 김정협을 물끄러미 바라본다. 김정협의 시선은 김태성의 뒤편 어딘가를 떠돌고 있다. 김태성은 어린 시절을 떠올린다. 주먹이 센 아이는 깡이 센 아이를 이기지 못하고, 깡이 센 아이는 뜻이 옳은 아이를 이기지 못한다. 김태성의 시선은 김정협의 눈 근처를 맴돈다. 그렇군요, 지도원 동지. 당신은 나를 똑바로 쳐다보지 못하는군요.

"나는 진미옥 동무의 지적인 면모를 높이 산다네. 당신도 뛰어난 회계사고. 조국을 등지려던 자들이 꿍친 재산을 자네만큼 잘 추적하는 이도 드물어. 하지만 미옥 동무가 없었다면, 당신이 어찌 재주를 펼쳐보였겠나?"

겸손한 태도로 김정협의 말을 경청하던 김태성이 천천히 고개를 든다. 그가 김정협을 똑바로 쳐다본다. 방금까지 지었던 미소는 사라지고 없다.

"대답, 아직 못 들었습니다."

묵묵한 시선과 차가운 표정으로, 김태성은 김정협을 채근한다. 제가 없을 땐 제 집에 오지 말아 주시지요.

김정협이 비릿한 미소를 짓는다.

"이런 행동이 주제넘는단 생각은 안 해봤나? 난 자네 상관이야."

"옳으십니다. 전 지도원 동무의 아랫사람이지요."

"내가 내 아랫사람 물건 하나 마음대로 못 써?"

김태성이 눈을 번쩍 치켜뜨자, 김정협이 따귀를 때린다. 김태성이 틀어진 고개를 똑바로 돌리자, 김정협이 다시 따귀를 후려 갈긴다. 어윽. 김태성의 입에서 아주 낮은 신음이, 그제야 흘러나온다.

공중을 가르는 김정협의 손짓은 매섭기 짝이 없다. 따귀를 네 차례 맞은 김태성의 목이, 버티던 다리가, 대답을 듣겠다던 고집이, 무너진다. 반쯤 무릎 꿇은 김태성은 막 부풀기 시작한 뺨을 붙든 채 수치심과 혐오감으로 몸을 떤다. 오그라든 김태성이 눈을 내리깔며 속삭인다.

"죄송합니다."

김정협이 숨을 몰아쉰다. 그를 휩싼 감정은, 분노다. 손수건을 꺼내 손바닥을 닦으며 김정협은 김태성을 힐끗거린다.

"아이, 개새끼가. 기분 잡치네. 포도주는 다음에 하겠다고 전해."

반쯤 무릎 꿇은 김태성을 지나 김정협은 현관문으로 나간다.

"어머, 손 씻으러 가셨어요?"

잔과 안주를 받쳐 들고 온 진미옥이 혼자 남은 남편에게 지도원 동지의 행방을 묻는다. 얼굴을 반쯤 감싼 채 김태성은 둘러댄다.

"회의가 생겨서 급히 가셨어."

남편의 등을 멍하니 바라보던 진미옥이 받쳐 든 술과 안주를 그대로 들고 뒤돌아 부엌으로 간다.

커다란 거실에 홀로 남은 김태성의 마음에 북풍이 몰아친다. 이 격동을 감당해낼 수 없을 것 같은 기분에, 그는 격렬히 몸을 떤다. 소파에 앉은 김태성이 손을 들어 뺨을 천천히 문지른다. 그 움직임은 너무도 느릿느릿하다. 무너진 자존심과 당혹스러운 감정까지도 천천히 문지르는 그 손 아래로 매만져지는 듯하다. 김태성은 뺨 문지르기를 멈추지 않는다. 매만지다 보면 모든 게 괜찮아지기라도 할 것처럼.

2078년 12월 14일 10시 5분, 평양

지은 지 오래된 아파트라 주차장은 협소했다. 안은경 경위는 전기순찰차를 인근 공영주차장에 세우고 와야 했다. 먼저 내린 영훈과 세욱은 길 건너 카페에 가 커다란 커피 세 잔을 테이크아웃해 들고 나왔다.

바람이 거의 없어 몸이 떨릴 정도는 아니었지만 공기가 차가웠다. 세욱은 처음 평양지부 수사관들과 만났을 때 들었던 이야기들을 떠올렸다. 북조선에 오래 거주한 그들은 입을 모아 말했다. 달라. 북쪽이어서 추운 게 아냐. 그냥, 달라.

구릉 너머 걸린 하늘은 납빛이 서린 칼날처럼 보였다. 어쩌면 이곳이 세상의 끝일지도 모르겠다고, 세욱은 생각했다. 그들은 14년 전에는 오가지도 못했던 땅에 파견되어 범죄를 추적하고 있었다. 모든 입이 봉해졌던 비밀의 땅. 이곳 거주자들의 음울한 얼굴에는 철갑이 덮인 것만 같았다. 지금까지 엄청난 변화가 북조선 전체에 일었지만, 이만큼의 변화가 앞으로 더 온다 하더라도 평양은, 둔중한 철빛이 번들거리는 탑과 퇴색한 빌딩과 웅크린 인간들이 거미처럼 지평선 너머로 황급히 사라지는 이 도시는, 영원히 변하지 않을 견고하고도 완강한 세계인 것만 같았다. 세욱의 눈이 감겼다. 몸이 안부터 얼어가는 듯했다.

영훈은 불붙이지 않은 담배 필터를 씹는 중이었다.

"제가 흡연자였으면 욕했을 겁니다."

"음식 낭비하면 화를 내는 미식가의 심정으로?"

하지만 뭔가에 집중하는 데 이만한 게 없었다.

영훈의 내면에서는 의문점들이 산산조각난 채 소용돌이치는 중이었다. 이 혼란을 무엇으로 정돈한단 말인가? 우선 확실한 단서부터 시작해 사건을 다시 들여다봐야 했다.

"금와동에서 타죽은 조인철, 청수산 자락에서 목 매달린 박윤석, 자기 차에서 중독사한 윤민희, 원산에서 감전사한 이기철, 심장약 과용으로 죽은 김태성. 전부 김정은 시대가 저물 즈음 탈북했고, 혼란기에 밖에서 살다가 요 몇 년 사이 북조선에 귀환했어. 맞지?"

"전부 신상 정보 열람이 불가능하고요."

잠시 침묵하던 영훈이 설명했다.

"예전에, 평양지부에 발령받기 전에 군에서 파견근무 나갔을 때 말이야."

"네."

후루룩, 세욱이 커피를 삼키며 대답했다. 뜨거운 게 들어가니, 몸의 긴장이 조금은 느슨해졌다.

"그때 알게 된 이름 몇 개가 있어. 남북 긴장 관계였던 시기, 그러니까 2046년 즈음 작성된 기밀문서에서."

"그것도 네트워크에 옮기는 일을 하신 거죠? 군대에서?"

"그랬지."

그날 처음 만난 사람들과 팀을 이룬 영훈은 내용을 파악할 수 없게끔 잘게 나눈 서류를 기한 내에 입력해야 했다.

"장성택, 기억나?"

북조선 정치인이자 군인이며 조선로동당 고급 간부였던 장성택은 김정일의 여동생인 김경희의 남편이자, 김정은의 고모부였다. 해외자금을 총괄하던 장성택은 비밀자금을 유용해 막 권좌에 오른 어린 김정은을 장악하려 군부를 회유하려 들었다. 기민하게 대응한 김정은은 장성택 주변 인물들을 즉시 체포하고, 친위 병력을 끌어들여 군을 압박했으며, 장성택을 즉각 처형해 그 일파를 분쇄해버렸다. 세욱은 장성택에 대한 이야기는 들어왔지만, 그 뒤의 상황에 대해서는 잘 알지 못했다.

"장성택은 해외자금을 총괄했고, 그 일파는 북조선 공산당 내에서도 최고 특권층이었지. 2013년 김정은이 장성택을 칠 때 대부분 죽었지만, 몇몇은 러시아와 중국으로 달아났어. 그중엔 남한으로도 도망 온 자들도 있었지."

"올해 죽은 그들이 2013년에 죽은 장성택과 어떻게 이어지는 거죠?"

"죽은 자 다섯은 북조선 구체제에서 단물 빨다가 튄 놈들이야. 그러다가 2068년 연방 설립 이후 북조선으로 돌아왔지."

"그럼 살인자들은 왜 그들을 죽였을까요? 쿠데타를 당한 김정은도 죽고 없고, 이 노인네들을 죽여 얻을 것도 변변찮아 보이는데요."

잠시 말을 멈춘 영훈이 이내 속내를 드러냈다.

"안은경네 서장이 잠시 허락했던 수사청구의향서가 얼마 안 가 반려될 거야. 우리는 공안의 수사를 엿볼 기회를 잃는거고."

"그럼 어떻게 해야 합니까?"

"뽑아낼 수 있는 건 최대한 뽑되…… 아무래도 서울에 다녀와야겠어."

답은 사망자들의 신상 정보 파일에 있을 터였다. 역시나 장남수 부장에게 도움을 구해야 할까. 벽은 돌아가야겠지만, 얇은 지점을 타고 넘을 수도 있다. 영훈이 씹던 담배를 절반도 넘게 남은 커피컵에 툭 집어넣었다.

"이봐요!"

다소 늦기에 화장실이라도 들렀다 오나 싶었던 안은경 경위가 아파트 반대쪽 입구에서 손짓했다. 두 사람이 북조선 공안 경위에게 걸어갔다. 세욱이 들고 있던 커피를 은경에게 건넸고, 아직 따끈한 커피를 받아든 은경이 희미하게 웃었다.

천천히, 엘리베이터가 열렸다.

2078년 12월 14일 오전 10시 24분, 평양

잠기지 않은 문엔 X자 모양으로 붉은 테이프가 붙어 있었다. 한참 전에 도착한 이선예는 그 앞에 서 있었다. 자기 집 안을 넘겨다보는 늙은 여인의 얼굴이 피로와 걱정으로 푸석푸석해 보였다. 한참 전에 계단을 통해 올라왔다고 그녀는 대답했다.

"10년 전부터 항상 계단을 오르내렸어요. 5층까지는, 어디든."

안은경이 붉은 테이프를 뜯어냈다. 공안이 문 위에 설치한 현장감시용 AI가 신원 제출을 요구했다.

─미등록자의 출입을 금지합니다. 더 들어오실 경우, 공안에
연락을 취할 것입니다. 미등록자의 출입을…….

안은경이 코드가 찍힌 신분증을 스캐너에 인식하자, 경고를
보내던 현장감시용 AI가 그제야 메시지 발송을 멈췄다.

동홍동 아파트는 어제 봉인된 그대로였다. 불을 켜자 몇 가지
흔적들이 보였다. 여러 사람이 드나들어 생긴 발자국과 테이블
위 유리판에 묻은 지문 파우더가 얼룩덜룩 남아 있었다. 안은경
이 심문을 다른 방향으로 틀기 전에, 이영훈은 선수를 치기로
마음먹었다.

"남편께서는 살해당했습니다."

이선예가 놀란 시선으로 돌아볼 거라는 예상은 보기 좋게 빗
나갔다. 이영훈을 향한 이선예의 시선은 지극히 담담했다.

"저랑 얘기 좀 하시죠."

헛기침을 한 안은경이 이영훈을 구석으로 끌고 갔다. 두어 발
자국 따라가던 세욱이 영훈의 제지를 받고는 물러났다.

"괴상한 짓 할 생각 마요."

"무슨 말이오?"

"연방수사관 당신네들이 말도 안 되는 사건들을 끌어 모아서
는 괜한 의혹을 부풀리고 있잖아요?"

안은경의 비난에 이영훈의 얼굴이 벌겋게 상기되었다. 그러
나 명확한 증거를 지니지 못한 영훈으로서는 난데없는 의혹을

제기한다는 은경의 지적에 반박할 수 없었다. 김태성의 전화 목소리를 듣고도 안은경은 꿈쩍 않았고, 연쇄살인에 대한 가설 또한 터무니없다고 여겼다.

"믿어달라는 게 아닙니다. 사실에 입각한 가설을 검토하자는 거지."

"검토는 무슨. 이봐요, 연방수사관. 불편한 동거는 끝났어요."

안은경이 공안용 통신기를 꺼냈다. D-패드와 비슷하게 생겼지만, 성능은 조금 떨어지는 복합 통신 용품이었다.

"당신들이 억지로 만들어낸 수사참여권은 3분 전에 사라졌어요. 우리 서장께서 당신네 지부에 문서를 보내서 청구사항을 정지시켰거든."

"끝내주는군."

짜증스레 눈을 부라린 세욱이 중얼거렸다. 세욱은 아파트 입구에서 왜 안은경이 빙그레 웃었는지를 그제야 이해했다. 안은경을 빤히 쳐다보며 이영훈이 박세욱에게 물었다.

"박세욱 경사. 수사청구의향서로 만들어진 수사참여권은 법적으로 언제 소멸되지?"

"연방수사국 지부 내에서 결재가 올라가고, 상부의 수사참여 중지명령을 현장 수사관이 접수하면 곧장 소멸됩니다."

"아하. 내가 윗분들에게 명령을 전달받아야 수사참여권이 소멸된단 얘기네?"

말귀를 알아들은 세욱이 대답 대신 씩 웃었다.

"박세욱 경사, 여긴 통신장애가 잘 발생하는 지역 같은데. 요새 자네 D-패드가 자주 고장 난다면서?"

자기 D-패드를 꺼낸 세욱이 어깨를 들썩이며 맞장구쳤다.

"이 망할 게 이젠 아예 꺼져버린 것 같습니다, 경위님."

성질이 뻗친 안은경이 아랫입술을 깨물었다.

"당신 상관은 이 일에 대한 격렬한 항의 서한을 받게 될 거예요. 북조선 공안의 징계요구서도 함께."

돌아선 그녀가 공안용 통신기를 꺼내며 문가로 걸어갔다. 안은경은 서울 연방수사국에 직접 연락해, 두 연방수사관이 이 아파트의 고풍스러운 전화기로 직접 수사참여중지명령을 받게 만들 작정이었다.

이선예는 소파 가운데에 앉아 있었다. 다가오는 영훈을 빤히 쳐다보며 그녀는 양팔을 엇갈려 팔짱을 꼈다. 저런 포즈를 언제 보았더라, 영훈은 기억을 더듬어보았다. 그래. 내게 소리를 지르기 직전, 그 사람이 했던 행동과 닮았어. 전처를 떠올린 영훈의 얼굴이 짜증으로 구겨졌다. 양팔로 가슴을 끌어안는 행위는 자기 자신을 보호하려는 무의식의 발로였다. 그녀는 무엇으로부터 자기 자신을 보호하려 드는 걸까.

"밀담이 끝났나요?"

이선예는 이쪽을 똑바로 쳐다보고 있었다. 이영훈이 이선예

쪽으로 돌아섰다. 구석에서 누군가와 통화를 하던 은경도 눈을 돌려 이쪽을 쳐다보았다. 물속에서처럼, 이선예의 목소리가 웅웅 울렸다.

"내 남편이 살해당했다고요?"

세욱이 의자 하나를 가져다주었다. 죽은 김태성의 것이 아닌 그 맞은편에 세워져 있던, 등받이가 높고 쿠션의 무늬가 화려한 의자였다. 이영훈은 거기 앉았다.

"남편이 자살할 이유가 없다 하셨죠?"

"맞아요."

"그분을 죽음으로 몰아넣은 건 그분의 과거입니다. 전 그렇게 생각해요. 어떠세요?"

선예는 은경 쪽을 보다가 한 템포 늦춰 대답했다.

"내 생각도 그래요."

영훈은 에둘러 가지 않기로 작심했다. 노인의 눈을 똑바로 응시하며, 연방수사관이 나직이 물었다.

"두 분의 과거에 대해 들려주세요."

이선예는 터무니없다는 표정으로 영훈을 바라보았다.

"우리 신상 정보를 이미 가졌잖아요."

이선예는 연방수사국을, 그들이 탈북했을 때 남한에 남긴 자료를 이야기했다. 참고인이자, 죽은 자의 아내이자, 단서를 가진 사람에게, 지닌 게 하나도 없다는 얘길 꺼낼 순 없었다. 그러니 이렇게 얘기할 수밖에.

"진실을 밝히고 부인을 도울 사람은 저뿐입니다."

이영훈에게 안은경이 저 멀리서 떽떽댔다.

"이봐요, 그럼 우린 허수아비라는 거예요? 공안을 대체 뭘로 보는 거야?"

"이야기를 들려주죠."

이선예가 대답했고, 이영훈은 시야가 탁 트이는 기분이었다. 이선예가 덧붙였다.

"대신 날 도와요."

"이선예 참고인! 말씀하실 필요 없어요. 이들은 질문할 권한이 없습니다."

안은경이 다가와 막아서려 들자, 영훈이 성난 얼굴로 돌아보았다.

"아직 아니오, 경위!"

이선예가 채근했다.

"대답을 해요, 날 도울지."

안은경이 걸어와 그들 사이를 막아서려 들었다.

"저 자들은 아무 도움이 못 돼요."

끼어드는 안은경에게 망설이는 이선예에게 이영훈이 낸 말은, 저도 모르게 툭 튀어나온 것이었다.

"저흰 안개 속에 있지요. 하지만 길을 찾을 겁니다. 가야만 하는 바른 길을요."

이선예가 천천히 일어서 창가로 걸어갔다. 회색 벽난로 옆 창문 밖에는 빗물을 막기 위한 야트막한 처마가 드리워져 있었다. 그곳에서는 창밖 정경이 환히 내다보였다. 이선예가 핸드백을 열어 은제 담배 케이스와 앙증맞은 듀퐁 라이터를 꺼냈다. 쉬익. 듀퐁이 담배 끝을 불꽃으로 지져댔다. 그걸 본 안은경의 얼굴이 순간 구겨지는 걸, 세욱은 놓치지 않았다. 창턱에 팔을 기댄 이선예는 그제야 편안해진 듯했다.

"가야만 하는 바른 길이라뇨. 대부분의 멋진 말들이 그렇듯, 속이 비었군요."

그녀의 날숨에 얹힌 회색빛 담배연기가 공간을 가로질렀다. 유리를 문지르며 사방으로 퍼져나가는 담배연기는 납빛 구름이 덕지덕지 엉겨 붙은 잿빛 하늘과 닮아 있었다.

"얘기하죠. 내가 휘두를 무기는 그것뿐인 것 같으니."

긴 담배연기가 천장에 걸린 샹들리에까지 천천히 떠올랐다. 그리고 모두의 머릿속에 2048년 평양이, 지금과 사뭇 다르지만 본질은 여전한 북조선인민공화국의 수도가 살포시 떠올랐다.

7

2078년 12월 14일 오전 10시 51분, 평양

우리가 평양에 돌아온 지는 3년 정도 되었을 거예요. 그이는 평양에 오고자 하는 내 뜻을 비웃었어요. 하긴, 다른 뭐는 안 그랬을까. 그 새끼는 내 말투와 모든 행동을 노상 비웃었지. 하지만 난 향수를 달랠 길이 없었어. 젊은 당신들은 절대 이해 못하지. 늙은 머리가 고향 땅을 향해 저절로 돌아가는 경험이란…….

남한이든 어디든 잘 살 수 있었으면서, 왜 굳이 북조선에 돌아왔냐고 물었죠? 늙으면 내 나라말이 들리는 곳에 머물고 싶은 법이랍니다. 아니, 남한 말고. 거긴 아니지. 나는 김정일 시대에 태어나 김정은 시대에 자랐고, 그게 무너지기 전 탈북했어요. 난 뼛속까지 북조선 사람이랍니다.

솔직하게 말할게요. 우린 당신네 남한 정부에 넌덜머리가 나 있었어요. 그래서 오기로 합의했지요. 우리 부부는 의견 일치를 보는 일이 거의 없었지만, 그때는 아주 딱 맞아떨어졌죠. 그이 또한 평양에서 나서 자란 사람이었어요. 나는 사시사철 관계없이 여기로 돌아오고 싶었고.

그즈음 다들 돌아왔어요. 우린 탈북을 한 사람들이었으니, 아무래도 켕기는 구석이 있었죠. 그런데 쿠데타 세력은 과거를 묻지 않았어요. 뭐, 쿠데타 나자마자 북조선을 탈출한 사람이 수만 명이었으니, 그걸 다 어찌 처벌하겠어요.

우린 이정현과 이선예로 돌아왔고, 삶은 꽤 괜찮았어요. 내가 말할 수 없는, 남편과의 해묵은 일이 있긴 하지만…… 그걸 죄다 꺼내놓을 필요는 없겠죠. 말했잖아요, 다 좋았다고. 거의 2048년으로 돌아간 것 같았어요. 2048년, 내 인생의 황금기.

2048년에 무슨 일이 있었는지 궁금해요? 그래요. 당신들은 우리 삶 전체를 들쑤시고, 온 집안에 손자국과 발자국을 남기며 과거의 유령들을 불러 우리가 어쩔 수 없이 남긴 지저분한 것들을 떠올리게 만들길 좋아하니까. 당신들 북조선 공안, 남조선 형사. 연방의 지리멸렬한 개새끼들.

자랑스러운 일은 아니죠. 하지만…… 그래, 들려주지 못할 건 또 뭐람. 난 내가 뱉은 담배연기가 천천히 흩어지며 저 샹들리에에 엉기는 걸 보기 좋아해요. 저 샹들리에 봤나요? 지금은 촌스럽죠. 유리알도 아마추어가 붙여놓은 것처럼 어색하기 짝이 없고. 하지만 우리가 이 아파트에 입주했던 2047년에 저 샹들리에는 정말 놀랍도록 아름다웠죠.

　이 아파트로 들어오기 직전에 난 그이와 결혼했어요. 난 스물아홉, 그이는 서른두 살이었죠. 예순이 된 지금 돌아보니, 너무도 아득한 시절이로군요. 그이는 회계사였어요. 우리는 당성이야 충만했지만 아버지가 좌천당하면서 쭈그러들었고, 집안끼리 기울기가 대충 맞아들었죠. 당시 글을 잘 쓰던 사촌오빠가 당중앙위원회에 들락거리다가 로동신문에 들어가면서 집안 운이 트였어요. 보위부에서 회계 사무원 구한단 말을 우연히 들었거든. 그래요, 국가안전보위부, 줄여서 보위부. 조선민주주의인민공화국의 정보기관이자 초법적 비밀경찰. 보위부는 법적 절차 없이 인민을 체포하고 사형시켰죠. 보위부 건물 안팎을 쓸던 청소원이 거들먹거릴 정도였으니, 그 위세가 상상이 가요?

　물을 가져다주다니, 친절한 젊은이로군요.

　계속할까요. 그이가 회계사였다고 했죠? 보위부는 엄청난 자금을 주물러댔으니, 돈의 흐름을 잘 다스릴 수(數)에 밝은 자가 여럿 필요했어요. 입이 무겁고 정치에 서툴고 소처럼 단순한. 그이는 잘해냈어요. 보통이 아니었지. 공화국 보위부가 해외로 뻗어놓은 돈줄이 거미줄처럼 복잡하고 넝마처럼 너덜거렸다는 사실을 알아요? 돈줄은 찾기 어렵게 숨겨져 있었고, 찾았다 해도 금세 끊어져나가도록 설계되어 있었다더군요. 거기서 오래 일한 자들조차 자신들의 돈줄이 어찌 뻗어있는지 모를 지경이라던데요. 그이는 머리 회전이 좋았고, 일머리가 있었지. 그 먼지 속에서 산더미 같은 서류를 뒤적여 정돈해 결국은 제대로 된 돈줄을 보위부가 통제할 수 있게 정리해주었어.

일을 잘 처리하자 보위부에서 김정협이라는 사람이 왔어요. 기억해둬요, 그 이름을. 이 멋들어진 아파트에 우리를 처음 데려온 사람이 그이였지.

지금은 좀 다르지만, 그때는 상상조차 할 수 없는 규모였어. 이런 집은 중국 대사관 직원이나 붉은 별 여럿 단 장군에게만 허락된 극한의 사치였지. 이 엄청난 집을, 김정협은 우리에게 주겠다고 했어. 정확히는 이 집을 쓰게 해주겠다 했지. 우리 부부의 성분과 당내 입지를 떠올리면 그조차도 너무나 엄청난 제의였어. 나중에 들어보니, 이 일은 보위부 가장 꼭대기에서 추진한 사안이었어요. 그래, 의도 없는 호의는 없지. 그들은 우리 부부에게 이 집을 주고는 일을 시켰어요.

입을 열고 나니, 잊었던 기억들마저 새록 떠오르네요. 김정협은 나를 처음 본 순간에, 내가 적임자라고 생각했다더군요. 대담한 여자라고, 긴장을 차갑게 다스릴 줄 아는 여자라고 추켜세웠어요. 그 말이 옳다는 걸 얼마 못 가 알았지. 그 일은 나한테 정말 잘 맞았어. 여태껏 하지 않고 어찌 살았나 싶었을 정도로.

그래, 이제 우리가 맡았던 일이 뭔지 얘기해야겠군요. 우린 국가의 적을 잡아냈어요.

우리는 그 일을 위해, 아름답게 꾸며진 이 집에 살게 되었던 거야. 나와 내 남편 모두 보위부에게, 김정협에게 지시받으며 국가의 적을 잡아냈어요. 보위부는 우리 부부를 대외적으로 몇 번이고 언급하며 당성을 공인했지요. 보위부 내에서 크게 인정해 탄탄대로를 걷는 부부라는 쇼를 한 거지. 그러면서 정보원을 풀어 우리 부부가 뒷구멍으로 탈북 브로커 노릇을 한다고 소문 냈어요. 땅굴망을 통해서요. 아, 땅굴망이 뭔지 몰라요? 보위부가 공화국 전반에 심어놓은 첩자들과 정보망을 우린 그렇게 불렀어요.

맞아요. 우린 탈북 브로커였어요. 북조선민주주의인민공화국을 탈출하려는 자들을 돕는 사람들. 그러면서도 우린 그들을 보위부에 넘긴 충직한 공작원이었지.

김정협은 채명룡이라는 자를 언급했지. 신의주 수출업부 간부 노릇을 하다가 모로코였나, 거기 대사관에서 일하는 놈이었는데, 술 문제도 대단했고 횡령에 밀수도 저질렀었지. 채명룡은 보위부 첩자들에게 감시받고 있었어요. 그자는 어디로든 달아나고 싶어 미칠 지경이었지. 보위부에서 푼 위장 브로커들이 정보를 흘렸어요. 우리 부부가 도울 수 있을 거라는 거짓 정보를 채명룡에게 알려준 거지. 그는 며칠 뒤에 우리에게 연락을 해왔어요.

우린 채명룡과 그의 가족 모두가 탈북하게 도왔어요. 보위부가 허락했고, 김정협 선생이 뒤에서 은밀하게 움직였죠. 채명룡은 모자란 인간이었고 비밀을 간직하지도 못했어. 그자는 탈북을 꿈꾸는 사람들에게 우리 부부 이름을 알려줬어요.

몇 명이나 탈북시켰냐고? 꽤 많이. 그중에서는 보위부가 길러낸 이중첩자도 꽤 있었어. 남한에도 흘러갔고, 미국에도 넘어갔지. 우리는 자잘한 자들을 탈북시켰고, 몇몇은 국경에서 붙들어서 수용소에 처넣었어요. 많은 사람들이 붙들렸지만, 탈북하겠다는 자들은 끊이질 않았어요. 탈북하려는 자들은 항상 있었고 탈출을 위해 가진 모든 걸 우리에게 주었어.

그래, 우리 부부는 위장 탈북 브로커였어요. 더러운 일이었죠. 하지만 그 시절 이 땅의 모든 존재가 다 그랬어. 그 시절을 견디려 우리 모두는 썩어가는 땅에서 몸을 뒤틀며 덜 비참해질 삶을 갈구했었어요. 그대들은 몰라. 젊은 너희는 모르지.

탈북하려는 자들, 국가를 부정하려는 자들, 곪아 짓무른 사과들을 알아내려 보위부는 수용소에 처넣고 고문했죠. 탈북자들이 서방과 남한에 팔아넘기려던 국가 기밀 유통 경로와 그들이 횡령했던 조국의 돈 또한 회수하려 들었어요.

거기서부터 내 남편의 활약이 시작되었지. 그는 탈북하려던 자들이 빼돌리려던 달러를 북으로 도로 빨아들였어. 그이는 탈북하려던 자들이 여기저기 파묻은 돈을 모두 찾아내 보위부에 바쳤지. 그 돈은 곧장 김정은 지도자 동지가 머무는 노동당 1호 청사로 들어갔어.

말했다시피, 난 이 일에 정말 잘 맞았어. 당 고위층 모임에 빠지지 않고 참석해 친분을 맺고, 소문을 퍼뜨리고, 얼굴에 이는 변화를 날카롭게 찍어냈지. 나는 최선을 다해 국가의 적을 도려냈어! 일이 마무리되면 내 남편이 달려가 남은 일을 처리해 보위부의 만족을 끌어냈고.

거기 북조선 공안 동지. 밉살스러운 표정을 짓는군요. 내가 조국을 배반하려던 자들을 속였다고 생각해요? 날 믿었던 자들을 배신했다는 생각이 들어요? 하지만 이걸 먼저 떠올려 봐요. 내가 배반한 자들은 이미 국가를 배반했어요. 그런 자들이야말로 국가의 적이죠. 안 그런가요?

다들 대답 않는군요. 좋아요. 내가 하고픈 말은, 나는 그 시절을 살았고 당신들은 그렇지 않다는 거예요. 당신들은 태평한 소리를 찍찍 내뱉을 수 있죠. 당신들은 구경꾼이니까! 하지만 난 그 한가운데에서 살아남아야 했어요. 살아내야 했어, 정말로!

보위부가 제안했을 때, 김정협 선생이 우릴 찾아왔을 때, 우리가 거절했어야 했나요? 보위부가 요청했다고 생각해요?

아니!

그들은 명령했고 우리는 따라야만 했어요. 그 시절 북조선엔 선택이라는 게 존재하지 않았어.

누군가 내게 독재정권의 개 노릇을 했다고 손가락질할 수 있 겠죠. 하지만 난 그게 우스운 짓이라고 생각해요. 나 진미옥은 북조선에서 태어났고, 내게 국가는 모든 것이었어요. 내가 내 국가에 충성하는 게 나빴다고? 그 시절을 살지 않은 누군가는 간단하게 말할 수 있겠지. 하지만 국가에 충성하지 않는 다른 삶을 어떻게 꾸려나갈 수 있죠?

당신들은 몰라. 정말이지 아무것도 모르지. 가장 컴컴했던 그 시절 빛 한 조각조차 사치였던 그 무렵의 평양을.

2078년 12월 14일 오전 11시 4분, 평양

바깥 소음이 들리는 창문으로 햇빛이 비쳤고, 컴컴하던 실내 가 약간 환해졌다.

긴 이야기를 마친 이선예가 새 담배를 빼물었다. 보랏빛 연기 가 원뿔 형태로 뿜어져 나왔다가 이내 꾸물꾸물 흐트러졌다.

이선예를 바라보는 안은경의 얼굴에는 혐오감이 묻어 있었 다. 자유롭고 싶다는 소망으로 찾아온 자들을 팔아넘긴 구역질 나는 삶을 떳떳하게 얘기하는 이선예에게 충격을 받은 모양이었다. 은경의 표정을 확인한 선예가 퉁명스런 혼잣말을 웅얼거렸다.

"우린 그저 주어진 삶을 살았을 뿐이야……."

"승승장구하던 두 분은 왜 탈북을 하게 되었죠?"

영훈이 물었다. 한참 침묵하던 이선예가 어렵게 입을 떼었다. 그녀가 들고 있던 담배에 붙은 재는 잿빛으로 여위어 있었다.

"떠날 수밖에 없었어요. 그럴 수밖에 없었지. 내 삶을 버려야만 했어, 반짝거리던 삶을…… 사랑하던 이 아파트까지도."

그 순간 전화벨이 울렸다. 벽난로 위 벽감에 놓인 고풍스러운 전화기가 요란하게 울었다.

"죽은 분이 또 걸었을라나요?"

두 연방수사관을 돌아보며 은경이 으스스한 농담을 건넸다. 멍청한 소리 말라며 면박이라도 주고 싶었지만 영훈의 혀는 바짝 말라 있었다.

"평양지부에 있는 당신 상관이 건 전화일 거예요."

안은경 경위는 항의가 서둘러 받아들여져 연방수사관들이 바삐 사라져주길 바라고 있었다. 영훈이 전화기를 향해 걸어갔다. 벽감을 향해 뻗은 손끝이 가볍게 떨렸다. 그가 수화기를 덥석 움켜쥔 순간, 전화벨이 뚝 그쳤다.

돌아선 영훈이 은경에게 끄덕였다.

"걱정 말아요. 내 상관에게 전화받은 걸로 치겠소."

물러나기 전, 영훈은 은경에게 한 마디 쏴붙이고 싶은 충동을
이기지 못했다.

"단순 자살로 처리하는 건 명백한 실수요. 명청한 짓이기도
하지."

권한을 잃은 연방수사관의 지적을 은경은 차가운 미소로 응
수했다.

"종합적으로 판단해 잘 처리하도록 하죠."

생각이 정리되었는지, 이선예가 두어 번 빤 담배를 서둘러 비
벼 껐다. 그녀가 벌떡 일어서자 주변에 머물던 담배연기가 부스
스 흩어졌다.

"내가 언제쯤 평온을 되찾을 수 있나요."

무슨 말인지를 알아들으려 미간을 찌푸린 세 사람을 향해 이
선예가 덧붙였다.

"혼자 고요히 남편을 추모하고 싶군요. 난 아직 그이 장례도
치르지 못했어요."

다른 생각이 든 선예가 은경을 돌아보고는 말했다.

"공안은 내 남편이 어떻게 죽었다고 생각하죠? 사인이 뭐
예요?"

자세를 바르게 한 안은경이 3D 스캐너 결과를 떠올리며 대
답했다. 증거와 정황 모두가 외상이나 강제의 흔적이 전혀 없는
약물 중독사라는 결론을 끌어냈다고 은경은 설명했다.

"증거는 사망자가 스스로 약물을 섭취했다는 결론을 보여줍니다."

이선예는 뭔가 곰곰이 생각하는 눈치였다. 엄지손톱을 깨물며 궁리를 거듭하던 그녀가 세욱과 영훈을 힐끗대다가 다시 은경을 바라보았다.

"얼른 장례식을 치르고 싶네요. 그이가 냉동고에 있을 거라 생각하니 견디기 어렵군요."

"당연한 심경이십니다."

"늙은이는 변화가 힘겨운 법이에요. 어서 이 모든 번잡함에서 벗어났으면 좋겠어요."

이선예의 나직한 말에 안은경이 고개를 끄덕였다.

"유가족께서 공안의 수사 결과를 납득하신다면 사건은 종결 처리될 겁니다."

"좋아요. 내 남편은 자살했어요."

모두의 얼굴을 찬찬히 돌아보며 이선예가 한 번 더 말했다.

"내 남편 김태성은 자살했어요."

화가 치민 이영훈이 저도 모르게 욕설을 내뱉었다. 씨발, 말도 안 돼.

"죄송합니다만, 이건 정말 말도 안 되는 일입니다."

곁에 선 세욱도 맞들며 나섰다.

"남편이 스스로 죽을 이유가 전혀 없다고 하셨잖아요?"

이선예의 눈길은 차분했다.

"아뇨. 찬찬히 생각해보니, 내 남편은 그런 결정을 할 이유가 꽤 많은 사람이었네요. 그이는 자기 세계를 완벽하게 통제하는 사람이었고, 어쩌면 죽음도 그렇게 스스로 결정하고 싶었나 봐요. 뭘 알겠어요, 평생을 살아도 이렇게 모르겠는데. 뭘 알겠어요."

이선예는 뒤돌아 의자에 가 앉았다. 선예에게 다가가려는 영훈을, 세욱이 붙들며 고개를 가로저었다. 노파의 대리석 같은 얼굴이 어떤 설득도 거부할 거라는 걸, 영훈 또한 깨달았다.

"난 내 집에 낯선 자들이 드나들지 않길 바라요."

"수사를 종결시키면 그렇게 될 겁니다."

이선예의 소망에 안은경이 화답했다. 이선예는 호텔에 캐리어를 두고 왔다며, 도로 챙겨오는 동안 현장이 정리될지 물었다. 안은경이 현장 청소업체를 부르겠다 했지만, 이선예는 고개를 저었다.

"그냥 모두가 이 집을 떠나주었음 해요."

노인이 저도 모르게 말을 덧붙였다.

"당신들이 이해하지 못하는 게 있지. 당신들이 알 수 없는 사연들이 있어. 그때, 강철로 만들어진 그 세상에서, 참을 수 없이 차갑고 견딜 수 없이 견고했던 그때 그곳에서 무슨 비명들이 되울렸는지, 당신들은 몰라."

세욱과 몇 걸음 밖으로 걸어나가던 영훈이 현관문을 짚은 채이 집 안주인을 돌아보았다.

"밝혀낼 겁니다, 우리가. 그즈음 이곳에서 무슨 비명들이 귀청 터지게 울렸었는지."

고개 돌린 선예가 영훈을 바라보았다. 연방수사관들을 따라나간 안은경이 문을 닫을 때까지, 노인의 시선은 그들에게 집요하리만치 오래 머물렀다.

2078년 12월 14일 오전 11시 32분, 평양

안은경은 연방수사관들에게 제 차를 타고 가겠느냐고 물었고, 기분이 상한 그들은 제안을 당연히 거부했다. 피식 웃은 그녀가 공용주차장 쪽으로 홱 돌아섰다.

택시를 불러 연방수사국 평양지부로 돌아오던 두 사람은, 근처 햄버거 가게에 내려서 점심을 때웠다. 감자튀김을 집어먹고 햄버거 포장지를 벗기는 내내 그들은 어떤 말도 하지 않았다. 상점 유리창과 처마 부근엔 크리스마스를 맞아 단 초록색과 빨간색 전구가 반짝였고, 연인들과 가족들이 사방을 둘러보며 천천히 걸어가고 있었다. 돌아온 세욱은 자기 책상에서 보고서를 마무리했고, 영훈은 영훈대로 영수증을 분류하느라 바빴다. 다른 수사관들 또한 자기 사건을 수사하거나 정돈하느라 분주했다. 범죄는 쉬는 법이 없었고, 그들을 사냥하는 자들 또한 어쩔수 없이 멈춰 서지 않아야 했다.

강력3팀이 올 한 해 사용한 영수증은 지겹도록 많았고 사용처를 정돈하는 일은 구역질나게 복잡했다. 죽은 김태성이 잘했다는 일이라는 게 이런 거였겠군. 보위부가 굳이 회계사를 붙잡아 일을 시킨 이유가 이영훈은 이해되었다.

최만호가 보낸 메시지엔 장남수 부장의 일정이 적혀 있었다. 내일 오전 관계당국수사회의가 잡혀 있군. 영훈이 몸을 뒤로 젖히자, 화면을 띄우던 D-패드가 자동으로 잠기며 검게 꺼졌다. 굽었던 등이 펴지자 우드득 소리가 났다. D-패드를 다시 활성화시킨 영훈이 내일 아침에 탈 평양발 서울행 KRX를 예매했다. 전자기 간섭 현상을 이용한 고속열차인 KRX는 서울-부산 거리를 1시간에 주파했지만, 요금은 입이 떡 벌어질 정도로 비쌌다.

정준희 팀장에게 보고서 전자결재를 올린 뒤, 박세욱은 카페인을 보충할 생각으로 몸을 일으켰다. 이영훈은 커피머신 앞에 이미 서 있었다.

"내일 서울에 다녀올 거야. 나 혼자."

"그럼 저는 뭘 하죠?"

"안사람이랑 외식이라도 하고 와. 출근 체크 정도는 하고 돌아다니고."

"보고는 하신 겁니까?"

"니가 할 거 아니야? 너는 내 감시자로 붙은 거잖아."

세욱은 뭐라 대꾸할 말을 찾지 못했다.

"명령은 명령이니까요."

대꾸할 말이 마땅치 않은 건 영훈 또한 마찬가지였다.

"그래. 각자 짊어져야 할 짐이 따로 있으니까."

그들은 커피머신 앞에서 작별했다.

세욱이 차에 막 앉았을 때 D-패드가 울렸다. 등록되지 않은 번호였지만 낯설지가 않았다. 박세욱은 숨을 몰아쉬고는 통화 버튼을 눌렀다.

여전히 그는 아무 말도 하지 않았다.

무슨 말을 내야 저쪽 말이 흘러나올까. 세욱은 심장박동이 거세지는 걸 느꼈다. 조민준에게 할 어떤 말이 남아 있을까. 죄송합니다, 제 잘못입니다. 이렇게 말하면 되나. 아니, 아니지. 제가 그리 잘못한 건 아니잖아요. 그래요. 인질범과 마주 보는 형보다야 내 각도가 총 쏘기에 더 좋았겠지만, 발사된 총알이 어디로 날아갈지 어찌 알겠어요. 그렇다고 형, 이렇게 전화해대는 건······. 저도 좀 많이 힘들······. 여러 말들이 세욱의 안에서 회오리쳤고, D-패드를 앞에 둔 그의 입술이 경련하듯 바들거렸다. 조금이라도 빗나가면, 형수가 맞았을 거잖아요. 난 형이 잘 쏠 줄 알고……. 그래서 난 안 쐈…… 아니, 못 쐈어요. 그랬다고 나한테 이렇게 전화 걸면 안 되지. 뭘 어쩌라는 겁니까. 내사팀도 내 결백을 믿어줬는데. 내가, 내가 그때 뭘 어쨌어야 했냐고요. 대체 왜, 대체 나한테 왜 이래. 형수랑 아기가 죽은 게 그게 왜…… 씨발, 진짜 그게 왜 내…… 응? 맞잖아, 형. 내가 못 쐈어서가 아니라, 형이 쐈어서, 형 때문에…….

"죽은 거잖아."

세욱의 목소리는 다시 없이 차분했다.

"니가 쐈잖아. 니가 쐈어서 형수랑 애가 죽은 거잖아."

내가 쐈어야 했다고 말하고 싶어? 그래서 이렇게 말 없는 전화를 걸어대는 거야? 니가 나 때문에 고통받는다고 생각해? 휴직 기간 내내 나 자신을 쐈버리려는 충동에 시달렸던 나는? 너였잖아. 니가 저지른 일이었잖아. 니가 저지른 일에…….

"난! 휘말린 건데!"

마지막 말을 들었는지는 알 수 없었다. 통화가 끊어졌다는 신호를 듣지 못할 정도로 세욱은 자기 생각에 매몰되어 있었다.

이 번호로 당장 전화를 다시 걸까. 뺨에 남은 눈물자국을 닦으며, 세욱은 그런 생각을 했다. 민준이 형. 형은 내가 관자놀이에 스스로 총구를 대길 바라는 거야? 그럴 때까지 이 지겨운 침묵을 내게 걸어대기로 작정한 거야?

왜 이렇게까지 멀리 흘러와 버린 거지. 어떻게 고쳐져야 할지 엄두도 안 날 정도로, 우리는 왜.

세욱이 시동을 걸었고, 자꾸 껄끄러워지는 주인의 마음과 달리 전기자동차의 모터 돌아가는 소리는 지극히 부드러웠다. 박세욱이 아랫입술을 깨물었다. 어째서 이 꼴이 되어버린 걸까. 나는, 우리는.

2048년 12월 14일 오후 4시 13분, 평양

우릴 이 꼴로 만든 놈은 한 사람밖에 없다.

아니, 두 사람이었지.

갇힌 백영환은 아는 얼굴을 만나고, 배려받는다. 예전 중앙당 사업을 함께했던 동료였는데, 지금은 중앙재판소에 직책을 하나 맡은 모양이다. 그들은 대화하지 않는다. 다만 살펴보고 필요를 채워주며, 고마움을 눈빛으로 표현할 뿐이다.

배려를 통해 그들 가족은 마지막으로 만난다. 거기에서 백영환은 가족을 이 꼴로 만든 자들이 누군지 똑똑히 일러준다. 하지만 무얼 어쩌겠는가. 보위부 지하심문소에서 혹독한 시간을 보낸 그들은 중앙재판소에서 절차뿐인 재판을 거쳐 곧 판결이 날 상황이었다.

수용소에 가게 되리라. 그러니 할 수 있다면 자살하라고, 백영환은 가족들에게 말한다. 백영환은 그들 가족이 어떤 꼴을 당하게 될지 이미 알았지만, 그걸 차마 말로 털어놓진 못한다. 그들은 불태워지고, 찢기며, 능욕당하고, 조롱 속에서 죽음으로 터벅터벅 걸어가게 될 것이다.

자살하라.

백영환은, 엿새간의 극악스러운 고문으로 팔다리가 짓이겨지고 고환 살이 까맣게 타버린 가장은, 괴로워하며 일러준다.

어린 아들이 운다. 가장 늦게 나왔지만 가장 듬직한 막냇자식이다. 이 아이가 더 나은 세상에서, 자기 꿈을 이루며 살기를 바랐기에, 백영환은 탈북이라는 헛된 망상을 품었었다. 그는 두 딸들이 수용소에서 강간당하고 매 맞으며 노동교화형이라는 끔찍한 명목으로 고통에 시달리리라 생각한다. 자살하라. 하지만 그들은 이제 어떤 무엇도 스스로 결정할 수 없다. 자기 목숨을 끊는 결정조차도, 이젠.

이제 보위부가 자신을 치료할 거라는 걸 백영환은 안다. 고문대에 누웠던 그는 자기가 아는 모든 걸 털어놓았고, 껍데기만 남은 육신은 탄광에, 피혁공장에, 벌목을 위한 산림에 보내질 것이다. 노동으로 남은 육신의 가치를 뽑아내기 위해 보위부가 자신을 치료할 거라고 예상하며, 백영환은 몸서리친다. 여자들이 울자, 호의를 베푼 이가 손마디로 쇠문을 땅땅 두들긴다. 절규를 깨문 입술 위로 눈물이 구른다. 아들의 팔뚝을 움켜쥔 백영환이, 자신의 뜻과 다른 한마디를 내뱉는다.

"살아남으라."

그는 아들이 살아남는 과정을 그린다. 철조망과 사냥개로 둘러싸인 수용소의 높은 담을 넘어, 차디찬 강을 건너, 대륙을 가로질러 마침내 자유로운 땅을 내딛는 아들을 상상한다. 어쩌면 이 모든 게 비참한 꿈일지도 모르지. 하지만 꿈이야말로, 인간을 거인으로 만든 원료 아닌가. 차디찬 강철의 밑바닥에서 어린 아들을 붙들고 백영환은 운다. 그가 잠깐 꿈꾸었던 무지개의 허망한 빛깔을 아프게 원망하면서, 너무도 처참히.

8

KRX는 서울에서 3분간 정차했다. 이영훈 경위는 서둘러 내렸다.

자기장 선로 양쪽으로 설치된 에스컬레이터를 타고 서울역으로 올라간 영훈은 아홉 갈래로 뻗은 워킹웨이를 그냥 지나쳤다. 요새 유행하는 복고풍 스타일로 차려입은 여성들이 워킹웨이를 타고 그에게서 멀어져 갔다. 워킹웨이는 걷는 것보다는 빨리, 버스를 타는 것보다는 느린 공공이동장치로, 적은 비용으로 누구나 사용할 수 있었다. 서울이라는 하이퍼시티를 거미줄처럼 이은 워킹웨이 덕에 시민들은 백화점과 멀티플렉스가 몰려 있는 상업지구로, 지하철이나 전차로 갈아탈 수 있는 환승구역으로, 근방의 생태공원으로 원활하고 빠르게 이동했다. 하지만 영훈은 아날로그 인간이었고, 그답게 택시정류장으로 직접 걸어갔다.

연방수사국 서울지부는 용산에 자리했다. 2022년 대통령 집무실이 설치되었던 이곳은 몇 번의 정권교체와 대통령 시행령을 거쳐, 절반은 시민공원으로 꾸며졌고 나머지에는 정부 부처가 들어섰다. 연방 설립 이전에 세워졌던 드래건호텔이 연방수사국 서울지부에서 멀지 않았고, 공원 덕에 도심답지 않게 물 흐르는 소리가 가까웠다. 현관에서 신분증을 제출하고 손바닥을 스캔한 영훈이 엘리베이터의 17층 버튼을 눌렀다.

연방수사국 서울지부 건물은 커다란 원형 복도 가장자리를 사무실들이 다닥다닥 붙은 구조였다. 공안부장 사무실은 가장 안쪽, 중앙 엘리베이터 반대편에 자리했다. 이영훈은 면담 신청 따윈 안 할 생각이었다. 장남수 부장이 나올 때까지 기다려야지. 관계부처 회의가 10시에 시작하니, 늦어도 9시 30분에는 저 문이 열릴 게 분명했다. 다 마신 커피 잔을 쓰레기통에 버릴 즈음 장남수 부장이 문을 열고 나왔다. 번들거리지 않는 남색 슈트에 푸른 넥타이 차림이었다.

"멋지게 하고 다니시네요."

영훈을 힐끗 돌아본 장남수가 그럴 줄 알았다는 식의 냉소를 슬쩍 보였다.

"어제 최만호 과장이 주변에 내 스케줄 묻고 다닌다기에 오늘내일 중으로 그 사람이 오겠다 싶었지."

"저라는 생각은 안 하셨나 봐요?"

"부장과 수사관이었지만 너랑 내가 겸상할 사이는 아니었잖아?"

장남수가 엘리베이터로 걸어갔고, 통로에 서 있던 사람들이 돌아서 경례를 붙이거나 목례를 올렸다. 이영훈은 장남수 뒤를 종종걸음으로 쫓아 들러붙었다.

"신상 정보 락 걸린 거, 아시죠?"

"내 앉은 자리에서는 뭐든 들리거나 보여."

"조인철, 박윤석, 윤민희, 이기철 그리고 김태성이 죽었습니다. 전부 남한에 귀순한 북조선 고위 인사였고, 수사에 필요한 신상 정보가 잠겨 있었어요."

"그럼 국장님이나 위원회에 정식으로 클레임 넣지 그래."

"이 사람들 죽음, 뭔가 연결되어 있습니다. 수사하려면 이 사람들에 대해 알아야 해요. 신상 정보 열어주십시오."

"그건 내 소관이 아냐. 그리고 너, 여기가 어딘데 함부로 와서 땡깡이야? 응?"

엘리베이터 버튼을 누르려는 장남수의 손을 이영훈이 붙들었다.

"저, 이러다 죽습니다."

"내 손에?"

"암만 겸상 않는 먼 놈이라지만, 후배 죽는 꼴 보려고 그러십니까?"

"너도 참 그놈의 성깔 고쳐라. 파닥거리기는."

"본청 위원회 노인네들이 뭘 쥐고 있는 겁니까. 그거 넘겨주세요. 저 이거 해결 않고는 아무것도 못합니다."

붙들린 제 팔뚝을 굽어보던 장남수가 고개 들어 이영훈을 보았다.

"새로 총 지급받은 거 있는데, 그거 한번 써봐야겠다."

"부탁드립니다."

"회의 늦게 얘가 왜 이래. 너 진짜 쏘고 간다."

"부장님!"

영훈의 목소리가 조금 높아졌지만, 장남수의 표정은 조금도 변하지 않았다. 짧은 턱에 코가 굽은 장남수는 비쩍 말랐고, 숱이 많고 진한 눈썹에 거무스레한 살가죽이 질겨 보이는 남자였다. 그가 이영훈을 똑바로 쳐다보았다.

"거기 추위는 여전하지? 간혹 그리울 법도 한데, 전혀 그렇지가 않아."

"딴 말씀 마시구요."

엘리베이터가 멈췄고, 그 안에서 나오던 연방수사국 직원들이 장남수 부장에게 목례를 올렸다. 장남수가 엘리베이터에 탔고 뒤따른 이영훈이 막 질문을 퍼부으려 할 즈음이었다.

"멍청아, 다물어."

이영훈이 반발하려들자 장남수 부장이 언성을 높여 말을 쏟아내었다.

"넌 수사를 그따위로 하고는 무슨 낯짝으로 여길 기어들어왔어?"

"무슨 말씀이세요?"

"대체 어디에서 뭘 쑤시고 다니는 거야, 응? 너 때문에 지금 북조선 공안에서 얼마나 많이 항의 전화를 받은지 알아? 평양 지부는 물론이고 본청에서까지 난리야, 아주. 니가 지금 그럴 때냐? 니 비리 하나로 연방수사국 전체가 뒤흔들린 게 겨우 반 년 전이야."

이영훈의 얼굴이 새빨개졌다. 분노가 아니었다. 모욕감이 그의 심장을 찢어발기는 중이었다.

"내가 이 연차 이 직급에 북조선 공안한테 머리 조아려야겠냐? 눈치 없는 새끼. 그러니 눈탱이를 처맞고 다니지."

엘리베이터 안 사람들이 다들 곁눈으로 둘을 쳐다보았다. 꽉 틀어쥔 이영훈의 주먹이 치욕으로 덜덜 떨렸다.

"여기 와서 뭘 껄떡거리려는 거야. 무슨 똥배짱으로 이러는 건지 모르겠는데, 개념 제대로 리셋해라. 넘어선 안 되는 선이 있는 거야."

분이 덜 풀렸는지, 장남수가 뒷말을 웅얼거렸다.

"하긴 그걸 모르니 지금 거기에서 빌빌대는 거겠지."

엘리베이터가 1층에 도착하자 사자를 만난 누 떼처럼, 숨 막히는 엘리베이터에서 풀려난 사람들이 서둘러 쏟아져 나왔다. 지하 6층 주차장으로 엘리베이터가 다시 내려가기까지, 모욕감에 사로잡힌 이영훈은 어떤 말도 내지 못했다. 장남수가 내렸고 이영훈이 뒤를 따랐다. 다른 생각은 없었다. 저 못된 주둥이에 주먹이라도 날리지 않으면, 어디서도 사내구실을 못 할 것만 같았다.

그때 장남수가 입술을 움직이지 않은 채 재빨리 속삭였다.

"후문 나가서 공원 가는 길에 개울 보이는 벤치 있어. 15분 뒤."

관용차에 시동을 건 직원이 뒷문을 열어주며 연방수사국 부장을 향해 고개를 푹 숙였다. 검고 크고 무거운 관용차가 지하 주차장을 천천히 빠져나갔다. 잠깐 켜졌던 미등의 붉은빛이 이영훈의 눈동자에 깊은 자국을 남겼다.

2078년 12월 15일 9시 51분, 서울

물 흐르는 소리가 가까이 들리는 곳이었다. 장남수 부장은 이미 와 앉아 있었다.

"어째 행동이 그리 느리냐."

고개도 돌리지 않은 채 장남수는 핀잔주기 바빴다.

"암만 카메라 때문이라지만 좀 심하시던데요."

"카메라가 아니라 마이크 때문에 그래. 본청 인근도 전부 도 감청 구역이야."

"서울지부 누구 귀가 무서워서 그러세요? 공안부장이면 그 게 다 부장님 귀고 눈 아니에요?"

장남수가 피식 웃었다.

"얘가 이렇게 무식해요. 그놈의 마이크고 카메라고 내가 책 임지지만, 자료는 그대로 내사팀에 들어가. 내사팀은 연방수사 국장 직할 조직이고, 칼날은 그 양반 손에 들린 거야. 말 들어가 면 좋을 게 없어."

이영훈이 장남수 옆에 잠자코 앉았다.

"니가 쑤시는 게 그만큼 피곤한 물건이기도 하고, 이 아저 씨야."

시큰둥한 얼굴로 장남수 부장은 몸을 뒤로 기댔다. 철새 떼가 무리 지으며 젖빛 하늘을 가로질렀다. V 자로 꺾인 그들의 무리 는 창공 어딘가를 찌르려드는 것처럼 보였다.

"파일이 안 열려요."

"그래서? 뻰치로 열려고 서울지부까지 쳐들어왔냐?"

"제가 뭘 열려고 하는지는 아세요?"

철새 떼가 저 멀리 사라질 때까지 장남수는 시선을 돌리지 않았다.

"북조선 공안한테 그렇게 항의 전화를 받고도 모르면 실버타운엘 가야지 왜 여기 있어."

"그걸 왜 닫은 겁니까."

"신상 정보? 글쎄. 연루된 자들은 아직도 껄쩍지근한가 어쩐가."

"쿠데타 일어난 게 64년이고, 연방 이뤄진 게 68년이에요. 그 사람들 김태성 빼고는 전부 십여 년 전에 탈북한 사람들이라고요. 그게 지금 연관이 어떻게 된다는 겁니까."

"정보잖아. 귀중한 정보와 하찮은 정보는 따로 있지 않아. 어느 정보가 어떤 것과 어떻게 물려서 진실을 밝힐지는 아무도 몰라. 그리고 조직이란 게 말이야, 암만 성과 올려도 시간 되어야 진급하더라. 개판 쳐도 시간 지나면 어느 정도는 자동으로 진급하고 말이야."

"무슨 말씀이세요."

"묻지 말고 생각을 좀 해라."

이영훈이 살얼음이 낀 개울을 들여다보며 긴 숨을 내쉬었다. 오래된 수사 격언이 있었다. 숨기는 자가 범인이다. 영훈은 이들의 과거에 답이 있다고, 이들의 지난 삶이 서로 연결되었기에

이들의 죽음이 한데 묶였다고 여겼다. 이에 대한 수사를 방해하고 진실을 숨기는 자가 범인일 것이었다. 순간, 장남수가 언급한 진급이라는 단어가 이영훈의 뇌리에 덜컥 걸렸다.

"진급했군요. 그 사람들이."

탈북 귀순한 북조선 고위급 인사들을 심문하고, 이후 새 신원을 주며 정착을 도왔던 실무자들이 지금 연방수사국 윗부분을 이루고 있음을, 영훈은 깨달았다. 깨달음은 연이어 일어났다.

"거래가 있었어요?"

장남수가 숱이 부쩍 줄어든 윗머리를 득득 긁었다.

"당시는 혼란기였고, 아무리 눈이 밝대도 모든 상황을 전부 알 순 없는 법이야."

장남수의 설명이 이어졌다.

"2064년 당시엔 쿠데타가 성공할지 어쩔지 몰랐어. 쿠데타 자체는 몰라도, 김정은을 내쫓은 새 북조선 정권이 얼마나 버티느냐는 다른 얘기였지. 김정은의 개들이 러시아와 중국으로 살기 위해 달려나갔고, 남한 쪽으로도 쏟아졌어."

"무슨 거래를 한 겁니까?"

"당시 탈북 인사 면담은 국정원에서 전담했고, 그중 몇몇은 탈북자들의 은닉 재산 일부를 착복했다고 해."

거기까지 말하던 장남수가 이영훈을 돌아보았다. 이영훈의 눈동자는 장남수에게, 어디까지 연루되어 있느냐 묻고 있었다.

"내가 국정원 라인이더냐. 그런 일이 있었는지도 최근에야 알았어."

순간, 이영훈은 이걸 이야기해주는 장남수의 의도를 생각했다. 왜 저 사람은 저리 순순히 내게 이 얘기를 들려주는 거지? 이 이야기를 알려주는 데, 어떤 이득이 달려 있는 거지?

그러나 지금은 쏟아지는 단서들을 머릿속에 잘 갈무리하는 게 훨씬 더 중요했다.

"니가 쫓는 죽음이 뭐와 연관되었는진 몰라. 어떤 이유로 그들이 죽었는지 나도 모르겠다는 거야. 신상 정보를 잠근 자들은 미리 조심하는 거겠지. 신상 정보가 열리면서 과거의 비리가 드러날까 봐."

"사건이 미결로 덮이면, 그들은 죽은 자의 신상 정보를 파기하겠죠?"

장남수는 먼 곳에 시선을 줄 뿐, 대답하지 않았다.

"상수(上手)는 이걸 덮는 거야. 북조선 공안이 사고사로 처리하든, 자연사로 마무리하든 내버려두는 거지."

"그건 못하겠는데요."

"하수(下手)는 의정부에 자리한 연방수사국 본청 꼭대기로 가서 수사 자료를 내놓으라며 거기 앉은 상급자들의 넥타이를 움켜쥐는 거지."

"부장님 넥타이 예쁘네요. 중수가 별로면 그걸 움켜쥐도록 하죠.”

“씨발, 나머지 수는 그냥 내가 알려주는 선을 따라 가보는 거야.”

장남수는 최만호가 올 거라고 예측해 모아두었던 정보라며, 이영훈에게 들려주었다.

북조선 내전이 발생하기 16년 전인 2048년, 김태성과 진미옥은 인도네시아에 망명했었다. 장남수가 입수한 문건은 당시 인도네시아 정보부가 남긴 김태성 심문보고서였는데, 국정원 자료에서 건진 모양이었다. 거기엔 그들 부부가 왜 북조선에서 탈출해 망명을 요청했는지, 그들이 어떤 루트를 거쳐 팔렘방에 도착했는지에 대한 설명이 간략하게 쓰여 있다 했다.

“보여줄 순 없어. 그거 열람한 것만으로도 위에서 나를 찾을 거야.”

잠시 숨을 고르고, 장남수는 말을 이어갔다.

“김태성은 자신을 담당한 보위부 간부가 김정협이라고 밝혔어. 인도네시아 정보부는 어떤 정보의 대가로 그걸 남한 국정원에 넘겼어. 비슷한 값을 주고받는 건, 이 바닥에서 노상 벌어지는 일이니까.”

“그렇게 국정원이 김태성과 김정협에 대해 알았던 거로군요.”

진미옥은 2050년에 남한에 귀순했다고 말했었다. 김태성과 진미옥이 그 무렵에 이정현과 이선예가 된 것이었다. 남한에서 지내던 부부는 연방이 설립된 2068년부터 동남아를 떠돌다가 4년 전인 2074년에 북조선으로 돌아왔다 했다.

"부부가 귀순한 2050년 당시 국정원 파일엔 김정협이 없었던 모양이야. 국정원은 김정협이 진짜 거물이라고 생각했어. 어둠 뒤에 숨은 진짜 협잡꾼이자, 뒤에서 공작원들을 조종하는 마스터라 여겼지. 그래서 김태성을 통해 김정협을 귀순시키려 기획했어. 그런데 김태성이 놀라운 진술을 한 거야."

"뭐라던데요?"

"2048년 탈북할 때 자기가 김정협을 죽였다고."

자기 상관을 죽이고 달아났다고? 영훈이 머릿속을 정리하기도 전에 남수가 말을 이었다.

"그런데 웃기는 게, 북조선 쿠데타 1년 뒤인 2065년에 자칭 김정협이라는 자가 남한에 귀순해."

2050년이라면 김태성이 망명한 지 15년 만의 일이었다.

"죽었다면서요?"

"기록이 그래. 넘어온 놈은 진짜 김정협 맞아. 하지만 당시엔 북조선 내전 직후였고, 망명 인사가 쏟아질 때였어. 김정협은 상세하게 털리지 않았지. 이후 새 신원도 받고 잘 살다가, 연방 수립 이후 남한에서 사라졌어."

"설마."

"그래. 북조선에, 남포시에, 김정협이 살고 있어."

젊은 당신들은 절대 이해 못하지. 늙은 머리가 고향 땅을 향해 저절로 돌아가는 경험이란…… 이선예가 했던 말을 이영훈은 떠올렸다.

이영훈이 할 질문을, 장남수는 이미 알고 있었다.

"김정협의 지금 이름은 노민섭이야. 나이가 꽤 들었겠지. 다른 정보는 없어. 병원을 뒤져봐. 노인들은 병원을 찾지 않을 수 없으니."

장남수가 몸을 일으켰다. 이영훈이 따라 일어섰다. 장남수가 너스레를 떨었다.

"덕분에 회의 째고 좋네. 오늘 까일 사안이 무지 많았었는데."

장남수가 하고픈 말은 따로 있는 것 같았다. 그렇기에 영훈은 잠자코 장남수의 다음 말을 기다렸다.

"흐르는 물은 좀처럼 얼지 않아."

자신의 뒷말을 참을성 있게 기다리는 이영훈 경위에게 장남수 공안부장이 말했다.

"계속 흘러서, 가. 진실을 향해."

9

다음 날 아침 이영훈 경위의 혼잡한 책상 위에는 새로운 파일 하나가 놓여 있었다. 공안이 이관한 서류로, 김태성 사건이 자살로 종결되었다는 통보가 담겨 있었다. 이영훈은 박세욱에게 정준희 팀장이 전자결재를 끝낸 그 서류를 내밀었다.

공안이 종결시킨 사건을 계속 캐는 건 수사권 문제를 야기할 수 있었다. 연방수사국은 남한 경찰 혹은 북조선 공안과 함께 수사해야 했고, 단독 수사 진행은 불가했다.

"캐럴 들리던데, 어찌 되어 가나?"

정준희 팀장이 물었고, 이영훈이 책상 서랍을 열어 영수증 더미와 두터운 파일 서너 개를 꺼냈다. 그의 눈이 충혈되어 붉었다.

"영수증은 월별로 정리했고요. 강력팀 전체 활동비 결산 보고서는 여기 이 파일입니다. 사용 목록은 전부 업로드해놨고요. 영수증과 용처가 맞지 않은 건 따로 빼놨으니, 따로들 불러다 족치든가 하십쇼."

"우리 팀 결산 보고서는?"

"이겁니다. 관내 미제 사건 보고서는 참조 목록 붙여서 15분 뒤에 올릴 거구요. 재수사 품의서는 팀장님 책상에 놓여 있습니다."

정준희가 클립에 물려 있는 수많은 영수증 뭉치와 파일에 꽉꽉 들어찬 수많은 보고서들을 멍하니 뒤적거렸다. 이영훈이 코트를 움켜쥐며 말했다.

"확인하시고 미흡한 점 지적해주십시오."

따라오라는 눈짓을 받은 박세욱이 자기 코트를 집어들었다.

"어제 서울 다녀와서 다 한 거예요?"

"다 하긴 뭘 다 해. 전년도 보고서 그대로 뽑아서 붙여놓기만 한 거야. 영수증은 대충 클립 물려놓은 거구."

박세욱이 입을 딱 벌렸다. 어쩌려고 저러시는 건지. 주차장을 가로지른 이영훈이 구석에 세워진 자기 차에 탔다.

"서울에서 알아낸 걸 얘기해줄게."

장남수 부장이 했던 이야기와 그가 알려준 단서를 이야기하는 이영훈의 눈빛이 묘하게 반짝였다. 면도하지 않은 까끌까끌한 턱을 문지르며 이영훈은 들은 걸 갈무리하는 박세욱의 표정을 찬찬히 들여다보았다.

"더 들어가는 건 위험할 수 있어."

이영훈이 머리를 까딱여 저 위를 가리켰다. 그 옛날 북한 귀순자들과 거래했던 남한 국정원 요인들은 승진을 거듭해 연방수사국의 상층부에 이르렀고, 이젠 옛 거래를 묻어버리러 신상 정보를 잠가댔다. 대체 어떤 진실을 묻으려 저러는 걸까. 진실을 열 열쇠가 북조선 남포에 살아 있었다.

"김정협이 남포에 살아있다……."

"김태성이 죽인 걸로 알려졌던 보위부 간부."

"이정현과 이선예, 그러니까 예전 김태성과 진미옥을 컨트롤했던 사람이었다고요."

어쩌면 김정협은 연쇄살인범의 마지막 목표일 수도 있었다. 이선예의 이야기가 핵심이야. 탈북 브로커를 위장한 그들 부부와 보위부, 북조선을 탈출해 남한으로 귀순했던 고위급 인사, 그들의 연이은 죽음. 연쇄살인범이 김정협을 죽일 이유는 충분해 보였다.

"노민섭에게 임의동행을 요구해."

"올까요?"

"오게 해봐. 김태성은 김정협을 죽이고 해외로 도주했다고 실토했었어. 김태성이 정보기관에 거짓말을 하진 않았을 거야. 인도네시아와 남한에 귀순하는 게 그에겐 중요한 일이었을 테니까."

"김태성이 김정협에게 위해를 가한 게 사실일 것이다, 이거죠?"

"김정협은 김태성이 죽었다는 사실을 알려주면 좋아할 거야. 그 노인네 입을 열기에 적절한 소식이겠지."

박세욱은 곧장 출발하겠다고 대답했다. 남포까지는 2시간도 안 걸렸지만, 노민섭의 신병을 확보하기까지 얼마가 걸릴지 모를 일이었다.

박세욱을 보내고 사무실로 돌아온 이영훈은 가림막 안 수사관 모두가 일어나 있는 걸 보았다. 누군가 그의 자리에 앉아 있었다. 부동자세를 취한 이영훈이 경례를 올렸다.

연방수사국 평양지부장 윤태룡은 손을 올리는 시늉도 하지 않았다. 이영훈의 자리에 앉아 길게 뻗어 겹친 두 발을 책상에 올린 윤태룡은 파일을 훑어보는 일에 몰두하고 있었다.

"수사관이 프라이버시가 어디 있어. 내가 니 지갑을 뒤진 것도 아닌데."

윤태룡은 영훈의 심기를 정면으로 찌르고 들어왔다. 그 얘기를 듣자마자 이영훈은 윤태룡이 자신을 자극하려고 이런 짓을 하고 있다는 걸 깨달았다.

"난 비리 경찰이 제일 싫어."

"전 그런 족속이 아닙니다."

"난 네 얘기를 한 게 아니야. 내 생각이 그렇다는 거지."

저리 사납게 들어오는 건 목적이 있기 때문이지. 그렇게 짐작
하면서도 치밀어 오르는 화를 내리누르긴 쉽지 않았다. 이영훈
은 신입 수사관도 아니며, 배정받은 책상을 함부로 수색당할 어
떠한 비위도 저지르지 않았다. 게다가 모든 팀원이 지켜보는 상
황에서…… 한참 이어진 침묵을 윤태룡이 깼다.

"들쑤시는 게 있었다며?"

"마감했습니다."

"니 파트너는 어딜 가고?"

"눈이 퀭하기에 자빠져 있다 오라고 잠깐 내보냈습니다."

"좋은 선배구나, 너. 걔는 지 팀장 명령을 깠으니, 형편없는
부하겠고."

모았던 발을 내린 태룡이 책상을 빙 돌아 영훈에게로 돌아앉
았다.

"난 아침에 전화 받는 걸 좋아하지 않아. 그게 다른 지부장에
게서 온 거라면 더더욱."

이영훈은 대답하지 않았다.

"엉뚱한 짓 벌인다며?"

혹시나 장남수 부장이 꼬투리라도 잡힌 걸까. 그는 자신에게

귀한 정보를 넘긴 장남수 부장을 위험에 빠뜨리게 하고 싶은 마음이 전혀 없었다. 하지만 입을 열어 윤태룡에게 자신이 뭘 알고 있는지를 알게 만들고 싶은 마음 또한 전혀 없었다.

지켜보는 사람이 불편할 정도로, 두 사람의 침묵은 길었다.

"공안에서 사건 하나를 마무리 지었던데. 다른 사건들도 차차 종료될 거라 하고."

"저는 재수사해야 한다고 생각합니다. 거기엔 뭐가 있어요."

"나는 비리 경찰이 싫어. 왠지 알아?"

몸을 일으킨 윤태룡이 덧붙였다.

"더러운 일을 했던 손이란 게 밝혀지면, 그가 했던 모든 수사가 전부 오염됐을 거라고 의심받거든."

그게 네가 이 조직을 나가야 하는 이유야. 윤태룡이 꺼내지 않은 뒷말은 그런 의미를 품고 있었고, 이영훈을 포함한 모두가 그 뜻을 알아들었다.

"서울지부 내사팀이 니 사건을 재조사한다는군, 이영훈 경위. 내년이면 자네는 여기 있지 않을 것 같아."

이영훈에게 시선을 거둔 윤태룡이 가림막 사이로 나갔다.

다른 수사관들이 저마다의 책상에 머리를 묻거나, 방금 일을 떠벌리기 위해 커피머신으로 종종걸음 쳐 나갈 때까지, 이영훈은 그 자리에 꼿꼿이 서 있었다. 분노를 참아내려, 해야 할 일을 가늠하려, 막막한 상황을 타개할 수를 찾으려 두 주먹을 틀어쥔

영훈은 오랫동안 그리 서 있었다. 이내 결심을 굳힌 이영훈이 그대로 사무실을 나섰다. 유리문 패드를 조작해 퇴근을 입력한 영훈이 연방수사국 평양지부 건물을 빠져나왔다.

혹시 모를 눈과 귀를 피해 영훈은 평양지부 사무실을 수 킬로미터 벗어날 때까지 D-패드를 가동시키지 않았다.

세욱은 전화를 금방 받았다.

"남포종합진료소에 노민섭이라는 사람 자료가 있었어요."

"신원은? 확보 가능해?"

"사는 곳을 알았으니 곧 만날 수 있을 겁니다."

살인자보다 먼저 찾아야 했다.

"서둘러. 무조건 신병을 확보하고, 다른 곳으로 함께 이동해. 장소는……."

박세욱이 이 지시를 어떻게 이해할지, 이영훈은 가늠하지 못했다. 세욱이 정준희 팀장에게 이 지시를 보고할지도 몰랐다. 그렇다면 그 보고는 윤태룡 평양지부장에게 곧장 올라가겠지. 그리되면 마지막 열쇠를 놓치게 되는 셈인데. 하지만 지금은 이 지시를 내릴 수밖에 없었다. 이영훈은 박세욱을 믿을 수밖에 없다고 생각했다.

"평양지부 말고, 인터시티호텔로 모셔와. 누구에게도 보고하지 말고, 조용히."

인터시티호텔을 다른 연유로 알게 된 건 아니었다. 북조선 공안이든, 남한 경찰이든, 떠돌이 연방수사관이든 어딘가 끈 하나 정도는 있기 마련이었으며, 수사관이라면 협조적이거나 협조할 수밖에 없는 자들을 거느리기 마련이었다.

이영훈이 지닌 협력자는 인터시티호텔 지배인이었는데, 마약 관련 사건에서 혐의를 벗겨준 이후로 줄곧 그를 도왔다. 문제를 일으킨 이는 지배인의 딸이었다. 40킬로그램도 안 되었던 그 애는 마약을 얻을 생각에 운송책이 될 참이었는데, 이영훈이 그녀를 마약재활치료센터에 처넣어 약 기운을 다 짜내게 만들곤 설득 끝에 법정에 세워 마약 유통꾼 조직 전체를 모조리 감옥에 처넣었다.

이영훈을 빈 방으로 안내한 지배인이 엘리베이터 암호와 도어락 번호를 알려주고는 곧장 나갔다. 영훈은 침대에 누워 잠시 잠을 청했다. 창밖은 어둑어둑했고, 성애가 낀 창문 너머 가로등은 오렌지 빛깔로 뿌옇게 보였다.

호텔에 곧 도착한다는 박세욱의 메시지를 확인한 이영훈이 긴 한숨을 내쉬었다. 세욱에게는 이것이 배반이리라. 그는 이영훈을 감시하고 이상한 건 보고하라는 명령을 받았을 게 틀림없었다. 박세욱 또한 나만큼 수사에 진심인 걸까. 인터폰이 울

렸고, 룸서비스를 넣어도 괜찮겠냐는 지배인의 목소리가 상냥
했다.

문을 열고 두 사람을 맞은 이영훈은 예상 밖의 노민섭의 모
습에 충격을 받았다. 완전히 지쳐버린 세욱은 잘 차려진 식사를
보고도 고개를 내저었다. 노인 또한 식사를 미뤘다. 노민섭은
김태성의 죽음에 대해 먼저 듣고자 했다.

작고 둥근 테이블과 두 개의 의자. 아…… 김태성과 살인자
또한 이렇게 있었을지도 모르겠는데. 노민섭과 마주 앉은 이영
훈은 그런 생각을 했다. 노민섭은 추레하고도 끔찍한 몰골을 지
닌 늙은이였다. 낡아빠진 붉은 점퍼를 벗고 의자에 앉은 비쩍
마른 노인은, 살 빠진 뺨이 움푹 파였고, 두툼하고 거무스레한
눈 밑살은 축 처져 있었다.

"누가 죽었다고?"

노인의 목소리는 꺼끌꺼끌하니 몹시 탁했다. 듣기 괴로울 만
큼 거슬리는 목소리라고 영훈은 생각했다.

"이정현이라는 사람입니다. 예전 보위부에서 회계 일을 담당
했던 김태성이 그의 본명입니다."

"죽기 전에 그 이름을 다시 듣다니."

과거를 떠올리는 노민섭의 눈은 회한에 젖어 있었다. 옛 생각
에 가득 잠긴 그는 이미 노민섭이 아닌 김정협이었다.

노인이 물을 찾자, 영훈은 반 컵 정도 따라주었다. 영훈은 김

태성이 죽은 장소로 말을 이어갔고, 노민섭은 깜짝 놀란 표정을 지었다. 평양 동흥동 아파트라고?

"아직도 거기 살고 있단 말인가? 동흥동 거기에?"

노민섭이 고개를 저으며 큭큭 웃었다. 갈퀴손으로 듬성듬성 남은 머리카락을 뒤로 넘기던 노인이 고개를 절레절레 저었다.

"난 김태성을 몰랐군. 그렇게 집착하는 놈이라니. 그렇게 지독하게 복수하는 놈이었다니!"

회한에 잠긴 노인의 시선이 창 밖 저 멀리로 향했다. 하아. 긴 한숨을 내쉬며 그가 말했다.

"나는 2047년부터 다음 해 2048년까지, 그들 부부의 지도원이었소. 또한 나는 김정은 위원장에게 작전을 직접 보고하는 보위부 고위 공작원이었소."

그들 부부를 중심으로 거대한 계획이 실행되었노라고 노민섭은, 아니 김정협은 덧붙였다. 그러면서 속내를 점차 드러냈다.

"지금 생각하면…… 오만했었어."

"누가 오만했죠?"

"그들. 그리고 나 또한."

이영훈이 조인철, 박윤석, 윤민희, 이기철, 김태성의 이름을 불러주었다. 김정협의 심경에 어떤 변화가 일어났으면 하는 마음으로 이영훈은 그 이름들을 입에 올렸다. 그러면서도 이영훈은 김정협을 다독이려 했다.

"선생께서 이번 증언으로 불이익을 당할 일은 전혀 없을 겁니다."

김정협이 히죽 웃으며 대답했다.

"난 위암 판정을 받았고, 벚꽃 피는 걸 채 못 볼 거요."

하지만 북조선의 겨울은 기니까. 지독할 정도로 길으니까. 김정협은 그리 덧붙였다.

침대에 잠깐 누웠던 박세욱이 부스스 몸을 일으켰다.

"죽기 전에 내는 말은, 아름답지 못할지언정 진실한 법이라오."

사실을 알려주겠노라고 김정협은 말했다. 이영훈은 궁금한 것부터 물었고 김정협은 뜸들이지 않고 대답했다.

김정협에 따르면 조인철은 별을 셋 단 장군이었고, 보위부가 거둬온 죄수들을 고문하던 극렬한 사디스트였다. 그 무렵 김정은의 북조선에는 서른 개가 넘는 강제수용소가 존재했는데, 그 중 조인철이 관리하던 수용소의 등급이 가장 높았다.

"등급이 높다는 건 정치범의 죄질이 높다는 뜻이고, 죄수들에 대한 감시 등급도 높다는 의미였지."

다른 수용소장처럼 조인철 또한 그 안에서 왕 노릇을 했다고 김정협은 덧붙였다.

박윤석은 조인철이 관리했던 수용소의 의무대장이었다. 그는 수용자들의 건강을 관리했고, 더 많은 심문을 위해 더 오래 고문할 수 있게끔 죄수들을 치료했으며, 보위부의 주문에 따라 생체실험을 감행했다.

"김정일 때 우리는 생화학무기를 지니게 되었고, 김정은 말기엔 굉장한 수준으로 고도화되었소. 박윤석이 그에 많이 기여했지. 수용소 죄수들을 실험체 삼아서, 직접."

윤민희는 보위부가 심어놓은 땅굴망 중 하나였다. 김정협은 보위부 끄나풀인 땅굴망 몇몇을 관리했는데, 김태성과 진미옥이 한 축이었고 다른 축은 윤민희였다. 두 축 모두 김정협의 지시를 받았지만 그들은 서로 존재를 몰랐다.

"윤민희는 김태성 부부가 탈북 브로커라는 소문을 퍼트리고 다녔지. 탈북하려는 자들에게 김태성 부부의 존재를 몰래 알리는 역할이었어."

"이기철은 뭐 하던 자였습니까?"

이영훈이 묻자 김정협이 윗입술을 비틀며 웃었다.

"이기철은 수용소장 조인철의 오른팔이었고, 최고의 악질 고문관이었어. 전기를 써서 죄수의 고환을 태우는 식으로 비명을 짜냈지."

감전사 당했던 이기철의 얼굴을 떠올린 이영훈이 저도 모르게 부르르 떨었다.

"이런 식인 거야. 수용소로 보내진 죄수는 수용소장인 조인철을 만나지. 그는 죄수의 노동력을 마지막까지 착취하려 그들을 탄광과 벌목 장소로 보내. 혹독한 노동으로 그들을 쥐어짜고, 작업량 달성을 위해 한계까지 내몰지."

"까맣게 태우는군요. 노동으로, 사람을."

"박윤석은 죄수 중에 생체실험을 감당할 자를 분간해 뽑아. 그는 악랄한 의사면서도, 치밀한 과학자였지. 생체반응을 연구해 악독한 생체무기를 만들려고, 선별된 자들의 정맥에 주사바늘을 꽂아댔어."

"수용소에 가면 노동 교화형을 감당하든가, 생체실험을 견디든가 하는 수밖에 없었습니까?"

혐오감으로 얼굴을 찌푸린 박세욱이 물었다. 김정협은 고개를 내저었다.

"이리 가나 저리 가나 어차피 죽는걸. 시신은 태워지거나 한꺼번에 묻혀, 수용소 안에서. 그러니 죽어서도 수용소를 못 나오는 셈이지."

혀를 내밀어 입술을 축인 김정협이 덧붙였다.

"이기철은 보위부가 짜내지 못한 진실을 마저 거두는 고문관이었지. 그는 비명소리를 즐겼고, 때때로 수용소 내에 스피커에 죄수가 고통스러워하는 소리를 내보내기도 했지. 우리끼리도 미치광이라 부르던 작자였으니까. 이기철이 끝나면 박윤석이 죄수를 치료했고, 다 나으면 죄수에게 생체실험을 했지."

연방수사관들의 얼굴을 똑바로 바라보며 김정협이 결론을 지었다.

"그런데 그들이 김태성과 함께 죽었단 말이지? 조선민주주의인민공화국 보위부와 수용소와 관련된 그들 네 명이 모두?"

진실의 문을 열 열쇠를 마침내 찾아낸 이영훈과 박세욱의 얼굴에는, 환한 미소가 아닌 먹빛 두려움이 자리하고 있었다. 과거에서 길어올린 끔찍한 진실이 두 사람의 영혼을 저 아래로 한없이 가라앉히는 듯했다. 박세욱이 이영훈을 돌아보았다.

"김태성까지 다섯 명을 죽인 범인은 탈북하려다가 보위부에 붙들려 수용소에서 죽도록 고생한 사람이겠군요."

눈을 가늘게 뜬 김정협이 두 연방수사관을 바라보았다. 과거를 더듬던 그가 입을 열었다.

"김태성과 진미옥이 붙들어 수용소에 보낸 탈북 기도자가 마흔 명 정도 될 거요."

김태성이 삼킨 하얀 알약 개수는 40개 이상이라고 3D 스캐너는 감식했었다. 이영훈이 그 사실을 언급하자 김정협은 빙긋 웃었다.

"처형이로군. 자신이 팔아넘긴 수만큼 약을 삼키게 했어."

복수였다. 그러나 정협은 그뿐만이 아니라고 강조했다.

"돈. 돈이 있어."

김정협의 설명은 이러했다. 김태성과 진미옥이 붙든 자들은 지위 높은 자들이었다. 그자들이 숨긴 돈을 찾는 게 회계사 김태성의 주 업무였다. 떡을 집어든 손에 어찌 떡고물이 안 묻는단 말인가. 김정협도 놀랄 만큼 김태성이 모아놓은 자금은 막대했다.

"보위부에서 그 사실을 알아내고, 김태성을 제거하려 든 겁니까? 그래서 그들 부부가 탈북한 거예요?"

김정협의 눈동자에 야비한 기색이 얼핏 떠오르다 사라졌다.

"비슷하지만 틀렸소. 김태성에 대한 보고가 올라왔는데, 난 그걸 비공식적으로 처리하려 들었거든. 내 오만이 일을 망쳐놨지. 난 그놈을 개새끼 정도로 여겼어. 그 쌍놈의 송곳니가 얼마나 뾰족한지 모르고."

김정협이었던 노민섭이 털어놓는 이야기가 두 사람을 더욱 깊은 진실로 이끌었다.

2048년 12월 16일 오후 6시 41분, 평양

동흥동 아파트의 분위기는 평소와는 몹시 다르다. 김태성은 누군가와 통화를 하고 있고, 진미옥은 짐을 꾸리느라 바쁘다. 뭔가 단단히 결심을 굳힌 얼굴의 김태성은 말도 붙이기 어려워 보인다. 얼굴을 잔뜩 찡그린 미옥은 짐을 꾸리는 일이 납득이

가지 않아 행동이 몹시 더디다.

"아까 드렸던 말씀, 저희 집에서 마저 나누면 어떨까요. 그럼 기다리겠습니다."

귀를 쫑긋거리지만 김태성이 누구와 통화하는지 미옥은 알아내지 못한다. 의아한 표정을 지으며 방에서 나온 미옥이 남편을 향해 불만스레 웅얼거렸다.

"난데없이 짐을 꾸리라니. 대체 무슨 영문이에요?"

김태성은 입을 못 떼고 갈등한다.

"그냥 그리 되었어."

김태성이 장롱을 열어 여행용 가방에 제 옷을 쑤셔 넣는다. 그는 혼란스럽고 심난해 보인다.

오늘 새벽 컴컴한 시각에 밖으로 나간 김태성은 오후 늦게야 집에 돌아왔다. 여행 허가증이 나왔다며 김태성은 저녁을 준비하려던 진미옥에게 다급히 짐을 꾸리라 일렀다.

남편의 성화에 짐을 싸지만, 진미옥은 머릿속은 몹시 복잡하다. 점차 생각에 잠기면서 그녀의 행동이 더 느릿느릿해진다. 여간 이상한 게 아니네.

오전에 무슨 볼일을 보는 건지 김태성은 새벽바람을 맞으며 나갔고, 아까 김정협은 김태성과 점심 약속이 있다고 전화했었다. 그리고 늦은 오후에 돌아오자마자 남편은 여행을 떠나야 한다며 부산을 떤다. 이게 대체 무슨 조화란 말인가. 설마 점심 식사를 하면서 김정협 선생에게 여행중 교부를 부탁한 건 아니 겠지.

어쩌면 식사 중에 김정협 선생께 책망이라도 들었던 건 아닐까. 그 생각이 들자 진미옥은 짜증이 솟구친다. 그 자리에서 그릇된 얘기라도 흘러나왔던 걸까. 미옥은 몹시 미심쩍다. 새벽에 비밀스레 나갔다 돌아온 김태성이 왜 생전 안 가던 여행을 떠나자며 저 성화를 부린단 말인가.

"대체 왜 이 난리를 겪어야 하는지 말씀이라도 해주시란 말입니다."

미옥이 가방을 홱 밀치며 왈칵 성을 내자, 큰 가방을 현관으로 가져가던 태성이 우뚝 멈춘다. 잔뜩 굳은 남편의 얼굴을 돌아본 미옥의 가슴이 저도 모르게 덜컥 내려앉는다. 몇 년을 함께 살았지만 저런 표정은, 공허로 가득한 저 얼굴은 처음이다. 태성이 천천히 말한다.

"미옥아, 우리 달아나자."

진미옥은 자신이 무슨 말을 들은 건지 이해하지 못한다. 머리 어딘가가 고장 난 사람처럼, 남편을 향한 미옥의 얼굴은 멍하기까지 하다.

"무슨 말이에요?"

"그래. 나 제정신 아니야. 미친 거 맞아. 근데 나 말이야."

"뜸 들이지 말고! 왜 그러는 거예요? 김정협 선생께 뭔가 실수했어요? 죄 저질렀어요?"

"김정협이 왜 나와?"

"아니에요? 점심에 김정협 선생과 식사⋯⋯."

"김정협 선생이랑 식사한단 얘기, 전혀 안 했는데."

쏟아진 말들이 사방에 가득 차 출렁거렸고, 퇴락한 돌기둥처럼 두 사람은 그 사이에 마주 서 있다.

이윽고, 김태성이 먼저 무너진다.

"나 평생 처음으로 누군가를 완전히 믿어보고 싶어. 당신을 온전하게 믿어보고 싶다고."

그 말은 너무도 낯설다. 무슨 소리인가 싶어 진미옥은 김태성을 빤히 쳐다본다.

"우리, 달아나자."

진미옥은 남편의 말을 도통 이해할 수 없다. 한두 시간 안에 겪기에 이 일들은 너무도 괴상망측하다. 대체 어디로, 무엇 때문에 달아난단 말인가? 대체 왜?

진미옥의 난데없다는 표정이 김태성은 슬프다. 너는 전혀 모르는구나. 내가 너와 김정협이 벌인 짓거리를 죄다 안다는 사실을, 너는 조금도 몰라. 그로 인해 빚어진 내 크나큰 고통까지도, 전혀. 그건 니가 내 고뇌와 슬픔에 전혀 관심이 없다는 의미이기도 하지. 아아, 태성은 절망한다. 내 아내 미옥아⋯⋯ 내가 니 배반을 영영 모를 거라 생각했어?

진미옥은 감을 잡아간다. 말하지 않아도 아는 그런 종류의 예감을, 그녀는 눈치챈 것이다. 아니라고 말해야 해. 말 같지도 않은 추측으로 사람 우습게 만드는 게 남편이 할 일이냐고 쏘아붙여야 해! 그러나 미옥은 태성의 시선에 뒤섞인 비난을 부인하지 못한다. 충격받은 그녀는 표정을 어찌하지 못한다.

"당신은 날 배신했지."

"무슨 말이에요!"

"알잖아! 내가 그 말을 굳이 내뱉어야만 해?"

"아니…… 아니요…….'

"내 사랑과 믿음은 배반당했어. 하지만 미옥아! 난 다시 한번 믿어보려 해, 널!"

입을 틀어막은 미옥이 저도 모르게 뒷걸음친다. 김태성이 내뱉는 말들이, 그녀를 허물어뜨리고 있었다.

"한 번은…… 한 번은 그럴 수 있어! 수많은 밤과 낮 동안 널 내 마음에 둘지, 저 멀리로 내몰지 고민했어. 하지만 결심했어."

아니요, 그럴 필요 없어요. 난, 나는…….

"나는 다시 널 받아들이려 해. 너 진미옥은 내 아내야. 다른 누가 아무리 흔들어도 내 마음에 박힌 널 빼낼 수 없어. 그러니 돌아와. 함께 가자."

"어디로요……?"

"북쪽으로, 강을 건너자."

조국을…… 등지자고? 미옥은 경악한다. 너무도 놀란 그녀는 굳은 얼굴로 아무 소리도 못 내고 살살 도리질만 친다.

지금 해야 해. 김태성은 미옥에게 지금껏 감춰왔던 비밀을 털어놓는다.

"점심 시간에 만난 김정협이 내게 무슨 얘길 했는지 알아?"

짐작조차 하지 못한 진미옥은 그저 멀거니 김태성을 바라볼 뿐이다.

"돈을 내놓으라더군."

"돈? 무슨 돈?"

묻고 나서야 미옥은 깨닫는다. 미쳤구나. 저이가 설마…….

그랬다. 점심을 함께 드는 내내 김정협은 김태성을 조곤조곤 을러댔다. 이봐, 김태성. 네가 따로 떼어둔 돈에 대해 알아냈어.

"돈? 당신, 돈을 따로 모아뒀어? 보위부에 몽땅 주지 않고?"

"나도 희망이란 걸 가져보고 싶었어."

"뭐?"

"희망! 그걸 가지면, 몰수한 재산에서 얼마간 내가 쥐고 있으면, 나도 꿈을 꿀 수 있을 것만 같았어."

진미옥의 눈이 휘둥그레진다. 미친 듯이 양팔을 휘둘러 온 집 안을 가리키며 그녀가 외친다.

"니 미친 짓거리가 부숴버릴 것들을 봐!"

폭발한 진미옥이 발을 구르며 성을 낸다. 격분한 아내를 설득하려 그녀를 붙들지만, 태성의 행동은 미옥의 성미를 돋울 뿐이다. 김태성을 떠민 미옥이 악을 쓴다.

"우린 국가의 적을 잡아들여왔어. 국가를 배신하고 등지려는 자들을 국경선에서 잡아다 수용소에 처넣고, 그들이 미리 숨긴 재산을 보위부에 바쳐왔어."

"미옥아, 그건 더러운 짓이었어!"

"더럽다고? 그건 나라를 위해, 당을 위해 벌인 일이야."

"국가를 위해? 웃기네. 대단한 공적이라도 세우셨네? 우린 그저 남을 속이고 우릴 믿어준 자들을 팔아넘긴 것뿐이야."

"아니! 우린 국가의 자랑이자 당의 충성스러운 도구야. 그게 우리였어! 그런데 국가에 바칠 돈을 따로 모아뒀다고? 이제는 철조망 사이로 몸을 구겨서 달아나겠다고? 얼어붙은 강을 기듯이 건너서 중국 공안과 보위부 첩자 사이를 빠져나가겠다고?"

아랫입술을 잘근잘근 씹던 김태성이 천천히 진미옥에게 다가갔다.

"아직 기회가 있어."

"무슨 기회?"

"김정협은 내가 모아놓은 돈을 개인적으로 착복할 작정이야. 보위부는 아직 내가 한 짓에 대해 모르고. 그러니 오늘이 탈북하기 가장 좋은 때야."

"미쳤구나?"

"2억 달러야."

"뭐?"

"2억 달러를 쌓아놨어. 해외 계좌에."

돈의 규모에 숨이 멎게 놀란 미옥이 막혔던 숨을 흐윽 몰아쉰다. 그러나 아무리 많은 돈이 있다한들, 목숨 건 탈출이 성공한 뒤의 얘기다. 미옥은 보위부를 떠올리며 경련하듯 몸을 떤다. 김정은의 사냥개들은 끈질기고 지독하며 자기를 속인 존재를 결코 놔두지 않는다. 세계는 좁고, 달아날 곳은 적으며, 안전한 곳은 남아 있지 않다. 주저앉은 미옥이 아랫입술을 깨문다. 미친놈이야, 대체 어딜 간다고…….

"여기가 아니라면 어디든! 너 진미옥을 온전히 갖게 만드는 곳이라면 어디든."

푹 무너져 앉아 자신을 올려다보는 진미옥을 내려다보며 김태성이 고개를 끄덕인다.

"당신과 김정협이 벌인 일을 알아. 그리고 그놈이랑만 그런 게 아니란 것도 알아. 네가 벤츠를 타고 평양호텔을 오가며 다른 보위부 간부들과 벌인 짓 또한 알아. 내 집 침대가 너와 누군가로 인해 흐트러졌다는 걸 알아."

"미쳤어. 당신은 미쳤어요."

"아니! 지금 이 순간마저도 난 널 버리지 않았어. 모두 잊을게. 죄다 남김없이! 그러니 부디 날 위해, 함께 달아나자."

김태성의 호소는 간절하다. 그의 목소리, 사람을 감는 묘한 매력의 쉰 목소리. 그게 미옥을 저 아래로부터 깊이 감아든다. 하지만 어떻게 조국을 등진단 말인가. 태성의 처절한 호소에, 거의 설득당할 뻔한 진미옥은 쉬운 길을 떠올린다. 널 고발하는 것. 너를 보위부에 넘기고, 내가 지금껏 지닌 것들을 잃지 않고 보전하는 방법이 내겐 남아 있어. 진미옥이 천천히 시선을 돌린다. 대답이 태성이 희망을 짓이긴다. 미옥이 의도했던 것보다 더 참혹하게.

"안 돼."

그 순간 태성은 자신의 심장이 얼음덩어리로 뒤바뀌는 착각을 느낀다. 거대한 전환점에 그는 서 있다. 결코 돌아갈 수 없는 어떤 지점을 막 통과한 태성은, 벗어던질 수 없는 지독한 고통에 격렬히 휘감긴 듯하다. 태성은 되묻지 않다가, 미옥에게 간신히 대답한다.

"그게 당신 대답이군."

그 순간 현관에서 벨이 울린다.

현관을 돌아보는 미옥을 깊이 들여다보며 태성은 생각한다.

이제 명쾌해졌군. 당신이 좋아하는 그런 모양이 되었어. 미적거릴 필요 없이 딱딱 들어맞는 그런 상황이 되어가는군.

자기를 돌아보는 미옥에게 태성이 미소 짓는다. 미옥의 대답이 모든 걸 또렷하게 만들어주었다. 태성은 이제 흔들리지 않는다. 그럴 필요가 없게 되었어. 김태성이 현관으로 걸어간다. 비척비척 일어선 미옥은 들어온 사람을 보고 화들짝 놀란다.

김정협은 상황을 전혀 모르는 눈치다. 그로서는 드물게, 김정협의 관심은 진미옥이 아닌 김태성을 향해 있다. 두 남자가 악수하고, 주인은 손님을 거실 중앙으로 안내한다.

"당신 전화를 받자마자 이리 오는 길이오."

"점심 같이 하셨다면서요?"

아내가 질문하자, 김태성이 설명을 보탠다.

"그랬지. 그런데 얘기가 좀 남아서. 들어오기 전에 전화를 드렸지."

김정협이 김태성을 슬쩍 돌아본다. 두 사람 사이엔 얘기가 되지 않았나 보군. 최근 보위부 감찰 문건에서는 해외 계좌 동향에 대한 미심쩍은 언급이 있었다. 누군가 HSBC 계좌에 수상한 짓을 벌였다는 첩보였고, 김정협은 김태성을 떠올렸다. 그만한 솜씨를 지닌 자 중에서, 그만한 돈을 주물렀던 자는 김태성 하나뿐이었다.

김정협은 그 돈을 내놓으면 목숨을 살려주겠노라고 제안했다. 내가 덮어주지, 보위부 누구에게도 그 감찰 문건이 올라가지 않게끔 막아주겠다 이 말이야. 태성이 점심을 삼키며 들었던 말들은 그런 것들이었다.

"얘기가 남으셨다고요?"

김태성은 진미옥이 무슨 이야기를 낼지 불안하다. 문 밖에 선 보위부 경호원은 작은 소란에도 문을 박차고 들어설 테고, 왜소하고 뼈마디가 여린 자신은 키가 크고 몸이 두꺼운 김정협을 상대하지 못할 게 분명했다. 하지만 김태성은 아무 말 않고 그저 진미옥을 쳐다만 본다. 진미옥 또한 김태성을 바라볼 뿐 어떤 경고도 외마디 비명도 내지 못한다. 평소의 김정협이었다면 두 사람 사이의 미묘한 상황을 금세 감지했을 게 분명했지만, 산더미 같은 돈이 가져다줄 기쁨으로 가슴이 벅차오른 그는 상황을 파악하지 못한다. 김태성이 김정협을 난롯가 앞 의자로 데려간다.

"만나 뵙고 처리해야 할 일이라서요. 입출금에 관한 서류라든가, 돈이 오간 내역이라든가 직접 보셔야 할 테니. 당신은 차라도 내오지?"

얼떨떨한 얼굴을 하고 있던 미옥은 부엌으로 걸어간다. 의자 옆 탁자엔 예전에 백영환이 사들고 온 초콜릿 상자가 놓여 있고, 김정협은 거기로 손을 뻗는다. 태성은 백영환에 대해 생각한다. 나 또한 수용소에 갇혀 감시병들의 사나운 눈초리 앞에서 노동형을 받으려나. 도로를 깔기 위해 한겨울 찬바람에 곡괭이질을 하거나 뙤약볕 아래 밭고랑 사이에서 허리가 부러지게 호미질을 하며 죽음을 기다리는 삶. 그사이 이뤄질 무수한 자아비판과 잔혹한 고문과 끔찍한 형벌을 견디며 혀 깨물 충동을 어쩌지 못하는 삶.

내가 팔아넘긴 사람들은 그런 삶을 살고 있으리라.

김태성이 웃는다. 아니, 나는 그 문으로 들어가지 않아.

김태성이 내놓은 서류를 들여다보던 김정협이 황당하다는 표정을 짓는다. 횡령 금액을 짐작만 했던 정협은 이 정도로 많은 돈이었는지 미처 몰랐다. 눈을 휘둥그레 떴던 정협이 이내 킬킬거린다.

"2억 달러? 대체 뭘 하려고 했나? 이걸 해외 비밀 계좌에 쟁여놓고 뭘 하려 했어?"

"그냥 모아왔던 겁니다. 개미니까요, 개미니까."

그렇게 대답하며 김태성은 일그러진 미소를 보인다. 무엇을 위해 그래 왔는지 말할 필요는 이제 없었다. 희망은 이미 깨져버렸으니까. 복수할 것이다. 이제 다른 길은 없다. 그렇구나.

명료해진다는 건, 이래서 좋은 거로구나.

미옥이 커피를 가져온다. 그녀가 든 커피 잔이 달그락거린다. 돈 생각에 골몰한 정협은 저 대담한 여인이 왜 손을 떠는지 생각할 여력이 없다.

"왜 여태 평양에 박혀 살았나? 탈북이라도 해서 세상 어디에서든 신명나게 살지."

그 말을 낸 뒤에야 김정협은 진미옥의 얼굴을 쳐다본다. 지독한 혼란에 빠진 그녀는 겁에 질린 듯한 표정이다. 여전히 아무

것도 눈치채지 못하고 미소를 머금었던 김정협은 진미옥이 탁자에 올린 커피 잔을 들어올린다. 이런 순간에는 한 잔의 코냑이 더 낫겠다는 생각을 하며.

커피 한 모금을 마신 정협이 잔을 내려놓기도 전에 몸을 구부린다. 잔이 옆으로 쓰러지고 커피가 탁자에 쏟아졌다. 그 때문인지 김정협 때문인지, 진미옥이 비명을 삼키며 뒤로 넘어진다. 자기 목을 움켜쥔 정협이 융단 위에서 나뒹군다. 놀란 미옥이 비명을 지르지 못하도록, 김태성이 아내를 붙든다.

"당신, 무슨 짓을 한 거야!"

김태성의 대꾸는 잔잔하다.

"여보, 당신은 찻잔을 엎어놓는 걸 늘 잊지. 그러니 잔 바닥에 고인 약간의 액체가 물인지, 내가 부어놓은 독인지 알아차릴 리가 없잖소. 거기에 커피를 탔으니……."

나긋나긋한 목소리로 그는 가볍게 꾸짖듯 말한다.

"난 네게 진정한 사랑을 구했어. 하지만 넌 그걸 뿌리쳤지. 그러니 네게 평생의 괴로움을 주면서도, 절대 놔주지 않을 거야. 달이 지구를 벗어날 수 없듯, 너 또한 내 싸늘한 주변을 뱅뱅 돌게 될 거야. 저 차가운 바깥에서 늘 같은 자리를, 영영."

겁에 질린 진미옥의 귀엔 김태성의 영원한 약속과 김정협의 쉭쉭거리는 가느다란 비명이 뒤섞이며 들려온다. 괴로움을 견디다 못한 김정협이 김태성의 바짓단을 붙들고 늘어진다. 그는 고함을 지르며 경호원을 부르고 싶지만, 타버린 목구멍에선 공기 빠지는 소리밖에 나오지 않는다. 김태성 따위는 개 다루듯 어르기만 하면 그만이지. 김정협은 내심 그리 생각했고 돈을 삼키는 자리에 경호원을 대동하는 건 멍청한 짓이라 여겼다. 괴로움으로 몸을 뒤트는 김정협에게 김태성이 허리를 구부린다.

"대답을 가져오라 했나, 지도원 동무? 이게 내 대답이야. 괴롭나? 내 침대에서 내 아내와 그 짓을 벌였을 때 이 정돈 각오했어야지."

김태성의 바짓가랑이를 움켜쥐던 김정협이 푹 쓰러져 움직이지 않는다. 공포에 질린 진미옥은 넋 나간 얼굴로 주저앉았다. 김태성이 아내를 돌아보며 묻는다.

"우리가 보위부 간부를 죽였군."

"뭐? 우리? 미친놈아, 당신 혼자……."

"그걸 보위부가 믿겠어? 믿을 수도 있겠지. 당신을 전기로 굽고 물 먹이고 살이 터지게 때리고 나서 믿겠지. 당신이 그걸 견딜 수만 있다면."

이런 일이 벌어지리라곤 상상조차 못한 진미옥이 머리를 움켜쥔다. 가까이 다가온 김태성이 진미옥을 잡아 강제로 일으킨다. 기절하기에 그녀는 너무나 강인했다. 그래, 그건 저 사람 말이 맞아. 김정협이 죽었으니 이젠 달아나는 수밖에 없어.

김태성이 김정협의 몸을 뒤져 별이 새겨진 은색 TT권총을 꺼낸다. 보위부원들이 쓰는 신형은 그나마 나았지만, TT권총은 지독히 낮은 명중률로 악명 높았다. 가까이에서 쏴야 해. 김태성은 이를 악문다. 그리고 김정협이 늘 하던 대로, 손마디로 문을 똑똑 두들긴다. 경호하는 보위원이 문을 열기를 기다리면서.

타앙!

고통으로 몸 구부린 보위부원에게 다가간 김태성이 다시 방아쇠를 당겼고, 구멍 난 머리에서 솟은 피가 배반자의 얼굴로 방울방울 튄다. 죽은 경호원을 뒤져 차 열쇠를 꺼낸 김태성이 진미옥을 돌아본다. 김태성을 바라보던 진미옥은 모든 걸 단념하고 짐 가방을 가지러 방으로 간다. 커다란 가방을 김정협의 차에 던져넣는 김태성을 보던 진미옥의 머릿속에 순간 2억 달러라는 폭죽이 폭발한다.

그래, 2억 달러.

진미옥의 미묘한 변화를 알아차린 김태성이 냉소를 짓는다. 얘기했잖아. 너는 영영 차가운 저 바깥을 계속 맴돌 거라고. 그는 단 한 푼도 아내에게 넘겨주지 않으리라 작정한다. 2억 달러의 흔적만을 뒤쫓으며, 남은 생을 견디며 살게끔 미옥을 고문하리라 맹세한다.

진미옥은 철조망과 차디찬 강물과 삼엄한 국경 도로와 날카롭게 눈 뜬 공안을 떠올린다. 그 사이에 그들이 가야 할 좁은 길이 놓여 있다. 진미옥은 고통스레 깨닫는다. 자신이 수용소로 밀어넣었던 사람들이 감당했어야 했던 탈북의 괴로운 과정에 놓인 자신의 아이러니한 진실을, 차마 외면 못 하고 그리 고통스레.

2078년 12월 16일 오후 6시 55분, 평양

노민섭의 이야기가 끝났지만, 두 연방수사관은 꼼짝하지 못했다. 그들이 쫓던 진실이 그런 얼굴을 하고 있었을 줄은, 그들은 전혀 몰랐다.

"이건 그들을 뒤쫓던 보위부원들이 밝혀낸 사실이오. 보위부는 치밀했고, 김태성이 구리다는 낌새를 알아챈 직후부터 나 몰래 그들을 도청했소. 그 탓에 그 사건 이후 나도 수용소에 갈 뻔했지."

김정협이 멍한 손짓으로 자기 목 부근을 더듬었다.

"직전에 먹은 초콜릿이 남아 있지 않았더라면, 독약은 내 혀와 목구멍을 전부 태워버렸을 거요. 망가진 건 목소리만이 아니었지. 보위부는 나에 대한 신뢰를 잃었고, 난 몰락했소."

비루먹은 개처럼 동네 어귀를 떠돌던 김정협은, 2064년 내전이 터지자마자 남한으로 귀순했다. 김정협이 남한 정부에 건넨 정보는 보잘 것 없었고, 그가 알던 것들은 뒤집힌 세상에서 이

235

미 낡아 버린 뒤였다. 남한에서 살다가 중국으로 건너간 김정협은 개혁개방이 순조로워지자 북조선에 돌아왔다.

"그럼 다섯 명을 죽인 자들의 목적이 뭐죠? 복수와 함께 김태성의 돈을 찾겠다?"

"그럴 거야. 허나 그것만은 아닐 테지."

좋은 기억을 떠올리는지 김정협이 히죽 웃었다.

"진미옥 그년이 왜 김태성을 떠나지 않았겠소? 그들은 부부였지만 한순간도 진실한 관계이지 않았어. 그들은…… 사업 파트너에 가까웠지."

"김태성은 그렇게 생각하지 않았지요."

"진미옥과 달리, 불행하게도."

그럼 진미옥이 김태성을 떠나지 않은 건 단 하나, 돈 때문이었을까. 이영훈은 사업 파트너라는 김정협의 말이 신경 쓰였다.

보위부는 2048년 탈북 이후에도 김태성 부부에 대한 추적을 계속했다. 2억 달러는 대충 집어치우기엔 너무도 막대한 돈이었다.

"김태성 그놈은 HSBC 마카오지점에서 돈을 빼냈어. 그 돈을 현금화했겠나? 분명 다른 계좌로 조금씩 나누어 송금했을 거야. 보위부는 일부를 알아냈지만 대부분은 찾아내지 못했어."

"마카오까지 도망가서 그런 복잡한 일을 벌였다고요?"

"말했잖아. 김태성 그놈이 숨긴 돈을 찾아내는 일에 얼마나 능한지를. 그렇다면 그 반대의 짓도 얼마나 잘 했겠나."

뭉칫돈을 꼭꼭 숨기는 방법 또한.

"하지만 커다란 물을 담은 수조에선 물방울이 흐르기 마련이고 거대한 짐승은 다닌 흔적을 남기기 마련이지."

창밖은 어둠뿐이었고, 스탠드 하나만을 켜둔 호텔 방 안은 어둡고 을씨년스러웠다. 이영훈과 박세욱은 김태성을 죽인 자들이 약을 한 알씩 먹이며 김태성에게 돈의 행방을 물었다는 사실을 천천히 깨달았다. 그리고 마침내 두 연방수사관이 진실을 섬뜩하게 깨달았다.

"살인자들이 그 돈을 김태성에게 받아내지 못했다면……."

"돈이 숨겨졌을 장소로……."

"다시 찾아오겠지. 그 아파트로, 진미옥 혼자 있을 김태성의 집으로!"

2078년 12월 16일 오후 9시 21분, 평양

동흥동 아파트엔 불이 환했다. 양손을 허리에 짚은 진미옥은 씩씩거리는 중이었다. 도둑이라도 맞은 듯 뒤집어진 아파트 한가운데에 그녀는 서 있었다. 개새끼! 그녀는 태성이 숨겨놓은 돈을 찾는 중이었다.

김태성과 탈북한 이후, 그녀는 내내 시도했었다. 진미옥은 남편의 눈을 피해 김태성의 계좌를 추적하고, 사람을 시켜 그의 뒤를 밟게 하고, 흥신소를 통해 사무실과 별장을 뒤져보게 했었다. 그럴 때마다 김태성은 돌아와 아내를 비웃었다. 고귀한 내 사랑, 대체 뭐 때문에 이러는 거요?

그녀의 남편은 미치광이 사디스트였다. 김태성은 평생 숫자를 주물럭거렸으면서도 장부와 모니터에 기입된 숫자를 신뢰하지 않았다. 그는 돈은 오프라인에, 손이 닿는 곳에 두어야 한다고 믿었고, 회사 공금과 집의 생활비도 그런 식으로 손에 잡히게 두었다. 회사엔 두꺼운 금고가 놓였고, 찬장 깊숙하게 자리한 마분지 상자엔 여유분의 현금이 늘 놓여 있었다.

절대 그 돈을 은행에 넣었을 리 없어!

하지만 각고의 노력에도 불구하고, 이정현이나 김태성이나 어떤 차명으로도 김태성이 숨긴 돈은 발견되지 않았다.

죽을 때까지 입을 다물었던 김태성이었다. 하긴 돈의 행방을 실토했더라면, 살인자들이 그이를 살려뒀을까. 어쩌면 태성은 돈의 행방을 말했을지도 모른다. 얼굴도 모르는 작자들이 그 돈을 만졌을 거라는 데까지 생각이 닿자, 진미옥의 피가 거꾸로 솟는다. 그 돈은 그녀의 것이었다. 탈북하던 2048년부터 지금까지 30년의 세월 동안 악마 곁에서 조롱과 수모를 견뎌낸 진미옥 자신의 것이어야만 했다. 조바심에 안달이 난 미옥이 초조하게 손톱을 깨물었다.

진미옥이 집 안을 둘러보았다. 책들은 책꽂이에서 모두 빠져나와 바닥을 뒤덮고 있었고, 옷걸이가 덜렁거리는 옷장은 모두 문이 열려 있었다. 찬장과 냉장고 뒤까지 더듬으며 미옥은 서류를 꿈꾸었다. 그 돈이 담겨 있을 유럽 어떤 은행 통장과 그 계좌와 연관된 갖가지 서류가 담긴 갈색 봉투를, 그녀는 온 마음을 다해 갈망했다. 그게 이 집 어딘가에 분명 있을 거야!

하지만 아무 것도 없었다. 약이 오른 진미옥이 악을 썼다.

"야비한 자식아, 어디 둔 거야! 그 돈을 줄 것처럼 굴면서 30년 동안 네 발을 핥게 했잖아, 개새끼야!"

그녀가 홧김에 손을 내저어 장롱 문을 쾅 하고 닫자, 천장에 걸린 샹들리에의 반짝이는 크리스털이 가볍게 흔들렸다. 원체 좋지 않았던 건물의 전력장치가 깜빡이더니 2초가량 정전되었다 그쳤고, 찰랑거리던 샹들리에 크리스털이 전등불을 받아 다시 반짝거렸다. 그러나 진미옥의 가쁜 호흡은 여전히 진정될 줄 몰랐다.

'모두 잊을게. 죄다 남김없이! 그러니 부디 날 위해, 함께 달아나자.'

'안 돼.'

간절한 호소가 지닌 처절함에, 그녀는 거의 설득될 뻔했다. 하지만 조국을 등질 순 없던 진미옥의 대답은 단호할 수밖에 없었다. 희망이 짓이겨졌던가? 김태성이 참혹함을 느꼈을 거라는 짐작을, 진미옥은 지금에서야 겨우 했다.

진미옥의 대답에 김태성은 평생 충실했다. 그는 그런 남자였다. 자신이 충실하겠다고 결심한 대상에 대해, 더할 나위 없이 절대적으로. 한때의 간절함을 거절한 아내를, 김태성은 평생 용서하지 않았다.

그게 어떻게 네 돈이야? 내가 엮은 거야. 나 진미옥이 그놈들을 엮어줬기에 네가 그 돈을 주무를 수 있던 게지.

맹렬한 분노로 진미옥은 발을 굴러댔다. 혹시 땅에 묻은 건 아닐까, 진미옥은 두려움을 느꼈다. 그걸 그대로 내버려둔다면, 잊힌 2억 달러는 흙과 함께 썩어갈 것이었다. 죽어서 묻힐 태성과 함께 영원히.

찾아야 해. 그 일념 하나로 견뎌온 30년이었다. 김태성의 앙갚음은 얼마나 집요하고 지독했는가. 그는 아내를 사랑해서 함께 국경을 넘은 게 아니었다. 그는 영원히 복수하기 위해, 복수의 대상을 자기 영향력 아래 영구히 두기 위해, 함께 국경을 넘은 것이었다. 김태성이 김정협을 죽이지 않았더라면, 진미옥은 아무 공안에게나 뛰어들어 살려달라고 외쳤을 것이었다. 하지만 난 그리 할 수 없었지. 보위부가 동료의 보복을 얼마나 악랄하게 하는지, 나만큼 아는 사람은 없을 테니. 김태성은 김정협을 독살했고, 권총으로 보위부원을 쏘았다. 그녀는 조국을 등질 수밖에, 배반할 수밖에 없었다.

　남한 국정원의 취조에도 미옥은 태성과 미리 맞춰놓은 대로 진술했다. 태성이 짜놓은 시나리오는 빈틈이 없었고, 그들은 새로운 신원을 곧장 제공받았다. 그 지경에 이르자 태성을 벗어나기는 불가능해지고 말았다. 그녀가 다른 방향을 잠깐잠깐 살필 때마다 태성은 귀신같이 그 말을 뱉어냈다. 여보, 내가 그 돈을 당신 아니면 누구와 나누겠소?

　30년이 지난 지금, 미옥은 태성의 그 말이 자신에 대한 조롱이었음을 안다. 태성은 동전 한 닢도 미옥에게 줄 생각이 없었다. 그는 조바심에 안달하는 미옥을 보며 조롱했다가 면박을 줬다가 다시 붙들어 희롱하길 즐겼다. 태성은 때리거나 목소리를 높이는 법이 없었다. 그러나 한순간도 사디스트이지 않은 적 또한 없었다. 화가 치민 미옥이 악을 썼다.

　"대체 어디 뒀어! 이 개새끼야!"

　그 순간 벨소리가 울렸다. 놀란 미옥이 현관을 향해 몸을 홱 비틀었다. 그녀가 몇 걸음 내딛기도 전에 문이 철컥 열렸다.

　며칠 전 봤던 청소업체 직원의 얼굴을 미옥은 간신히 기억해 냈다. 푸른색 청소업체 유니폼, 그리고 같은 색상의 모자.

　상체를 기울여 온통 뒤집어진 집 안을 들여다본 백정연이 물었다.

　"뭘 찾고 계시나 봐요?"

청소업자가 들어오지 못하게 문을 막고 잠그려들며, 미옥이 손사래를 쳤다.

"청소 필요 없어요. 어차피 내 손 닿아야 하는 거라."

백정연이 웃으며 대꾸했다.

"거절하시다뇨. 제가 도와드리지요, 진미옥 동무."

백정연이 손짓하자 청소업체 직원 서넛이 실내로 들어왔다. 두엇에게는 경호업체 직원들이 쓰는 삼단봉이 들려 있었고, 백정연의 손에는 예의 그 권총이 들려 있었다. 뒷걸음질치던 미옥이 소파에 풀썩 주저앉고 말았다. 진미옥 앞에 선 백정연이 겸허한 투로 고백했다.

"인정할 건 인정해야겠죠? 2064년에 수용소에서 풀려난 뒤 13년 동안 보위부 개새끼들을 잡아죽였지만, 이번 일엔 실수가 많았어요."

두려움으로 하얗게 질린 이선예, 아니 진미옥에게 백정연이 말을 이었다.

"이정현을, 김태성을 너무 얕봤어. 돈 정도는 쉽게 찾겠지 했는데, 평생 함께 산 당신도 짐작 못 하는군."

이선예가 아래턱을 덜덜 떨며 물었다.

"너, 누구야?"

"이 모든 일을 어떻게 알았는지부터 물어야 하는 거 아니야?"

백정연이 일어나 거실을 천천히 거닐었다. 무기를 들고 벽에 붙어 선 다른 자들이 오그라든 노인네를 차가운 눈으로 굽어보았다. 백정연이 벽난로를 살펴보며 입을 열었다.

"난 그 뭐냐…… 자아 비판을 하는 중이야. 너희 그거 좋아하잖아. 3시간씩, 4시간씩 이어지는 자아 비판. 잠도 재우지 않고 시키던 지겨운 그 짓거리……."

빙글빙글 웃으며 백정연은 가슴 앞으로 팔짱을 꼈다.

"우린 수용소의 아이들이야. 너희들이 잡아넣어서 거기 갇혀 자란. 이제 우린 우릴 잡아넣은 자들을 붙들러 다니지."

수용소라는 단어에 미옥의 신경이 미세하게 반응했다. 미옥의 반응을 보며 정연이 천천히 고개를 끄덕였다.

"그래, 너희 부부가 우리 가족을 수용소에 처넣었지."

혼란스러운 진미옥을 등지며 백정연은 뒤돌아섰다. 난장판이 된 집 안을 그가 천천히 돌아보았다.

"김태성이 보이스 알람을 걸어놨다면서? 그 얘길 듣고 얼마나 놀랐는지 알아?"

백정연이 한 걸음 한 걸음 진미옥에게로 다가왔다. 몸을 굽힌 그가 늙은 여인에게 물었다.

"내가 궁금한 건 이거야. 당신 남편 김태성은 왜 자기 죽음에 대해 당신 진미옥에게 물어보라 한 거지?"

한참 뒤, 진미옥이 덜덜 떨며 대꾸했다.

"모르겠어. 그 미치광이 사디스트 속을 누가 알겠어."

"모른다고? 응?"

"내가 저를 죽일 거라 여겼나 보지. 내 증오가 얼마나 거대한지 알고도 그리 조롱했던 놈이니까!"

한참 동안 진미옥을 굽어보던 백정연이 몸을 똑바로 세우며 묘한 미소를 지었다.

"부부 사이가 그다지 좋지 않았나 보군? 그래서야 쓰나. 몇 분 후면 다시 만날 남편인데."

겁에 질린 미옥에게서 눈을 뗀 백정연이 천천히 아파트를 돌아보았다. 그래, 그래. 당성이 짙고 충성심이 남다른 자들에게만 허락되었을 아름다고 특별한 공간이었겠군. 그 생각을 하자, 백정연은 갑작스레 뭉클함을 느꼈다.

"1950년의 전쟁 이후로 남이나 북이나 인민들은 항상 헐벗고 굶주려왔어. 1980년대에 남쪽 사정은 나아졌지만, 여긴 여전했지. 꿈도 없는 사막, 절망이 퍼진 황무지, 강철로 두들겨 다져낸 억압의 땅, 그게 우리 북조선이었지. 거길 탈출하려는 게 대단한 일이었나? 아니! 그건 인간이고자 하는 아주 가냘픈 열망이었어. 그 열망에 취한 우리를 낚으려 너희는 그물을 짰지."

손사래 치며, 진미옥은 오해라는 말을 꺼내려 했다. 하지만 어떤 말도 혀끝에 맺히질 않았다.

"열두 살에 수용소에 들어가야 했어. 온 가족이 다 거기 처넣어졌지. 거기 의무대장이었던 박윤석이 어머니와 누나 둘을 실험동에 넘겼어. 거기에서 박윤석 그 새끼는 생체실험을 해댔다지. 가스를 맡게 하곤 병이 얼마나 빨리 퍼지는지를 확인했고, 해독약을 먹이곤 다시 다른 독가스를 맡게 했어. 산 사람을 상대로 말이야!"

"난 몰라, 난……."

"수용소장이었던 조인철은 노동형에 처한 죄수들을 극한으로 몰아넣었지. 지하 900미터, 매캐한 뜨거움이 폐 안에 눌어붙는 곳. 거기에서 나와 아버지는 곡괭이를 휘둘러야 했어. 죽기 직전까지 곡괭이로 탄을 찍어야 했어."

백정연이 진미옥을 노려보았다.

"수용소에 들어가자마자, 아버지는 이기철에게 고문당했지. 전기로 가장 약한 살을 태워가면서, 내 아버지를 죽도록 괴롭혔어. 단지 지옥 같은 세상을 빠져나가고 싶어 했던 사람이었는데. 그랬을 뿐이었는데."

백정연의 뺨이 눈물로 젖어 있었건만, 깊은 곳에서 솟구치는 분노로 눈동자에서는 불이 뿜어져 나오는 듯했다.

"윤민희는 탈북을 꿈꾸던 우리 아버지에게 당신 부부의 존재를 알려준 첫 인간이었어. 그 악랄한 년이 구렁텅이에 밀어넣은 자가 얼마나 되는지 알아? 모를 거야. 너도 똑같은 인간이니까. 너희 때문에 우리는 지옥에 들어섰어."

"우리? 그게 누군데? 난 몰라!"

"주이란 대사 백영환은 아나? 수용소에 끌려갔을 때 그분에
겐 열두 살 된 아들이 있었는데, 이름이 백정연이었지."

놀라움을 금치 못하는 미옥에게 어금니를 꽉 깨물던 백정연
이 말했다.

"사흘 전만 해도 김태성이 머리인 줄로 알았어. 헌데 암만 들
여다봐도 김태성은 그 일 모두를 처리할 캐릭터가 아닌 거야.
그는 금화 주머니 무게를 가늠하는 저울에 불과했지. 뱀을 부리
는 독한 목소리는 따로 있었어. 너, 진미옥. 보위부 연락책인 김
정협과 묶인 추악한 여인."

백정연이 홱 달려들어 진미옥의 멱살을 잡아 흔들며 외쳤다.

"잠은 잘 잤나? 내 꿈엔 매일 수용소가 나오던데, 산목숨들을
그리 팔아넘기고도 잠이 잘 왔어? 너희 부부가 팔아넘긴 목숨
이 마흔둘이야. 그들을 그리 죽이고도, 살아지던가?"

그때 현관문이 열렸다. 권총을 든 사람은 북조선 공안 안은경
경위였다. 특유의 쏘아붙이는 목소리로 그녀가 물었다.

"뭐 하는 거야?"

힘이 빠진 백정연의 손아귀에서 벗어난 이선예가 허겁지겁
기어오며 웅얼거렸다.

"도와줘요, 도와줘."

엎드린 채 안은경의 바지를 붙든 그녀가 뒤를 향해 손가락질
했다.

"체포해. 내 남편을 죽인 놈들이래. 다른 사람들도 죽이는 놈들이래. 살인자야!"

"이 사람들이요? 청소업체 사람들인데요?"

"아니야! 저…… 저 사람이 나한테 말했어. 그이를 죽였다고. 수용소에 있었는데, 거길 보낸 게 우리여서."

"수용소라고요? 그 시절 수용소에 보내진 자가 한둘인가요. 수용소에서 태어난 사람도 있는데."

얼어붙었던 미옥이 천천히 고개를 들어 은경을 올려다보았다. 그녀를 굽어보며 안은경 경위가 나직이 말했다.

"늙은 뱀아. 니가 다 안다고 생각하니? 아니, 너 또한 모르는 것투성이지."

바짓가랑이를 붙든 진미옥의 손을 뿌리친 안은경이 퉁명스레 백정연에게 쏘아붙였다.

"암만 바빠도 문은 잠가."

"저 여자도 자살로 몰아 덮을 거라며. 누가 여길 온다고."

"연방수사관들이 쿵쿵거렸지만 그것도 끝이지."

백영환의 아들 백정연이 부하들에게 쓰러진 탁자와 의자를 세워놓게 시키고는 진미옥에게 턱짓했다.

"거기 앉아. 당신 남편이 앉았던 곳. 수용소로 보낸 한 사람 한 사람의 이름을 들으며, 당신도 한 알씩 삼키는 거야. 돈에 대해서도 얘기해보자구. 당신 남편이 훔쳤던 그 더러운 돈 말이야."

사내 하나가 진미옥의 덜미를 잡아 의자에 억지로 앉혔다. 안은경의 손짓을 본 다른 사내가 현관문으로 다가가는 순간, 누군가 문을 발로 확 찼다. 연방수사관 이영훈 경위와 박세욱 경사 손에는 권총이 들려 있었다.

"동작 그만!"

진미옥의 덜미를 잡았던 직원이 그녀를 인질 삼으려는 기색이 보이자 이영훈이 가차 없이 총을 쐈다. 천둥 같은 총성이 울렸고, 덩치 큰 사내의 가슴에 구멍 두 개가 생기면서 등에서 피가 뿜어져 나왔다. 비틀거리던 사내가 쓰러지기도 전에, 다른 사내가 박세욱을 향해 삼단봉을 휘둘렀다. 이영훈이 몸을 돌려 발포했고, 삼단봉 든 자가 총격을 받고는 나자빠졌다. 이영훈이 재빨리 공간을 훑었다. 총 맞은 놈들이 둘, 남은 놈이 셋이었다. 그중 하나는 총을 들었고, 나머지는 삼단봉을 빼든 상태였다. 그리고 북조선 공안이 있었다.

백정연이 총을 치켜들려 하자, 이영훈의 총구가 그쪽으로 향했고, 그 찰나를 이용해 안은경이 진미옥을 잡아 그 뒤로 숨었다. 박세욱은 반쯤 얼이 나간 얼굴이었다. 이영훈이 총구를 번갈아 돌리며 외쳤다.

"움직이지 마!"

총 맞은 자들의 가슴에서는 연기가 흘러나왔고, 거기에서는 살이 탄 냄새가 희미하게 배어나왔다. 동료를 잃은 백정연이 이를 악물었다.

"이 개새끼들이!"

박세욱 또한 제정신이 아니었다. 권총을 안은경과 진미옥을 향해 빼들었지만, 세욱은 자신이 뭘 겨누는지도 몰랐다. 그게 정말 내 잘못이었을까. 아니야, 당신 잘못이 아니야. 자기 눈을 똑바로 보면서 외치듯, 지원은 말했었다. 당신이 더 좋은 각도에 있었던 걸지도 모르지. 하지만 당신이 쏘지 않은 게 당신 잘못일 순 없어.

"아냐, 내가 쐈어야 해."

세욱의 중얼거림은 누구에게도 들리지 않았다. 내가 쐈으면, 더 나은 각도에 있던 내가 형수 목에 칼을 겨눈 작자를 내가 쐈다면, 민준이 형은 그 각도에서 발포하지 않았을 거야. 그랬다면 형수도…… 아기도, 지금까지…….

"세욱아! 세욱아!"

"전 휘말렸을 뿐이에요."

이영훈은 박세욱의 말을 못 알아들었다. 영훈은 자기가 방금 죽인 두 사람만으로도 정신이 아득해질 지경이었다. 죽은 자를 힐끔거리며 이영훈은 욕설을 내뱉었다. 씨발, 씨발! 그의 혈관은 엄청나게 부풀어 있었고, 아드레날린으로 심장은 터져나갈 듯했다.

"살려줘요!"

진미옥이 허우적거리며 외쳤고, 안은경이 노파의 목덜미를 내리눌렀다. 이영훈을 향해 총을 겨눈 백정연이 화를 냈다.

"다 덮었다며?"

이영훈이 그 말을 받아쳤다.

"눈이 오면 잠깐 덮이는 듯싶지. 하지만 봄의 따스함에 결국 모든 게 다 드러나."

백정연은 말로든 행동으로든 물러설 생각이 전혀 없었다.

"아니던데? 개혁개방의 햇볕이 드리워진 뒤에도, 김씨 왕조가 죽이고 강간하고 약탈하고 무너뜨린 사람들의 사연은 어둠 속에 여전히 머물러야 하던데?"

너였군, 청소업체. 그제야 백정연을 알아본 이영훈이 안은경을 향해 이를 갈았다.

"이봐요, 공안 나리. 우린 뭔가 대화가 잘 맞는다 싶었는데."

방패 삼은 진미옥을 일으켜 세우려 목에 감은 팔에 힘을 바짝 준 안은경이 조롱조로 대꾸했다.

"남쪽 사람들이랑은 체질적으로 안 맞아서."

삼단봉 든 자가 아주 천천히 자기 뒤쪽으로 움직이는 걸, 이영훈은 알아차렸다. 각도는 박세욱 쪽이 더 좋았다.

"세욱아! 박세욱 경사!"

진미옥이 자기 오른쪽에서 총을 겨누고 선 박세욱에게 속삭였다.

"쏴! 쏴버려."

박세욱은 자꾸 자기 사각으로 빠지려는 삼단봉 든 사내가 신경 쓰였지만, 아무 반응도 할 수 없었다.

"김태성을 죽인 자들이 이리 돌아올 거라고 생각했지만, 안은경 경위 당신이 있을 거라고는 상상 못했는데."

"자살로 돌리려고 그리 애를 쓰더니."

세욱이 그제야 말을 털어냈다. 그의 억양엔 분노가 담겨 있었다.

"날 쏠 기회가 있을까? 없을걸?"

세욱은 대꾸 없이 격발 장치를 당겼다. 연방수사관들의 집중을 흐트러뜨리려 백정연이 입을 뗐다.

"너흰 우리를 이해 못해."

"당신들을 이해할 필요가 있을까? 서로 달리 살아온 두 존재가?"

이영훈이 대꾸했다. 사각으로 도는 자를 시각 안에 잡아두기 위해, 그는 자기 몸을 조금 뒤로 당기는 중이었다.

"그럼 등돌린 채 살았던 시절로 돌아가야 하나? 섞일 필요 없이?"

이번엔 진미옥을 껴안은 안은경이 말했다. 삼단봉 든 자의 의도를 알아차린 그녀는 빼든 권총을 이영훈에게 겨눠야 할지, 박세욱에게로 돌려야 할지 갈등하고 있었다.

"섞여야 한다? 하지만 절대로 섞일 수 없는 존재들이 있지."

이영훈이 덧붙였다. 그는 자신을 버린 서울지부 연방수사국을, 자신과 섞이지 않으려드는 평양지부 팀원들을 떠올렸다.

"나 또한 용납되지 않는 존재들과 함께 있어. 버리지도 않고, 버려지지도 않으려 애쓰며, 그저 서로 납득하기만을 기다리고 있지."

"쏘라니까."

진미옥의 목소리가 조금 높아졌다.

이영훈 경위의 상황을 다른 셋은 몰랐기에, 그의 말을 온전히 이해할 수도 없었다. 그러나 안은경은 그 말에 묘한 의미가 담겨 있다고 생각했다. 용납할 수 없는 존재와 살아간다는 것에 대해 그녀는 잠깐 생각했다.

"똑똑한 짓일까, 그게?"

안은경의 질문에 이영훈이 대답했다.

"달이 1킬로미터만 지구와 가까워져도 지구와 달은 함께 멸망하겠지. 1킬로미터만 멀어져도 둘 다 궤도를 이탈할 테고."

지금의 거리. 이 거리라면 안은경을 맞출 수도 있다고 박세욱은 생각했다. 진미옥이 고개를 조금만 틀어준다면. 아주 조금의 각도만 만들어 준다면.

"그리고 지금의 긴장."

백정연 또한 격발 장치를 당겼다. 재미있는 말을 하는군, 저 연방수사관은. 지구와 달이 서로에게 빚는 간섭과 현상이 북과 남에도 존재한단 말인가. 그 거리가 만드는 지극히 다양한 자연 현상을 떠올리며, 백정연은 달과 지구의 파괴를 떠올렸다. 어쩌면 자신이 꿈꾸었던 건 달과 지구의 영원한 결별이었던 거라는 생각을 잠깐 하면서.

진미옥이 소리를 질렀다.

"쏘라니까!"

그 순간, 정전이 발생했다. 당황한 자들이 어둠 속에서 상대에게 달려들고 서로를 겨눈 총을 발사했다. 비명이 울리고 날카로운 총성이 사방에서 일었다.

나갔던 전기는 금세 돌아왔다.

이영훈은 쓰러진 이선예와 박세욱과 안은경을 힐끗 보았다. 삼단봉 든 자는 배에 두 발을 맞고 쓰러진 상태였다. 문가로 후다닥 뛰어가는 백정연이 보였다. 이영훈이 달려들었고, 백정연이 권총을 쏘려 몸을 뒤로 틀었다. 방아쇠를 당기기 직전, 두 사람의 몸이 엉기며 총구는 엉뚱한 방향으로 돌아갔다. 뒤엉킨 두 사람 사이에서 주먹질이 투박하게 오갔다. 턱을 얻어맞은 이영훈이 빙글 넘어진 사이, 백정연이 몸을 일으켜 달아났다. 비틀거리며 일어난 이영훈이 박세욱의 신음소리를 들었다.

"맞았어요……."

이영훈은 쓰러진 박세욱에게 다가가 피가 솟구치는 세욱의 옆구리를 강하게 눌렀다. 박세욱이 비명을 내질렀다.

"죽었어요?"

상처를 지혈한 상태로 이영훈이 안은경을 넘겨다보았다. 뒤엉킨 안은경과 진미옥의 시신 주변으로 붉은 피 웅덩이가 번져 나오는 중이었다. 영훈이 괴롭게 웅얼거렸다. 피가…… 이 많은 피가.

난장판이 된 김태성의 아파트에 두 명의 연방수사관과 네 구의 시체가 있었다. 아파트 복도에 두런거림이 일었다. 이영훈이 말했다.

"연방수사관입니다. 신고해주세요. 병원에, 얼른!"

피가 솟구치는 중이었다. 춥군. 세욱은 자신에게서 생명이 빠져나가고 있다는 생각을 했다. 추웠다. 아, 이 진저리나게 추운 도시. 아, 평양. 떠나야겠어, 이 도시를. 벗어던지자, 연방수사관이라는 올무를. 난 여전히…… 지금도.

사이렌 소리가 조금씩 가까워지는 사이, 박세욱이 바닥에 떨어진 자기 권총을, 여전히 발사할 수 없었던 그 총에 박힌 시선을 질끈 거두었다.

10

연방수사국 평양지부는 발칵 뒤집어졌다. 관내에서 연방수사관 한 명이 총상을 입었고, 현장에서 다섯 명이 죽었으며, 그 중 하나는 평양공안서 경위였다.

현장 감식에는 평양지부장 윤태룡이 직접 참관했다. 영광스럽게도 이영훈은 동흥동 현장으로 도로 불려나와 거기에서 윤태룡에게 직접 배지와 총기를 압수당했다.

아내인 지원이 밖에서 마음을 졸이는 사이 박세욱은 응급수술을 무사히 마쳤다. 내사팀은 박세욱의 총과 금빛 한반도 모양 배지를 거두어갔다. 마취가 풀릴 때까지 박세욱은 그 사실을 까맣게 몰랐다.

"당장 가시죠. 시간은 기억을 흐트려버리니까요."

내사팀 사람들이 이영훈을 잡아끌었고, 그는 밤새 강도 높은 조사를 받아야만 했다. 조사 중간중간 이영훈은 불만을 토로했다.

"정말 지겹도록 묻고 또 묻는군요."

하지만 사람이 죽은 사건이었다. 이영훈은 달아난 자가 누군지 몰랐다. 죽은 자들의 신원을 밝혀나가며 도망간 자를 찾아내야 했지만, 그건 직무가 정지되지 않은 다른 수사관들의 몫이었다.

영훈이 밤샘 조사를 마친 시각은 저녁 9시가 지난 뒤였다. 그제야 그는 비파동 누추한 빌라에 돌아와 잠에 빠졌다. 엷은 잠 속에서 영훈은 흐린 하늘을 찌를 듯 우뚝 선 잿빛 탑을 보았다. 사람들이 탑으로 모여들었고, 움직임은 흐름을 만들더니, 그 주변을 끝도 없이 빙글빙글 돌았다. 꿈속에서, 영훈은 그 광경을 오랫동안 지켜보았다.

그를 꿈에서 끄집어낸 건 D-패드로 걸려온 전화였다.

"얘기 들었어."

장남수 부장은 좀 더 상세하게 알길 원했다.

이영훈은 D-패드를 켜놓은 채 수도꼭지를 돌려 물을 삼켰고, 다시 돌아와 얼굴을 문지르며 이야기를 찬찬히 풀어놓았다. 처음엔 조인철이었습니다. 다음은 박윤석이었구요. 윤민희와

이기철을 거쳐 김태성으로까지 이어졌죠.

긴 이야기를 장남수는 묵묵히, 오랫동안 들었다.

"내사팀엔 내가 말을 좀 해볼게."

고마운 일이었다. 하지만 이영훈에게는 물을 게 따로 있었다.

"부장님. 저희 팀장님한테 전화가 왔었잖아요. 조윤선 서울 지부장이 건 전화였죠."

장남수는 잠자코 들었다.

"북조선 공안이 신상 정보 열람을 시도했어요. 죽은 안은경 경위가 이정현으로 살았던 김태성의 시신을 발견해 네트워크에 접속했죠. 그건 당연한 수사 절차였어요."

"그런데?"

"공안이 출동한 건 김태성이 죽은 지 13시간이 넘은 상황이었어요. 그때 신고를 받았으니, 당연했겠죠. 그런데 서울에서는 김태성의 신상 정보를 누가 언제 열지 알고 미리 막아놓았죠?"

"예전엔 지저분한 일들이 많이 벌어졌지."

장남수는 너저분한 과거를 흙으로 덮으려는 자들이 저 위에 있다고 설명했다. 최만호와 결이 같은 대답이었다.

"저는 그 지저분한 짓을 벌인 분들이 궁금합니다."

"내사팀에 그런 얘기도 했나?"

"내사팀이 저를 믿겠습니까."

이영훈이 뭔가를 던졌고, 장남수는 저도 모르게 머뭇거렸다.

"내가 알아봐주길 바라는 건가?"

그 순간 이영훈은 자기 이마를 때릴 뻔했다. 왜 이리 멍청한 걸까, 나는. 영훈을 비롯해 최만호에 이르기까지, 그들 모두는 장남수가 실질적 좌천을 당했다고 믿었다. 왜 우리는 수사부장이었던 장남수가 공안부장으로 밀려났다고만 생각했지. 네트워크는 정보과 담당이었고, 정보과는 공안부 소속이었다. 이영훈의 머리가 복잡하게 굴러갔다.

"제가 알아내기로 김태성이 비망록을 쓴 것 같습니다."

몇 초의 고뇌 혹은 망설임 그리고 놀라움이 그 침묵 속에 들어차 있었다.

"상세히 말해봐."

이영훈이 도박 수를 떠올리며 곰곰 생각을 굴렸다.

"진미옥은 남편이 남긴 뭔가를 찾는 눈치였습니다. 그러다가 살인자들의 습격을 받았고요."

"그놈들 살해 동기가 뭐야? 진미옥이 찾으려던 건 뭐고?"

"살해 동기나 거기 동조한 북조선 공안에 대해선 평양공안서랑 연방 내사팀이 밝혀내겠지요. 전 총에 배지까지 죄다 빼앗겼어요."

"죽은 여자가 찾더라는 건?"

"빌어먹을 네트워크를 닫아놓으니, 내가 알 게 뭡니까. 현장 온통 뒤집어진 걸 보니, 누군가 뭐를 찾으려 든 것 같다 이거죠."

"거기서 사람이 다섯이나 죽었어. 너희 팀이 샅샅이 훑었을 건데."

그 말투는, 연방수사국 평양지부에는 장남수의 입김이 닿지 않는다는 의미였다. 또한 나를 심문한 내사팀 보고서가 장남수에게 올라가진 않았다는 얘기군. 이영훈은 짐작했다. 이정현의 본명이 김태성이라는 사실을 알려준 정준희와의 통화를 이영훈은 떠올렸다. 그들은 북조선 평양공안서의 수사가 어떻게 이뤄지고 있는지를 알아보기 위해 영훈과 세욱을 파견했었다. 그건 평양공안서도 그들의 손아귀에 없다는 의미였다.

그들이 쥐고 있는 건, 연방수사국 위원회 일부와 서울지부장, 그리고 정보과를 포함한 공안부였다. 그랬으니 용산 서울지부로 직접 찾아간 나를 보며 얼마나 놀랐을까.

"부장님은 제게 진실한 사람이었어요."

"맞지. 그랬지."

반은 맞았다. 용산의 벤치에서, 장남수는 차차로 승진해 위를 이룬 그룹을 말했었다. 다만 그는 거기에 자신도 포함된다는 말을 하지 않았을 뿐이었다.

두 사람 모두 말을 잇지 않았다. 무리다, 무리야. 영훈은 그렇게 생각했다. 그들이 이토록 무리를 해가면서까지 덮으려는 진실이 무엇일까. 그들이 정녕 예전에 행한 추악한 거래를 덮으려 이런 무리를 거듭하는 걸까. 쿠데타부터 지금까지 십수 년이 지났거늘. 서울지부장이 직접 전화를 걸고, 공안부장이 평양을 넘겨다볼 정도로?

"자야겠습니다."

"고된 하루였겠군. 자라. 내사팀 걱정은 말고."

D-패드에 통화가 끊어졌다는 메시지가 떴다. 그리고 설정해 놓은 대로 3분 뒤에 D-패드 화면이 스스로 꺼졌다. 그 시간 내 내 골똘히 생각에 잠겼던 영훈이 몸을 일으켜 코트를 집어들었다.

2078년 12월 17일 오전 10시 6분, 평양

세욱은 잠들어 있었고, 지원은 막 집에 돌아간 터였다. 중환자실 바깥은 휑했다. 간호사가 편의를 봐주었다.

처음에는 그냥 음료수 박스나 놓아두고 갈 생각이었다. 과일 주스가 담긴 유리병 상자를 든 이영훈은 잠시 얼굴이나 살피자는 생각에 병실에 들어갔다. 그렇기에 침대 발치에 섰던 이영훈은 박세욱이 눈을 뜨자 반가우면서도 당황스러웠다.

"설마 내내 그러고 서 있던 건 아니죠?"

"내내 그러고 있던 건 니 와이프였을걸. 간호사 말이 이제야 집에 갔다던데."

세욱이 고개를 끄덕였다.

"내가 선배를 감시해야 하는데."

멀뚱히 선 영훈을 보던 세욱이 그리 말했고, 둘이 차차 낄낄대기 시작했다. 씨발, 더럽게 웃기네. 상처가 울리자 눈물이 솟구쳤고, 세욱은 웃음을 참으면서 눈물을 찔끔거렸다.

"피 많이 흘렸어, 너."

"잠이 안 올 것 같아요. 아프긴 더럽게 아픈데."

"간호사 불러줄까?"

"리모컨이나 주세요. 시간 죽이는 데 그거만 한 게 없으니까."

둘은 잠시 차근차근 넘어가는 채널들을 보았고, 세욱은 옛날 영화가 상영 중인 채널에서 볼륨을 높였다. 어떤 미국인이 괴한들에게 다른 인물로 오해받고 납치되었다가 음주운전 혐의로 체포되는 영화였다. 미국인은 자신이 납치되었던 저택으로 형사들을 데려가지만 그곳 내부는 전날 밤과 완전히 달라져 있었다.

"안은경 경위는 왜 그랬던 거랍니까."

그에 대해선 내사팀 심문 도중 얻어들은 게 있었다.

안은경은 김정은 정권 말기 수용소에서 태어나 거기에서 자라난 모양이었다. 내전 이후 변혁이 이뤄졌고, 어렵게 공부를 이어나가 공안이 된 안은경은 부모에 대해 조사하다가 수용소에 갇혔던 사람들에 대해 알게 된 모양이었다. 수용소 지배자들에게 복수하는 그룹과 안은경이 어떻게 만났는지는 아직 밝혀진 게 없었다. 이영훈은 안은경이 그들과 정신적으로 강한 유대감을 지녔을 거라고 여겼다.

"끔찍한 세상이었어요. 망할 김씨 세습 왕조."

"그 당시 북한을 지배하던 작자들을, 우리가 봤잖아."

이영훈이 김정협을 가리킨다는 걸, 그를 포함한 다른 여러 어두운 자들을 떠올린다는 걸, 세욱은 알아들었다.

"아마 그 이상은 없을 거예요. 그렇게 통제하고, 인민 하나하나를 감시하고, 뜻에 어긋난 자들은 모조리 처벌하고 가두고 죽여대는."

"아니. 인간은 그 이상을 만들 거야. 인류가 더 나은 길을 가고 있는 걸까? 내 생각엔 그저 갔던 길을 다시 가는 것 같아. 그냥 다른 방식으로, 똑같은 길을 다시 가는 거야. 어리석은 인간은."

어두운 창 밖, 바람 거센 저 바깥을 바라보며 영훈은 그 옛날 북조선을 떠올렸다. 여기 평양의 모두는 무지개를 그리며 강철로 된 세월을 견뎌왔겠지. 그 엄정한 차가움을 여리디여린 희망으로 녹여내며, 겨우.

세욱 또한 동흥동 아파트가 온통 뒤집어진 이유를 궁금해했다. 진미옥이 그랬던 걸까. 아니면, 그녀를 위협하던 자들이?

영훈은 생각에 잠겼다. 김태성은 누구도 믿지 않았다고, 가장 가까이 있는 아내조차 안 믿었다고 김정협은 말했었다. 김태성은 진미옥을 곁에 두고 괴롭히는 사디스트였다. 아내의 눈앞에서 내연 관계를 갖던 김정협에게 독을 먹였다. 그걸 빌미로 함께 탈북했던 그는…….

이영훈이 별안간 벌떡 일어났다.

눈이 커진 세욱이 이유를 물었지만, 영훈은 아무 대꾸하지 못했다. 그의 머릿속에서 생각들이 불꽃을 일으키며 사방으로 내달렸고, 뇌는 오렌지 빛으로 달아올랐다.

"김정협이 김태성을 추적했다며. 그들은 압록강을 건너 대륙을 관통해 광저우까지 내려갔고, 거기에서 돈을 찾았댔어. 하지만 은행을 믿지 않은 김태성은 그 돈을 어디 넣어두지 않았지. 김정협은 김태성이 돈을 잘게 나누어 세계 곳곳으로 흩어놨다고 믿었어."

"그런데요?"

"뉴욕, 파리, 암스테르담, 광저우……. 귀금속 거래가 가장 활발한 도시지."

"귀금속이요?"

"수수료와 세금으로 상당한 손해를 봤겠지. 하지만 그래도 꽤 많은 양을 손에 넣었을 거야. 알이 굵은 걸 샀다면, 부피는 그리 크지 않았을 테고. 몸 어딘가 숨겨 옮겼겠지. 손톱만 했을까. 어쩌면 그보다 좀 더."

"무슨 생각을 하는 거예요?"

"편지는 편지 더미에 숨기지. 바늘은 바늘쌈에 숨기고. 2억 달러어치 다이아몬드는 어디에 숨기지?"

김태성의 아파트는 붉은색 테이프로 봉인되어 있었다. 테이프를 잡아 뜯은 남자가 현장에 진입했다. 현장관리AI는 먹통이었다. 자기장분사기로 AI를 고장 낸 것이었다. 그가 든 랜턴이 사방을 비추더니, 천장을 향했다. 현관에서 들어온 찬바람에 샹들리에에 매달린 크리스털이 흔들리며 랜턴 빛에 반짝였다. 반짝이는 게 다 금이 아니듯, 흔들리는 저게 전부 크리스털은 아닐 것이었다. 침입자가 어깨에 걸쳤던 간이 사다리를 폈다.

"다이아몬드요?"

박세욱 경사의 눈이 휘둥그레졌다. 이영훈은 자책 중이었다. 멍청한 놈, 지금껏 몇 번을 봤는데 왜 생각조차 못 한 거야.

"김태성 이 사디스트는 매일처럼 아내의 표정을 살폈을 거야. 그는 진미옥이 그 돈을 몹시 탐낸다는 걸 알았거든. 그래서 그 작자는 매일 아내가 올려다보는 샹들리에에 다이아몬드를 섞어 매단 거야!"

사다리 중간 정도 오른 침입자가 스키마스크를 벗었다. 누가 있을까 싶어 썼지만, 현장관리AI도 꺼졌고 공안도 없으니 벗어도 될 것 같았다. 고개를 들어 천장의 샹들리에를 올려다보는 백정연의 얼굴이 다이아몬드만큼이나 반짝거렸다.

이영훈이 코트를 집어들었다. 박세욱이 몸을 살짝 일으키려다가 악 소리와 함께 퍼져버렸다.

"꼼짝하지 마! 간호사 불러서 팀에 지원 요청을 해. 내 말이면 귓등으로도 안 듣겠지만, 니 말이면 갸웃거리기라도 할 거니까."

"어쩌려고요?"

"김태성의 아파트로 가야지! 내가 깨달았다면 다른 누군가도 알아챘을 거야."

"누가요?"

"누구든! 가야 해. 누군가가 멍청한 짓을 하지 않도록."

사다리 꼭대기에서 중심을 잡긴 쉽지 않았다. 실내가 꽤 추운데도 등이 땀으로 촉촉이 젖었다. 사다리 끝에 선 백정연이 빛에 비친 샹들리에를 자세히 들여다보았다. 오, 내 생각이 맞았어. 백정연의 가슴 속에 찬란한 불꽃이 터져나갔다.

이거면 다시 가능했다. 사람을 모으고, 활동하고, 유지하는 일에는 돈과 에너지가 들었다. 백정연은 다시 시작할 작정이었다. 복수할 대상은 너무도 많았고, 죽은 동료를 기리거나 그들의 가족을 돌보는 일에도 돈이 필요했다.

조끼에 든 니퍼를 꺼낸 백정연이 좀 더 다가가기 위해 사다리를 한 단 더 올랐다. 저 멀리서 사이렌 소리가 들리는 듯도 했다. 어디론가 출동하는 순찰 차량인가. 창가로 잠시 눈을 돌렸던 백정연이 샹들리에로 시선을 고정시켰다.

문은 잠겨 있지 않았다. 아하, 구형 주택관리AI가 죽어버리니 도어록도 먹통이 된 모양이로군.

총 든 자가 안을 힐끔거렸다. 어둠 속에서 랜턴을 천장에 비추는 자가 보였다. 사다리 맨 위에 선 젊은 놈은, 니퍼를 들고 샹들리에 크리스털을 잘라대는 중이었다. 총 든 자가 주변을 둘러보았다. 저 자 또한 나처럼 혼자 왔는가.

조금의 망설임도 없이, 그는 총을 쐈다.

어디선가 물 흘러가는 소리가 들렸다.

기절했다 깨어난 백정연은 고통과 함께, 그 흘러가는 물소리가 자기 배에서 피가 솟구치는 소리임을 깨달았다.

"비명 질러도 소용없어. 너희가 난장질한 덕에 이 아파트 주민들을 모두 호텔로 내보냈거든. 우리 연방수사국이 인근을 수사한다는 명목으로 말이야."

백정연의 눈에는 어둠 속에 우뚝 선 사람이 누구인지 구분되지 않았다. 구멍이 난 배에서 흘러나오는 피는 끔찍할 정도로 많았다. 등골이 서늘해질 뿐, 고통은 크지 않았다. 정작 참을 수 없이 아팠던 건 추락하면서 사다리 사이에 끼어 부러진 오른쪽 정강이였다. 반대로 뒤틀린 그 다리를, 장남수는 짓밟았다.

처절한 비명이 아파트 전체에 쩌렁쩌렁 울렸다.

백정연의 비명은 그의 목이 쉰 다음에야 잦아들었다. 엉망이 된 백정연을 장남수가 굽어보았다.

"널 살리진 않을 거야. 다만 빨리 대답하면 빨리 죽여주지."

"이 개새끼가!"

"2억 달러가 어디 있는지는 니가 알려줬으니 됐어. 자, 김태성이 비망록을 남겼나?"

"비망록? 무슨 소리야?"

"김태성 그놈의 돈을 보위부부터 국정원까지 모조리 쫓았지만, 결국 못 찾아냈어. 김태성이 돈을 포기했을 것 같진 않아. 하지만 비망록이라면, 남한 국정원의 더러운 과거를 폭로하는 글이라면, 목숨과 흥정할 만하지."

백정연의 얼굴을 본 장남수는 자기 생각이 틀렸다는 걸 깨달았다. 이 새끼는 아무 것도 모르고 있어. 복잡한 생각에 빠지면서, 장남수의 권총 든 손이 저도 모르게 스르륵 내려갔다. 가만…….

내게 비망록에 대해 말한 사람이, 누구지?

길에 차를 그대로 세워둔 채 이영훈은 동흥동 아파트로 뛰어
들었다. 어찌 된 일인지 주택관리AI가 반응하지 않았다. 어둠
속에서 영훈이 좌우를 살폈다. 비상계단으로, 곰팡내 풍기는 시
멘트 통로 위로 영훈이 와락 뛰어올랐다.

한밤에 비상계단을 뛰어올라가기엔, 이영훈의 몸은 너무나
곯아 있었다. 헐떡이며 계단을 올라가던 영훈이 숨을 죽이며 살
며시 비상계단 문을 열었다.

현관 안에서 누군가의 목소리가 들렸다. 둘이 나누는 대화 같
기도 했고, 한 사람의 웅얼거림처럼 들리기도 했다. 발걸음 소
리를 죽이면서 이영훈은 김태성의 집으로 다가갔다.

그리고 장남수가 몸을 돌려 총을 겨누었다.

이영훈이 몸을 똑바로 폈다.

"내가 여기 이러고 있는 것 자체가, 일종의 자백이겠군?"

"저를 쏠 겁니까?"

"널 뭘로 회유할 수 있겠어? 다이아몬드?"

장남수가 총을 쥐지 않은 손으로 이영훈을 불러들였고, 양손
을 들어올린 이영훈이 천천히 걸어들어왔다.

"그건 저 윗대가리들과 나눠 먹을 거 아닌가요. 일종의 새 모
이랄까."

장남수가 백정연 주변으로 번져나가는 피 웅덩이와 그 주변에 알알이 흩어진 다이아몬드를 돌아보았다.

"내가 찾으려던 건 다른 거였어. 알잖아."

"2064년 쿠데타 이후로 14년이 지났어요. 그게 지금까지 이럴 일이에요?"

"넌 모르겠지만."

장남수가 공이를 뒤로 젖혔다.

"위로 올라갈수록 몸집은 커지고, 몸이 커질수록 조심해야 할 일이 많아져."

"무슨 일이 있던 겁니까. 김태성이 귀순했던 2050년에, 다른 수용소 인간들이 넘어왔다는 2064년 즈음에."

장남수가 빤하지 않냐는 표정을 지었다.

"돈이지. 새롭게 신원을 얻어 남한에 정착할 그들은 돈이 많았고, 그분들은 돈이 궁했다더군."

국정원 라인. 쏟아지던 북측 인사들 면담을 전담했던 그들.

"부장님은 당시에 북한 공안이었잖아요."

"그런데 왜 남의 설거지를 해주고 있느냐고? 난 비밀을 공유받았고, 지위를 약속받았으니까. 줄을 서야 했어."

그 순간, 영훈은 깨달았다. 장남수가 줄을 바꿔 타기 위해 윗선에 바쳤던 게 무엇이었는지를.

"우릴 팔아넘겼군요."

장남수가 유감스럽다는 표정을 지었다.

"비즈니스는 타협이야."

"처음부터 나였어요?"

"네가 가장 약한 고리라고 생각했지, 생각보다 단단해서 부서지지 않았지만. 그걸로 내사를 일으켰으니 목적은 달성한 셈이지."

"그 많은 사람들 목을 잘라놓고, 겨우 받은 게 서울지부 공안부장입니까."

장남수가 쓰게 웃었다.

"왜 그걸 조건이라고 생각해. 그게 시작인 것을."

그리고 딸깍 소리가 들렸다. 총을 이영훈에게 겨누고 있던 장남수가 눈동자만 스르륵 옆으로 돌렸다. 피 웅덩이 속에서 죽어가던 백정연의 손에 들린 권총이 은빛으로 번쩍였다.

몸을 재빨리 돌린 장남수와 팔을 겨우 뻗은 백정연 중 누가 먼저 쐈는지, 영훈은 알 수 없었다. 타탕! 총소리가 맞닿으며 일었고, 되울린 총성은 천둥처럼 우렁찼다.

그리고 마침내, 장남수 부장이 기우뚱 쓰러졌다.

기력을 다한 백정연의 팔이 자기가 흘린 피 웅덩이로 털썩 떨어졌다. 장남수의 권총을 발로 찬 이영훈이 손가락을 뻗어 맥을 짚었다. 안 돼, 더 이상 누구도 죽어선 안 돼. D-패드를 꺼낸 그가 통화를 종료한 뒤 떨리는 손으로 긴급전화 버튼을 눌렀다.

어둠 속에서 백정연의 목소리가 가늘게 들려왔다.

"웃기는 게 뭔지 알아? 저 권총, 저 빌어먹을 TT권총 정말 더럽게 빗나가거든. 근데 씨발 지금은…… 아주 멋지게, 아주…….."

11

구급차는 생각보다 일찍 왔다. 북조선중앙병원엔 탁월한 의
사들이 즐비했고, 그 덕에 백정연은 엄청나게 많은 피를 흘리고
도 기적적으로 살아남았다. 장남수를 살리는 데는 그만큼의 노
력이 들지 않았다. 수갑을 찬 그들은 중환자실에 누워 회복하며
수사를 기다려야 했다.

서울지부 공안부장이 평양까지 달려가 일으킨 스캔들은 언
론에서 크게 다뤄졌다. 14년간의 비밀, 국정원의 추악한 과거,
연방수사국 내부의 거대한 비리 등으로 연일 거론되며 여론이
악화되었고, 북과 남의 정부는 연방수사국을 대상으로 한 사상
최대의 감사 및 내사를 벌이기로 결정했다. 그 결정과 동시에
서울지부장 조윤선을 비롯한 연루자들이 남과 북의 검찰로부
터 기소되었다.

백정연의 자백이 있었지만, 이영훈이 혐의를 벗은 건 박세욱의 녹취본 덕분이었다. 이영훈의 D-패드는 박세욱의 D-패드와 통화 상태였던 터라 그는 동흥동 아파트에서 벌어진 일을 생생히 녹음할 수 있었다. 내사팀은 이영훈의 혐의를 모두 벗겨주었다.

백정연은 살아남아 법정에서 자신의 범행을 자백했다. 공판이 진행 중이지만, 여론은 이른바 수용소의 아이들에게 동정적이지 않았다. 차가운 언론의 시선을 받으며 백정연과 그에 대한 재판은 천천히 잊혔다.

연방수사국 평양지부 윤태룡은 여름이 다 되어서야 비파동의 빌라로 찾아왔다. 한반도 모양의 금빛 배지와 권총을 돌려주며 윤태룡은 지난 결례를 사과했다. 이영훈은 아무 대답 없이 총집에 총을 꽂고, 지갑에 배지를 달았다. 뒷주머니에 그걸 넣으며, 이영훈은 엉덩이가 불룩해지는 그 느낌이 되돌아와 좋다고 생각했다.

복귀하려면 아직 며칠 시간이 남아 있었다.

공항에서 빌린 렌트카는 구접스러웠다. 연해주 현장은 공항에서 꽤나 멀었다. 시추작업이 진행 중인 현장은 당연하게도 도로가 미비했다. 시추장치 꼭대기에서는 파르르 불꽃이 일었고, 관을 매설하고 연결하는 공사 현장은 번잡스러웠다.

"전 세계에서 가장 북적이는 현장에, 잘 오셨습니다."

이영훈은 박세욱의 얼굴이 좋아졌다고 생각했다. 마주 웃으며, 그들은 악수를 나눴다.

박세욱은 퇴원과 동시에 사직계를 제출했고, 이영훈의 주선으로 최만호와 만났다. 연방수사관 출신 따위를 어따 쓰냐며 빈정거리면서도, 최만호는 세욱의 연봉을 꽤나 넉넉하게 책정해 주었다.

"가스는 팔 만해?"

"보면 몰라요? 난리통이잖아요. 온갖 출신이 다 여기 우글거리니까, 그냥 다들 자기 나라 말로 욕질이죠. 저놈은 러시아 욕, 여기는 북조선 욕, 어디는 또 베트남 욕."

여기서 애를 키우면 3개 국어는 기본으로 하겠다며 세욱은 너스레를 떨었다.

"전화는 와?"

총상이 아무는 동안 박세욱은 부산 서면에서의 일을 털어놓았고, 영훈은 세욱이 평양에 던져진 이유와 그날 총을 겨누고도 쏘지 못한 까닭을 그렇게 알았다. 영훈의 질문을 받고도 눈을 깜빡일 뿐, 저 멀리로 시선을 둔 세욱은 대답하지 않았다.

"거기 여름은 어때요?"

지낼 만했다. 아니, 생각보다 괜찮았다. 평양의 여름은 물놀이와 대동강 뱃놀이와 찐득거리는 밤바람과 보글거리는 갈색

빛 맥주로 가득했다. 그걸 떠올리며 빙긋 웃는 영훈의 눈 밑에 인디언 보조개가 파였다.

"와봐. 와서 직접 거닐어 봐. 평양에, 한껏 바뀐 그곳에."

[끝]

작가의 말

2016년 눈 섞인 비가 오던 밤, 벽난로 앞 둥근 탁자에 엎어져 죽은 노인이 떠올랐다.

배우 몇몇이 코끼리와 앵무새에 관한 실패한 농담을 하고, 술 취한 연출가들이 내년에 올릴 공연에 대한 헛소리를 늘어놓는 시시한 모임에서 빠져나오긴 쉽지 않았다. 다행히 지금 내 코트 주머니엔 탈리스커 다크 스톰이 채워진 은색 플라스크가, 반대쪽 주머니엔 두툼한 리걸 패드와 낮에 카트리지를 갈아 끼운 몽블랑 만년필이 있었다. 필요한 건 진한 커피와 단단한 책상뿐이었다.

선화동 카페에서 초안을 잡기까지 3시간쯤 걸렸던 것 같다. 죽은 노인이 누군지 몰랐기에, 나는 그가 죽은 까닭을 죽은 그에게 물어야 했다. 시기는 1999년에서 2028년이 되었다가 2078년이 되었다. 내 흥미를 끌었던 건, 노인이 죽은 그 아파트에서 2048년과 2078년의 사건이 동시에 펼쳐진다는 점이었다. 시기와 상황이 다른 두 개의 이야기를 한 공간에 펼친다는 결정이 내려졌을 즈음, 나는 노인의 죽음을 통해 연방이 된 북조선과 남한의 이야기를 써야 한다는 걸 알았다. 연극 대본 〈강철로 된 무지개〉는 그렇게 시작되었고, 다음 해에 그걸로 벽산희곡상을 받았다.

연극 대본을 소설로 바꿀 짬은 2021년에야 겨우 났다. 드라마 기획안을 끝냈고, 공연 기일도 멀찍했으며, 장편소설 《밤의 색깔들》과 《검은 물 아래에》의 초고가 끝날 무렵이었다.

내가 신뢰하던 친구—이젠 더 이상 세상에 없다—에게 계획을 털어놓았을 때, 그분은 이렇게 말했다.

"겨울까지 미뤄두세요. 그 소설에 찬 기운이 더 잘 스밀 수 있게끔요."

나는 그렇게 했고, 몇 달 뒤 초고가 나왔다. 초고로 'K-스토리 공모전'에서 수상을 하고는, 기존 원고에서 달랑 서너 쪽만 남긴 채 소설을 몇 달 간 다시 고쳐 썼다.

이렇게 말하니 간단했던 것 같지만, 전혀 간단하지 않았다.

미래 사회에 대한 좋은 비전을 담은 책을 찾기는 쉽지 않았다. 레이 커즈와일의 《특이점이 온다》가 합당한 이정표가 되었다.

북한 정치범 수용소에 대한 실상은 여러 탈북자와 면담해 종합했고, 책으로는 신동혁의 《세상 밖으로 나오다》의 도움을 받았다.

여느 때와 마찬가지로 김희승이 원고를 꼼꼼히 읽어주었고, 세계가 제대로 확장하게끔 다른 문들로 나를 안내해주었다.

담당 에디터는 매번 엄청나게 많은 쪽지가 붙은 원고를 보내주어 원고를 다시 그리고 또다시 들여다보게 해주었다. 소설의 얼개와 문장이 잘 단속되어 있는 건, 에디터의 덕이다.

이육사 시인의 시가 나를 절정의 고원으로, 북방의 찬바람으로, 무릎 꺾인 사내에게로 이끌었다. 그분의 시를 통해, 잿빛 시멘트와 핏빛 선전 문구로 뒤덮인 강철의 도시에서 나는 무지갯빛 아지랑이를 엿보았다.

2023년 7월
이중세

강철로 된 무지개

2023년 11월 1일 초판 1쇄 발행

지은이 이중세
펴낸이 박시형, 최세현

책임편집 김혜정 **디자인** 정은예 **교정교열** 조희진
마케팅 권금숙, 양근모, 양봉호, 이주형 **온라인홍보팀** 신하은, 현나래, 최혜빈
디지털콘텐츠 김명래, 최은정, 김혜정 **해외기획** 우정민, 배혜림
경영지원 홍성택, 김현우, 강신우 **제작** 이진영
펴낸곳 팩토리나인 **출판신고** 2006년 9월 25일 제406-2006-000210호
주소 서울시 마포구 월드컵북로 396 누리꿈스퀘어 비즈니스타워 18층
전화 02-6712-9800 **팩스** 02-6712-9810 **이메일** info@smpk.kr

ⓒ 이중세(저작권자와 맺은 특약에 따라 검인을 생략합니다)
ISBN 979-11-6534-829-8 (03810)

쌤앤파커스(Sam&Parkers)는 독자 여러분의 책에 관한 아이디어와 원고 투고를 설레는 마음으로 기다리
고 있습니다. 책으로 엮기를 원하는 아이디어가 있으신 분은 이메일 book@smpk.kr로 간단한 개요와 취
지, 연락처 등을 보내주세요. 머뭇거리지 말고 문을 두드리세요. 길이 열립니다.